講談社文庫

あめつちのうた

朝倉宏景

講談社

目次

あめつちのうた

プロローグ

バックスクリーンの向こうに、分厚い入道雲が盛り上がっている。上空の水色がどこまでも純粋に透き通っているためか、空一面が舞台の書き割りのように作り物めいて見えた。まさか、この空のどこかに継ぎ目でもあるんじゃないかと、暑さに沸騰《ふっとう》した頭でバカなことを考え、天をあおいだ。

白い光が降りそそぐ。地上のすべてを照らしだし、焼きつくし、燃え上がらせようという強い意志が、真夏の太陽そのものに宿っているかのごとく感じられる。汗で肌に張りついたポロシャツの背中の部分をつまみ、風を送ろうとこころみてはみたものの、ほんの気休めにもならなかった。

今日の最高気温は、三十四度。

海からの、強い風が吹く。ポールに掲《かか》げられた旗が、大きくはためく。しかし、グラウンドまで入りこむ風は微々たるものだ。やさしく肌の表面をなでていく。あとからあとから、汗が浮かんでくる。

まばゆさに一瞬、目をつむった。アルプススタンドにならんだ金管楽器が、ぎらぎらと強烈な陽光を反射してきらめいていた。

夏の甲子園《こうしえん》の大会一日目。開会式直後の一回戦。

数万人の観客が、ぐるりと周囲を取り囲んでいる。試合開始直前のそわそわとした空気感が、ひとつの巨大なかたまりとなって、グラウンドにまでのしかかってくるような圧力を感じた。

選手ではない。が、甲子園球場のど真ん中に立っている。巨大なホースを腰にかまえて、バルブの開放を待った。

やがて、根元のほうから、水がかよう感覚がつたわってくる。瞬間、水圧でうねって、ホースが暴れた。腕力ではなく、体の重心を落ちつけて、制御する。

白い水柱がたえず噴き出し、重力にしたがって落ちてくる。風向きは逆だった。しぶきが顔にかかるが、目はそらさない。左右に大きくホースの先を振りつづけ、水の粒を小さく散らした。

鼻から大きく息を吸いこむ。むん、と湿気をはらんだ、濃い黒土のにおいを感じた。からからにかわき、焦げ茶色だった土が、水を吸い、潤《うるお》いを取り戻し、黒く輝く。しっとりと湿って、におい立つ。

ホースの先をさらに上に向けた。大量の水がほとばしり、宙に舞い上がる。水の粒が細かくなり、雨のように降りそそいだ。

アルプススタンドから、吹奏楽部のチューニングの音が、長く響いてきた。金管楽器の澄《す》んだ音色が、細い吐息のように吐き出される。

酷暑の今、通常よりも思いきって多めにまく。まいたそばから、水分は大気に吸い上げられ、蒸発し、気化していく。

ぐるりとマウンドの周囲を一周しながら、内野全体に満遍《まんべん》なく水を落としていった。選手も、グラウンドも、この酷暑の大会にどうか耐えてくれと心のなかで声をかけながら、ホースをたたんだ。

試合がはじまってしまえば、しばらくグラウンドキーパーは待機となる。控え室のロッカーを開けて、タオルを取り、汗をぬぐった。

「お疲れさまです」

背後から声をかけられた。振り返ると、この四月に入社したばかりの後輩・大渕《おおぶち》君が、額に汗を浮かべて立っていた。

「お疲れさま」となりのロッカーを開けた大渕君に挨拶《あいさつ》を返した。「どう？　少しは慣れてきた？」

「いやぁ、やっぱり高校野球って独特の熱気がありますよね。グラウンド出るだけで足、震《ふる》えます」関西のイントネーションを色濃く感じさせるものの、丁寧《ていねい》な言葉づかいで大渕君が答えた。「でも、雨宮《あめみや》先輩、すごいです。二年目であんなにスムーズに散水できるんやから」

いまだに「先輩」と呼ばれることに慣れず、少しこそばゆさを感じた。

「俺だって、去年は右も左もわからなくて、膝がくがくだったよ」

「どうやったら、慣れるんですかね」

「経験しかないよね。日々、一生懸命やってたら、気づいたらいつの間にかできるようになってるよ」

大渕君もタオルを取り、部活を終えた高校生のように、がしがしと荒々しく頭をふいた。俺は大渕君が使っているロッカーをちらっと見た。

大渕君が入る直前、三月三十一日まで、そのロッカーを使っていたグラウンドキーパーをふと思い出した。

「そこ、使ってた人……」

「ここ……、ですか?」大渕君が、自身のロッカーを指さした。「もしかして、あの……?」

「そう。あの人」

有名人だ。入れ替わりで入社し、直接の面識のない大渕君も、「あの人」のことを噂《うわさ》で知っているらしい。

「その人のおかげで、けっこう度胸ついたところはあるかな」

「鍛《きた》えられたんですね」大渕君が笑いながらロッカーを閉めた。「勝手なイメージですけど、むっちゃ、こわそうですもん」

「まあ、こわいことは、こわかったんだけど……」タオルをロッカーの扉の内側のフックにかけた。「グラウンドキーパーとして、すごい大事なことを教わったというか、受け取ったというか……」

「雨宮先輩って、東京の人ですよね？　そもそも、なんで甲子園のグラウンドキーパーになろう、思うたんですか？」

そう問われ、天井の蛍光灯を見つめた。俺は「あの人」から受け取ったものを、後輩にもつたえていくことができるだろうか？　自信はない。けれど、言葉にしなければ何もつたわらないことはたしかだと思えた。

「めっちゃ長くなるけどいい？」

「望むところです」大渕君が笑ってうなずく。「大会は、はじまったばっかりですから」

つい去年のことなのに、はるかむかしのように感じられるのが不思議だった。会社から支給されているキャップをかぶり直し、一つ大きく息を吐いた。

その瞬間、球場中を揺るがすようなサイレンが、大きく鳴り響いた。

プロ野球にはない、この試合開始のサイレンの音を聞くと、いよいよ今年もはじまったのだという感慨が強くなる。

甲子園のグラウンドキーパーになって迎える、二回目の夏が幕を開けた。

はじめての春

　俺は高校卒業後、十八歳で阪神園芸《はんしんえんげい》株式会社に入社した。

　阪神園芸は、阪神タイガースの本拠地である、甲子園球場のグラウンド整備業務を請《う》け負《お》っている。もちろん、甲子園以外にも様々なスポーツ施設の管理・整備を行っており、その社名のとおり、園芸や造園、緑地管理の部署も存在する。

　入社前からの希望がかない、四月から晴れて甲子園のグラウンドキーパーに配属されたわけだが……、俺はある一つの秘密をひた隠しにしていた。

　子どものころから、大の巨人《きよじん》ファンだった。

　阪神甲子園球場では、プロ野球・NPBの試合が年間をとおして行われる。阪神タイガース対読売《よみうり》ジャイアンツの試合も多く開催される。

　けれど、阪神巨人の伝統の一戦がすぐ間近で行われても、俺は高揚《こうよう》する気持ちを必死に心の奥底にしまいこんでいた。巨人が勝っても、にやつきそうになる顔を必死に無表情に保った。

そんな俺が手痛い「洗礼」を受けたのは、忘れもしない、入社ひと月後の五月のことだった。

その日行われた巨人戦は、ゴールデンウィークまっただなかのこどもの日ということもあり、多くの家族連れでにぎわっていた。

デーゲームだ。柔《やわ》らかい陽光が、春が深まっていくにつれて、しだいに力強くなってきた。甲子園をうめつくすタイガースのチームカラーの黄色が、よりいっそう明度を増して、目に鮮やかに、白っぽく映る。かすかに潮のにおいの感じられる風が、ゆるやかに吹き抜けた。

ちなみに、この日はスコアボードに表示される選手の名前が、すべて漢字からひらがなの表記にかわる。外国人選手もひらがなになるので——うぃるそん、みたいな感じになり、かなりほっこりする。

急な降雨がないかぎり、グラウンドキーパーは試合中、ほとんどが待機となる。三回、五回、七回裏終了時点のインターバルで、グラウンド整備に出る。なかでも五回終わりは、いちばん長く整備の時間をとる。

窓のない控え室では、常時、テレビモニターで試合経過を確認する。俺はペットボトルのお茶を飲みながら、巨人の攻撃を見つめていた。

最初のうちは水を飲むのも、トイレに立つのも、先輩社員の許可をとらなければいけないものだと思いこんでいた。バイトも経験せず、高校卒業後すぐに社会人になったものだから、待機中にどう振る舞っていいのかさっぱりわからなかったのだ。「あのな、雨宮。ここは軍隊やないんやから、いちいち許可とらんでええ」と度々言われ、徐々に控え室の雰囲気にも慣れてきた矢先だった。

もちろん、待機中であっても気は抜けない。怪我人《けがにん》が出た場合、すみやかに担架《たんか》を出すのは阪神園芸の役目だったし、それ以外にも天気の急変はないか、グラウンドの荒れによるイレギュラーが出ないかなど、あくまでグラウンドキーパーとしての視点で試合の推移を見守っていく。

しかし、ようやく先輩に確認をとらずにお茶が飲めるようになったことで、心のネジが完全に緩《ゆる》んでいた。自動車の運転も、初心者マークがとれたころが危険だという。要するに、俺は大きく油断していたのだ。

初回、巨人の選手が大きい打球を放つと、画面は高々と舞い上がる白球をとらえた。そのまま、ボールはスタンドインした。幸先《さいさき》のいいツーランホームランだ。

「つしゃあ!」

大の巨人ファンだった子どものころからの癖《くせ》が抜けきらず、つい反射的に反応してしまったわけだが……。

ガッツポーズを小さく決めた瞬間、部屋の温度がたちまちすぅーっと冷めていくのを感じた。先輩方の冷たい視線が肌に突き刺さる。ここにいるのは、ほとんど全員が関西人なのだ。

ヤバい。やっちまった……。

ぞわっと鳥肌が立った。握りしめた拳《こぶし》を、なんとなく頭のほうにもっていって、前髪を意味もなくととのえる。が、到底ごまかしきれるわけがない。

「あの……、えぇーと、あの……」

っしゃあ！　と、叫《さけ》んだ直後の口をぱくぱくさせて、言い訳の言葉を必死に考えるが、まったく何も出てこない。

「雨宮、お前、まさか巨人ファンちゃうやろな？」入社五年目の先輩・甲斐《かい》さんが、目を細めて聞いてきた。

静かな関西弁というのは、かなりこわい。怒鳴られたときよりも、なぜかものすごい圧力を感じるのだ。

「いや、まさか！」両手を体の前でぶんぶん振った。「ありえないっすよ、嫌だなぁ、あははは！」

「ホンマか？」

「本当です！」

「嘘《うそ》ちゃうやろな？」

「嘘じゃないです！」

完全なる嘘だった。

俺は生まれも育ちも東京だ。旅行以外、関東近郊から出たことがなかった。

高校を卒業し、あわただしく入社の準備を整え、実家から兵庫県にある阪神園芸の寮に引っ越すとき、旅立つ息子を心配してか、母さんは俺にこうきつく言いふくめたのだった。

「いい、大地《だいち》。何があっても、向こうで巨人ファンであることを知られてはダメだからね。絶対に隠しとおすって、ここで誓《ちか》ってちょうだい」

「えっ、なんで……？」

「なんでじゃないでしょ！」母さんは、あきれ顔を浮かべた。「大阪とか兵庫で、もし巨人ファンであることがバレたら……、いったいどんな目に遭うか想像するだけでこわいんだから」

「えっ、テレビの中継で観たことあるけど、甲子園にも巨人ファンだって大勢来てるよね」

「みんな電車のなかでは、巨人の帽子やユニフォームを隠してるに決まってるじゃない。それで、球場に着いて、まわりに仲間がいる状況ではじめて、グッズを身につけられるの。もし、オレンジ色の人間が一人でうろうろしてたら、阪神ファンに囲まれて、何をされるかわかったものじゃないんだから」

母さんいわく、甲子園球場には虎の刺繡《ししゅう》が入った特攻服や、裾《すそ》の広がったボンタンを着こんだファンがつめかけ、過激なヤジが飛び交うらしい。

「だいたいね、阪神グループの社員が、ライバルの巨人ファンだなんて知られてみなさい。あんた、即、クビ。絶対、クビ」

つばをのみこみ、かたくうなずいた。

阪神園芸株式会社は、阪神電気鉄道が百パーセント出資をしている子会社だ。そして、阪神電鉄はもちろん阪神タイガースの親会社でもある。たしかに、甲子園で働く以上、口が裂けてもジャイアンツファンなどと言えるわけがないと思った。

母さんの助言を肝《きも》に銘《めい》じ、俺は実家を出た。何がなんでもグラウンド整備のプロになると誓い、東京をたったのだ。

が、暖かくなってきた五月の気候もてつだって気が緩み、ボロが出てしまった。母さん、ごめんなさい——母の忠告を守れなかったことを、心のなかで懺悔《ざんげ》した。雨宮大地、十八歳、たった一ヵ月で社会人生活を終えてしまうことになるかもしれません……。

テレビモニターをちらっと確認すると、巨人の猛攻がつづいていた。ホームランのあと、後続の打者がさらに二塁打を放ち、ふたたび得点のチャンスを迎えていた。

控え室の空気が、さらに殺伐《さつばつ》とする。チッと舌打ちがどこかから響いた。もう、打たないでいいから！　と、心のなかで巨人の選手に嘆願《たんがん》した。

「雨宮、お前、さっき『よっしゃあ！』って、うれしそうに拳握りしめてたやん」甲斐さんは、いらだたしげに貧乏揺すりしていた。「あれ、マジでどういうことなん？」

隠れキリシタンって、こんなにもびくびくして暮らしていたんだなと、何百年も前の人たちに深いシンパシーを感じた。もし巨人ファンであることがバレたら、すぐにこの場からたたき出されると思いこんでいた。

必死に訴えた。

「僕は身も心も、阪神グループに捧《ささ》げたんです！　ジャビットくん人形をぼこぼこに殴《なぐ》って、ぎたぎたに踏みつけろって言われたら、もうよろこんでしますから！」

そこで、その場にいた全員がいっせいに笑いだした。「冗談に決まってるやん！」と、甲斐さんが俺の肩をたたいた。

「へ……？」俺は涙目のまま、甲斐さんにすがりついた。「冗談って……、えっ、どういうことですか？」

「冗談は、冗談や」と、甲斐さんが少し不憫《ふびん》そうにあやまった。「ごめんな。雨宮があまりに泡食って否定するから、イジってみたくなってな」

「お前、マジでアホやな！」一年先輩の長谷《はせ》さんが、手をたたきながら大笑いした。

「まさか、ここにおるのが全員阪神ファンやと思ってんちゃうやろな?」

「えっ、そうじゃないんですか?」頭が真っ白になった。俺のなかで、被害妄想が最大限にふくらんで、あらぬことを口走ってしまった。「巨人ファンがバレたら、みなさんに囲まれて、殺されちゃうんじゃないんですか?」

「囲まれて殺されるて……、関西人を何やと思うてんねん……」

胸をなで下ろしたのはたしかだが、母さんがこうも言っていたことを思い出した。大地はどこか抜けてるところがあるから、お母さんすごく心配なの、と。

抜けてるのは、あなただよと、叫びたかった。ほとんど母さんにだまされたようなものだ。親子そろってほんわかしてますよねと、他人から言われることが多い。「ほんわか」とは、すなわち「天然ボケ」を柔らかく表現しているのだと、さすがに俺だってわかっている。

「東京出身やからって、全員ジャイアンツファンちゃうやろ?」甲斐さんが紺色《こんいろ》のキャップをかぶり直しながら言った。

「まあ……、そうですけど」

「そんなもん、こっちも同じやで。バファローズ、最近だと広島、あとはホークスとか西武《せいぶ》ファンもおるし。もちろん、大阪とか兵庫出身の巨人ファンもおるしな」

カルチャーショックだった。どうやら、母さんの言っていたことは、すべて東京の人間の抱いているありがちな関西に対する思いこみだったらしい。

「なんだ……、早く言ってほしかった」

母さんの言葉をまるっきり信じてしまったのは、この土地に長く住んでいる知り合いも友達も、まったくいないからだ。

仕事以外しゃべる相手がいないというのは、想像以上にきつい。寮にはもちろん同僚たちが住んでいるのだが、この一ヵ月、あまり交流はなかった。いちばん年齢が近いのは、同じく高卒で入社している、一年先輩の長谷さんだった。

一つ年上だから、きっと仲良くなれると思っていた。いろいろと話しかけたり、仕事のことを聞いたりしていたのだが、いつもすげなくあしらわれ、ひどいときは無視される。

四月からずっとこの調子だった。俺、何か嫌われるようなことをしただろうかと考えても、思いあたる節はまったくない。

唯一可能性として考えられるのは、俺がこのなかで一人だけ関東圏出身ということだ。せっかちな関西人からしたら、どうやら俺の行動はめちゃくちゃマイペースに見え、イライラするらしい。

悶々《もんもん》としているあいだに、三回裏のタイガースの攻撃が終わった。あらかじめ控え室を出て、通路に待機していた俺たちは、用具をしまってある小部屋からトンボを取り出した。

関係者通路から、グラウンドに出る。

トンボをたずさえ、いちばん土の荒れが目立つ、一、二塁間の走路に向かった。マイペースと言われないように、きびきびした動作を心がける。

まぶしさに目が慣れるまで、時間がかかる。五月とはいえ、日なたは汗がにじむほど暑い。空一面にうろこ雲がたなびいて、その隙間《すきま》を縫《ぬ》うように、日差しが落ちてくる。

満員の観客たちの視線を全身に感じる。ビールいかがですかぁ！　と、甲高《かんだか》い売り子さんの声が大きく反響した。

入社してすぐ、プロの試合の真っ最中にグラウンドに出たときは、さすがに手足が震えた。憧《あこが》れの甲子園の土を踏めたという感慨《かんがい》もあいまって、緊張がピークに達した。右手と右足が同時に前に出て、うまく歩けず、転びそうになった。どんな仕事にも、もちろん「はじめて」はある。けれど、初仕事を数万人の衆人環視のもとで行う職業はそうそうないだろう。

一見してスパイクの痕《あと》が目立つ箇所にトンボを入れはじめる。すると、至近距離から呼びかけられた。

「あっ、君、悪いけどもっとベース近くの、このあたり、均《なら》しておいてくれない？」

「はい！」

威勢よく返事をして、顔を上げた。その瞬間、全身が凍《こお》りついた。

阪神タイガースの選手が、グラブを小脇に抱えて立っていた。

「わっ、わっ、わっ！」と、俺は意味不明な叫び声をあげてしまった。

去年、二千本安打を達成した、レジェンドと呼ばれる大ベテランだ。三十九歳の二塁手で、ここ数年は若手にレギュラーを奪われてしまったが、代打での勝負強いバッティングは健在だった。二十代の中頃は、四年連続で打率三割以上を達成した。首位打者一回、ベストナイン二回、ゴールデングラブ賞四回の超スター選手だ。今日はレギュラーの二塁の若手が不調らしく、先発出場している。

相手は同じ人間だ。でも、俺にとっては雲の上の人だ。そこまで身長は高くない選手だったが、筋肉がものすごい。だぶっとしたユニフォームの上からでも、大胸筋の隆起がはっきりわかる。

「どうしたの？　大丈夫？」

「やります！　やってみせます！」

指摘された箇所を一心不乱に均しはじめる。ふたたび、柔らかい声が上から降ってきた。

「君、最近入ったの？」

「は……はい！」

「がんばりなよ」よく日焼けした顔に、白い歯が映えていた。

「はい、ありがとうございます！」

めっちゃええ人やん！　俺の心のなかの声がなぜか関西弁で叫んだ。はじめて選手と言葉を交わした感激がこみあげてくる。

この際、ジャビットくん人形を踏みつけて、阪神ファンに転向してもいいかもしれないと本気で考えはじめた。鼻歌を歌いながら猛然とトンボをかけていると、今度は一転、ものすごいしゃがれ声で怒鳴られた。

「アホかお前！　どこに土よせとんねん！」

「ひぃ！」反射的に首をすくめ、トンボを押す手をとめた。

先ほどのナイスガイから、とてつもない豹変《ひょうへん》ぶりだ。何か気にさわることをしてしまったのかと、声のするほうにおそるおそる視線を向けた。

そこに立っていたのは、トンボを小脇にたずさえた一年先輩の長谷さんだった。

「なんだ、長谷さんか……」

「なんだって、なんや！」

さっきの選手は、ファーストを守る外国人が投げるゴロを捕球し一塁に投げ返すという、守備前の肩ならしの練習に入っていた。

「お前な、どっちに土を持っていってんねん」

「はい？　土を持っていく？　どっちって？　どういうことですか？」

長谷さんは、あからさまなため息をついた。

「どう考えても、逆やろ！」

「えっ、えっ？　逆？」

何が逆なのかわからない。俺はただグラウンドの凹凸《おうとつ》を平らにしていただけである。テンパった俺は、トンボを持ったまま、付近の土を見くらべて右往左往した。

「もう、ええわ、邪魔くさい。どけ」

長谷さんが、俺の体に手をかけて、思いきり引っ張った。よろけて、あやうく転びそうになった。

「お前は、そこでくるくるダンスしてればええんや」

長谷さんだって、まだ整備の経験は一年そこそこのはずだ。それなのに、えらそうに人の持ち場を奪い去る。何が悪いのか教えてすらくれない。

長谷さんにはじき出された瞬間、自分が何をすればいいのかわからなくなった。内野席のお客さんの笑顔が、自分を笑っているように思えてしかたがない。

とりあえず、適当にトンボをかけはじめるが、ここが本当に整備の必要な場所なのかさえわからない。あきらかに、このグラウンドで、俺一人だけ浮いている。

擬態をするように、さも「俺、やってます」という雰囲気をかもしだそうとはしたのだが、わかる人が見れば、手持ちぶさたで、意味のない時間つぶしをしているのは明らかだろう。気配を極力消して、帽子のつばを深く下げたとき、背後からまた声をかけられた。

「そこ、ホンマに必要か？」

振り返ると、甲斐さんが立っていた。叱《しか》られたにもかかわらず、気にかけてもらえて心底ほっとする。救われたと思う。

「もう、時間やで」

肩にやさしく手をかけられた。俺は涙をこらえて、うなずいた。甲斐さんにうながされるまま、グラウンドから引きあげる。

「お前、全然うまく歩けてへんぞ。大丈夫か？」

緊張したときの癖で、膝《ひざ》がきちんと曲がらなくなる。二本の棒が下半身にくっついているようになって、ロボットのようなぎこちない歩みになってしまった。

俺たちの横を、長谷さんが颯爽《さっそう》と追い越していった。

「お前なぁ、靴の痕がつくやろ！　何、考えてんねん、カス！」

「ごめんなさい！」

「お前がいると、プラスやなくて、マイナスになんねん。早くやめてくれへんかなぁ。最近の若いヤツは……、って俺までひとくくりで言われるの、めっちゃ迷惑やねん」

そう言って、今度はうってかわって甲斐さんに笑顔で話しかける。

「甲斐さん、マジでやさしすぎるんすわ。こいつ、本気でトロいんやから、キツく言わなあかんと思いますけど」

「まあまあ」と、甲斐さんがとりなし、その場は事なきをえた。

用具室の前の狭い通路で、先ほど長谷さんに言われたことを、俺は涙ながらに訴えた。

「まあ、長谷が言うてることは正しいっちゃ、正しいんやけどな。ベース付近は土がよく動くから、とくに難しいねん」トンボの柄を杖《つえ》のようにして上半身をあずけながら、甲斐さんは気まずそうにコンクリートの天井を見上げた。

トンボがけも、一人前になるには三年以上の経験が必要だと言われている。

入社以来ずっと聞かされてきた言葉だったが、正直なところ半信半疑だった。決してナメているわけではないけれど、トンボがけなんてただ目に見えるスパイクの足跡を平らにすればいいだけだと思っていた。

「ええか？」と、甲斐さんは試すような視線を俺に向けた。「前にも言うたけど、甲子園のグラウンドは、マウンドを頂点として、放射状に緩やかな下り坂になっとる」

「はい……」それも真っ先に教えられたことだ。ピッチャーの立つマウンドから山のように全方向に向けて勾配《こうばい》ができているおかげで、水捌《は》けがいいグラウンドになっている。

「この形状を保ってるからこそ、急な降雨があっても、水がうまく外に向かって流れていくわけや。完璧とはいかないまでも、水溜《た》まりはそこまでできにくい」

トランペットや大太鼓、メガホンの音が、周囲の壁や床を揺らしはじめた。巨人の攻撃がはじまったようだ。ウグイス嬢の声がバッターの名前を告げる。

「けどな、当然、試合中は選手が走ったり、滑《すべ》りこんだりで、土が移動するやろ？二塁ベース一つとっても、どんどん選手がスライディングしていったら、土はかたよっていくばっかりや」

言われてみれば、そうだ。当たり前の話だ。

人が動けば、土も動く。すると、きれいな勾配は崩《くず》れてしまう。

「選手の動きだけやない。風でも、土や砂はたえず移動してる。だから一見、わかりやすい凸凹《でこぼこ》を均したように見えても、動いた土をもとの場所に戻してやらんとトンボをかけた意味があれへん。もちろん、さっきみたいな短時間の整備やと限界はあんねんけどな」

理路整然と説《と》かれて、俺は理解した。「逆だ」と、言われたのは、本当に「逆」だったのだ。土がかたよってしまったベース付近に、さらに土をよせてしまった……。

「トンボがけは表面を均すのと同時に、移動した土をしかるべき場所に戻してやる作業なんや。これは、バンカーでは絶対にでけへんデリケートな仕事やな。人間がしっかり目で見て、微細なところまでトンボがけせぇへんと、土が減ったところに、大きな水溜まりができやすくなるやろ」

バンカーとは、車体の後部に大きなブラシがついた整備カーのことだ。たしかに、表面をただ均すだけなら、つねに機械を走らせていれば事足りることだ。そっちのほうが、断然早い。

ずっと疑問だったことが、ようやくとけて俺は大きく頭を下げた。

「大事なのは表面だけやない。甲子園の土は、深さ三十センチまで敷きつめられてんねん。こんなに土が深いのは、まあ、甲子園球場しかないやろな。その奥の層のコンディションを察知できるようにならんと、一人前にはなれへんで」

「甲斐さん、ありがとうございます！」

よし、次の五回終わりの整備は、必ずや役に立ってやると、息せききってグラウンドに飛び出したはいいけれど……。

「全然、わからないよ……」

しゃがみこんでグラウンドに目をこらすのだが、まったく勾配が見えない。目を細めたり、上半身を後ろに倒してみたりするけれど、ただの平らな空間が広がっているようにしか見えないのだ。ましてや、どこからどこへ土が移動しているのか、どこからどこへ土を戻せばいいのかも、まったくわからない。

そりゃそうだ。すぐにわかるほどのあきらかな坂がグラウンドにできていたら、野球どころではなくなってしまう。ほんのわずかの勾配だからこそ、球場として成り立つのだ。

「三年の経験かぁ……」

入社一ヵ月で、ようやくその年数の重みがわかった。とんでもない職場に来てしまったと、俺は外野スタンドを見つめた。

向かって右側は阪神ファンの黄色、左側の一部は巨人ファンのオレンジ色に染まっている。ひらがな表記の選手名がならぶバックスクリーンの背後に、白い雲がぽっかり浮かんでいた。

「何をたそがれとんねん！」

長谷さんに怒鳴られ、我に返った。グラウンドでは二台のバンカーが走りはじめた。土煙をあげながら、一気にグラウンドを平らに均していく。

作業のテンポが速すぎて、ついていけない。職人の世界だからなのか、自分で仕事を見つけて動かないと、たちまち置いてきぼりにされてしまう。ふたたび手持ちぶさた地獄《じごく》におちいりかけたとき、甲斐さんに呼ばれた。

「おい、雨宮！　ライン引き直すの手伝え！」

飼い主に名前を呼ばれた犬さながら、よろこびいさんで、駆《か》けよった。

甲斐さんから水糸を受け取り、フェアゾーンとファウルゾーンの境目《さかいめ》に真っ直ぐ張る。この糸の直線を頼りに、甲斐さんがライン引きを動かし、白い石灰《せっかい》を落としていく。俺はといえば、しゃがみこんで水糸を地面に固定するだけの補助的な作業に終始した。

こんなの誰でもできる。悔しさがこみあげてくるのと同時に、広いグラウンドのなかで浮かずにすんで救われたと感じている。そんな自分が、どうしようもなく救いがたい。長谷さんは向上心のかたまりみたいな人で、入社二年目の今もどんどん新しい仕事を吸収していくのに、俺はこうして簡単な仕事に嬉々として飛びついている。

トンボに三年、散水に三年、すべての仕事をマスターするのに十年――。

このままじゃ、この道を究《きわ》める前に、ただでさえトロい俺は、すっかりおじいさんになってしまうと、焦《あせ》りが募《つの》っていく。

試合後、一人、広大な外野をうつむきながら歩いていた。ゴミ拾いだ。

客席から迷いこんだ白いビニール袋が、強い風に舞い上がる。足で踏んでとめようとするのだが、追いかけても追いかけても、トリッキーな動きですり抜けていく。「待て！　おい！」独り言がむなしく響いた。ビニール袋にすらあざ笑われているような気分だった。

ゴミを拾い終えると、甲斐さんが待っていた。

「雨宮、大丈夫か？　そうとうへこんどるみたいやけど」

「ちょっと、長谷さんがこわくて……」あたりさわりのないことをつぶやきながら、うつむいた。

本当はわかっていたのだ。これは長谷さんの問題ではない。俺自身の問題だ。こうして先輩に気にかけてもらうだけではなく、こちらから積極的に仕事をもらったり、やり方を聞いたりしなければいつまでたっても上達なんかしやしない。

けれど、作業があまりにもスピーディーで効率よく、話しかけるタイミングがわからない。ただでさえマイペースな俺には、きびきびと二倍速ほどのスピードで動く関西人の輪に入る隙がそもそも見つからないのだ。

「まあ、長谷も口が足らんところがあるからなぁ」甲斐さんは、人のいなくなったスタンドを見渡し、ため息をついた。

がらんどうになった甲子園球場は、試合中とはまったく違う雰囲気をまとっている。人っ子一人いないスタンドが、夕闇に沈んでいく。近くに高い建物があまりなく、空だけが切り取られているせいか、世界からぽつんと取り残された広大な廃墟《はいきょ》のような——それでいて、芝は青々と輝《かがや》き、土は庭園のようにきれいに手入れされているので、どうにも不思議な気分にさせられる。

「長谷さんって、本当にまだ二年目なんですか？　すごいてきぱきしてるし、あんな乱暴なのに仕事ぶりは丁寧で正確だし」

「あいつは、まあ、とびきりセンスがあるんやろな。仕事の勘所がわかっとるし。まあ、ちょっと生意気やけど、こっちとコミュニケーションとろうっていう意志は感じるしな」

甲斐さんは、重たいことを、さらっと言った。結局、センスや才能なのかと、俺の気持ちはふたたび沈みこむ。

「でも、もちろんセンスだけやないで」甲斐さんは俺の屈託《くったく》を知ってか知らずか、あいかわらず軽い口調で話をつづけた。「五回のライン引きのとき、お前、水糸持ちながらずっとうつむいてたやろ？」

「はぁ……」あのときは、恥ずかしくて消え入りたい気持ちで、ずっと手元の土を見つめていた。

「たとえば長谷なら、俺がどういうふうに体を使ってラインを引いてるのか、一挙手一投足、余すところなくじっと見てる。ラインを真っ直ぐ引くのも、案外難しいからな。もう、先輩のこっちが緊張するくらい、隅から隅まで、穴があくくらい、見つめられる。あいつは、言葉で質問するだけやなくて、見て盗もうとしてるんやな」

センスもない。体力もない。ちょっとなじられただけで落ちこんで、努力も怠《おこた》る。最悪だ。俺は整備のプロになるんだと宣言し、いさんで実家を出たのに、これでは父さんにも、弟にもあわせる顔がない。

「まあ、でも高校卒業してすぐ、未成年で知らん世界に飛びこんで大変やと思うし、えらいなぁと思うで、ホンマ」

「いや……、その……、ごめんなさい」

「なんで、あやまんねん」

使えない自分に対して、フォローをさせてしまったという申し訳なさを感じたとたん、謝罪の言葉が出てしまった。こうしてすぐにあやまってしまう癖を社会人になったら直したいと思っていたのに、身にしみついた卑屈さはなかなか抜けきらない。

オーロラビジョンの調整なのか、誰もいなくなった今も、大きな画面に様々な映像が煌々《こうこう》と映し出される。今季加入したドミニカ人投手が、胸の前でガッツポーズを決めている。登板がコールされたときに使われる映像だった。

「甲斐さんは、なんでグラウンドキーパーになったんですか?」

「俺、学生時代、ここにバイトで来たことがあってな」

甲斐さんは、スポーツのトレーナーを養成する専門学校に通っていたらしい。夏の甲子園の大会期間中に阪神園芸のバイトを経験したことで、卒業後もグラウンドキーパーを志望したのだという。

専門卒で五年目ということは、二十五歳くらいだろうか。

見た目は若々しくて、二十歳と言っても疑う人はいないだろう。勤務中は、細身の体を猫のように敏捷《びんしょう》にしならせて、せわしなく、しかし無駄なく動きまわっている。猫のようだと思うのは、顔がどことなく猫に似ているからかもしれない。とはいえ、一年中肉体を使った仕事をしているからか、ポロシャツから出た腕はがっしりしている。

「雨宮は、なんで東京からわざわざ、ここを選んで来たん？　やっぱ、甲子園に憧れたんか？」

「それもありますけど……、一からきちんと話すとものすごく長くなります」

「じゃあ、ええわ」

「ちょっと！　少しは聞いてくださいよ！」

甲斐さんは、にやっと笑って、俺の手からゴミの入った袋を受け取った。

「つっこみはしっかりできるんやな」

ボケられたということにも気づかなければ、自分がつっこんだという自覚もない。

ただ不器用なりに、必死に毎日を生きているだけだ。

子どものころのあだ名は、「残念君」だった。

どうやら、俺、あんまり自覚はないけれど、そこそこ顔はいいらしいのだ。小動物みたいでかわいいとよく言われる。母さんに似たらしい。

でも、決して浮かれることはなかった。

運動神経がまったくないからだ。死ぬほどないからだ。

五十メートル走は九秒台。しかも、ぎりぎり十秒を切るくらい。同じ時間で、俺の倍の距離を走りきる人類が存在することが、そもそも信じられない。

緊張すると、うまく膝が曲がらなくなる。硬いフランスパンみたいになってしまう。俺が走ると、みんな腹を抱えて笑う。真剣な顔と、膝がぴんと伸びたフォームのギャップがものすごいらしいのだ。

体育の授業が嫌で嫌でしかたがないのだが、種目がチームスポーツだと、もっと憂《ゆう》鬱《うつ》になる。サッカーでキックを空振りし、バレーボールでレシーブを顔面にあて、バスケでは足と手の連動がうまくいかずにトラベリングを連発してしまう。

なんでボールって丸いの！　転がるの！　言うこと聞かないの！

独自の意志を持つかのように動くボールがあまりにうらめしかったので、思いきり踏みつけたら、自分のほうが滑って転んでしまった。中学二年生の秋の出来事だった。

　それ以来、サッカーでもバスケでも、無難な位置をキープして集団にとけこみ、右に左に走りつづけることに終始した。広いコートのなかで、目立たず、浮かないことだけを目指し、ただただ走った。

　球技の場合は、ボールに関与しないという逃げ道があるけれど、何と言ってもいちばんのトラウマは小学生のときにやった長縄跳びだ。クラス全員で参加して、なるべく多い回数を跳ぶという、日本的な団結力が試される魔の競技だ。

　引っかかるたび、全員の冷たい視線が足下を這《は》い、戦犯を探す。結果、「ごめんなさい」が、重い口癖になってしまった。ちょっとのミスでも萎縮《いしゅく》し、先まわりしてあやまってしまう。

　その癖は、スポーツから、やがて日常生活を浸食《しんしょく》していった。先生にあてられたり、女子に話しかけられたり、ちょっと高圧的に振る舞われただけで、テンパり、キョドり、あわあわして、顔を真っ赤にしてしまう。その態度がよりいっそう周囲の人たちをいらつかせてしまうらしい。

「なんか、ホントに残念だよね、雨宮君って」

　女子のひそひそ声が、耳に突き刺さる。

「けっこう顔かわいいのに、あれじゃあね」

「なんで、あんなに挙動不審なの？」

「肉食獣に襲《おそ》われて逃げ惑《まど》う、ミーアキャットみたい」

「膝の曲がらないミーアキャットね」

「しかも、勉強も全然できないらしいよ。そうとうバカなんだって」

高校二年生のとき、告白された後輩とつきあったのだが、体育祭の日に見事にフラれた。その子が言いふらしたのか、後輩たちは陰で俺のことを「残念先輩」「膝ピン先輩」などと呼ぶようになった。

勝手に期待されて、勝手にがっかりされる身にもなってほしい。運動神経抜群とはいかないまでも、せめてふつうに走ったり、跳んだり、投げたり、蹴ったりできる能力があればじゅうぶんだったのに。

「社会人になれば、運動する機会なんかそうそうないんだから」同じく勉強とスポーツがからっきしのおっとりした母親は、いつも俺をなぐさめてくれた。「人前でスポーツするのは、せいぜい高校生までだよ」

とはいえ、母さんだって父さんの運動能力に惚れたクチだから、そのなぐさめの言葉も決して信用ならない。

父さんは、社会人野球の選手だった。現役のとき、同じ会社に勤める母さんと出会ったらしい。俺が生まれた年に選手を引退して、今は会社員に専念している。だから、俺は父さんの現役時代を知らない。

高校時代は、夏の甲子園の予選で、決勝まで進んだらしい。あと一歩で甲子園に出場できなかった心残りを息子に託すため、長男の俺を三歳のころから鍛えはじめたのだが……。

この子、なんかおかしい――そんな疑いが、俺の成長とともに、徐々に確信へとかわっていったのだろう。絶望的に運動神経のない長男に、父さんは七歳くらいで見切りをつけた。弟の傑《すぐる》に、父の熱い眼差《まなざ》しはシフトしていった。

名前のとおり、まさにすべてにおいて傑出している。母の美貌《びぼう》とやさしさ、そして父の恵まれた体格と運動能力――すべての長所を正統に受け継ぎ、この世に生まれ出た。

いるんだ、そういう人間が、この世には。

イケメンで、性格がよく、背が高く、しかもずば抜けて運動神経がある。当然、父の期待と愛情は、すべて弟にそそがれることとなった。傑もその期待を一身に受け、野球をはじめた。

一方、母のDNAを百パーセント引き継いだ俺は、跳び箱に体当たり。走り幅跳びは一メートルちょっとのところで、膝がぴんと伸びたまま足の先から砂場に突き刺さる。走り高跳びはガードレールの高さすらまともに飛び越えられない。

運動は大嫌いだったが、父とつながりを持ちたい一心で、野球だけは観戦をつづけてきた。父と同じ巨人ファンになった。ちなみに、傑はヤクルトファン。小学生のときは、よく東京ドームや神宮球場へ、家族で巨人対ヤクルトを観に行った。

弟のリトルリーグやシニアリーグの試合も、両親といっしょに応援に駆けつけた。父はいつも、傑だけを見ていた。

野球は、大好きだけど、大嫌いだった。大嫌いだけど、大好きだった。複雑にこんがらがった自分の気持ちを整理し直したかった。そして、卑屈に育ってしまった自分の根性をなんとしても鍛えたかった。もちろん、父さんにこちらを見てほしいという思いが、なかったわけではないと思う。

高校受験は、あえて野球部の強豪校である徳志館《とくしかん》を選んだ。そして、入学後、すぐに野球部のマネージャーを志望した。そこで、約二年半、選手たちのサポートをしてきた。

実際、三年生の最後の夏は、甲子園出場を果たし、記録員としてベンチ入りまでしたのだ。それでも、父が甲子園まで足を運ぶことはなかった。父にとっては、記録員になった息子など、どうでもいいのだ。

忘れもしない。

最後の瞬間は、必ず訪れる。早いか、おそいかの違いだ。

徳志館高校の場合は早かった。一回戦だ。最後のバッターがフライを打ち上げる。相手校のセンターがボールをがっちりキャッチして、そのまま高らかにガッツポーズを決める。

そのすべてが、俺の目にはスローに映った。

俺たちはベンチ前に整列して、相手校の校歌を聞いた。となりに立つエースの一志《かずし》の嗚咽《おえつ》を聞きながら。

応援してくれた味方のスタンドに挨拶をすませると、チームメートたちが甲子園の土を袋に集めはじめた。いつからはじまったのかはわからないが、高校野球の敗者の慣習だ。グラウンドに膝をついた仲間の丸まった背中を、俺は涙でぼやける視界に焼きつけた。

何もかも終わった。三歳下の傑は、いよいよ来年、高校に進学する。すでに、複数の強豪校から推薦の誘いを受けているようだ。そうなると、父さんの関心はすべて傑にそそがれることになる。

エースの一志は、ダウンのキャッチボールをしていた。ほかのチームメートが撤収《てっしゅう》を開始したベンチ前で、おくれて一人、土を拾いはじめる。

しかし、なかなか土が集まらない。チームメートがあらかた、そのあたりの土を持っていってしまったあとなので、両手でかき集めても、じゅうぶんな量が確保できないようだった。たった一試合で、グラウンドはかわき、表面は固まってしまっている。

そこに、カメラマンたちが群がった。地面に這いつくばってまで、涙をこらえる一志の表情をとらえようとする。

カメラマンに、「もうやめてくれ」と言いたかった。もう、じゅうぶん撮っただろう、と。それでも、しつこくフラッシュがたかれる。一回戦敗退の、東東京代表の三年生エース。最後の夏。格好の被写体だ。

そのときだった。

一志のもとに、カメラマンの隙を縫って、すっと一本の木の棒のようなものが差し出された。

一志が顔を上げる。

俺も棒の正体と、その持ち主をたしかめた。

木製の棒は、トンボの柄だった。グラウンドを均す、野球部員にはおなじみの道具だ。

トンボを持っているのは、帽子を目深《まぶか》にかぶった、まだ若い男の人だった。影になって、よく表情が見えない。

なぜ、グラウンドの整備員が、一志のところまで来たのか――？

その答えは、一志の目の前に盛られた黒土を見てすぐに察することができた。なかなか土を集めきれず、カメラマンの餌食にされる一志を見かね、トンボでべつの場所からわざわざ運んできてくれたのだろう。

「ありがとうございます！」土を両手ですくった一志が、涙声で叫ぶ。

グラウンドキーパーの青年は軽くうなずき、さらに帽子のつばを下げた。そのまま、トンボを押しながら、無言で去っていく。

俺はあらためて広い甲子園を見渡した。

きれいだった。青々と輝く芝。そして、今まさに目の前で整備されている内野の土は、みるみるうちに平らに均され、やはり黒く、力強く、夏の太陽を受けて照り映えている。

父さんも、高校時代、ここに来たかった。でも、果たせなかった。

俺はこうしてベンチ入りすることはできたのだが、しかし、すぐ目の前にある土を踏むことはかなわなかった。記録員はベンチ前に敷かれている人工芝のゾーンから出られない。シートノック中も、試合中も、フィールドに出ることは基本的に許されてはいないのだ。

グラウンドキーパーがトンボを押しながら去っていく。俺は、心のなかで「ありがとうございます」と、つぶやいた。

その瞬間、静かな興奮とともに切望した。

ここに戻ってきたい、と。

もちろん、俺はどうあがいても選手にはなれない。しかし、プレーヤーにはなれなくても、甲子園に立つことはできるのだ。

完全なる黒子で、表舞台に出ることはない。けれど、選手たちのため、そしてその活躍を心待ちにしている観客のため、最高の舞台を整える人たち。陰ながら、こうして「ありがとう」と、声をかけてもらえる人たち。

遠ざかっていく紺色のポロシャツの背中には「HANSHIN　KOSHIEN STADIUM」と印字されていた。

土を袋に詰め終えた一志の腕をとり、立ち上がらせた。ベンチ前に一列にならび、一人一人帽子をとって球場に礼をしながら、裏手へと引きあげていく。観客たちから、敗戦校に向けた拍手がわきおこる。

俺だって、人の役に立つ人間になりたい。どうせ志《こころざ》すなら、最高の場所を目指したい。父さんに何としても認めてもらえるような社会人になりたい。

俺は深く腰を曲げて礼をしながら、新たな決意を胸に秘めていた。

これまでの十八年間で積み上げてきた鬱憤《うっぷん》をぶちまけるようにして、甲斐さんに語った。

まだ出会って一ヵ月しかたっていない人に話すのも考えてみればおかしなことだし、甲斐さんにとっても迷惑だったかもしれない。でも、同じ道を志した者同士、きっとわかってくれる部分もあると、俺は少し期待していた。

「やっぱり動機のいちばんの部分は父親の存在が大きくて……」

甲斐さんに連れられて入った、尼崎《あまがさき》のお好み焼き屋さんで、スジモダンを食べながら話をつづけた。

かなり年季の入った店だった。白かったはずの壁紙は、長年の煙や油にさらされて茶色くすすけている。いったいいつの年代の製品なのかとたずねたくなるような旧型の大きいクーラーが、がたがたと震えながら冷気を吐き出していた。

「弟の傑が中一でシニアリーグに入ったときのことなんですけど、ある試合で傑のチームがぼこぼこに相手を打ち負かしたんです。それで、傑はちょっと調子に乗っちゃったのか、相手はザコだったなって、軽い調子でぽろっと父さんに言ったんです」

甲斐さんは黙って俺の話を聞いていた。自分の分の豚玉を食べ終え、生ビールのジョッキも空にした。ずっと話をしていた俺は食べるのがおくれていた。あわててモダン焼きの最後の欠片《かけら》を取り皿にとって頬張った。

「それを聞いた父さんが、今までにないっていうくらいキレちゃって。敵チームがいなきゃそもそも試合ができないんだ。戦う相手に敬意を払って感謝しろって。たぶん、このまま弟が神童みたいな扱いを受けて、どんどん独《ひと》りよがりになってしまうのをおそれたんだと思います。もうあいつは、中一で向かうところ敵なしみたいな体格と野球の才能を発揮してましたから」

甲斐さんは、「おばちゃん、ナマ追加ね」と、カウンターに声をかけた。注文をした相手は、どう見ても「おばちゃん」よりは「おばあちゃん」といった風情の腰の曲がった店員さんだった。デフォルメされたキリンが、エプロンにアップリケされているのが、なんともかわいらしい。

「父さんは、自分一人で野球ができると思ったら、大間違いだって傑にこんこんと説教しました。チームメートが助けてくれる。相手チームがいるから試合ができる。グラウンドを整えてくれる人がいるから、怪我なく戦える。母さんが毎朝早起きして弁当を作ってくれるから、ご飯ももりもり食べられるって」

ビールのジョッキを届けたおばあさんが、「もう、食事はええな？　火ぃ切んで」と、テーブルの横のつまみを操作した。

「父さんの説教を聞いて、傑は何か感じるところがあったみたいで。両親に泣きながら、毎日ありがとうってお礼を言って。そしたら、母さんまでよろこんで涙ぐんでましたけど」

「まあ、日々メシを作っても、オカンが感謝されることなんて少ないしな」

「そうなんです。でも、俺だけその涙の輪のなかに入れなくって……。やっぱり、両親にとっては傑の将来がいちばん大事で、一人だけその役にまったく立っていない俺は存在していないのとおんなじなんです」

感謝は大事。つけあがりそうな子どもを諭《さと》すには、まっとうな正論だ。

真正面の正論だからこそ、傑は感化される。

真正面の正論だからこそ、そこからはじき出された俺は居場所をなくしてしまう。

「そんで、少しでも野球のプレーヤーにとって、感謝される存在になりたいって、そういうことか?」ビールを一口飲んで、甲斐さんは猫のような細い目を向けた。

あらためて指摘されると恥ずかしくなったけれど、「そういう気持ちも、もしかしたらあるのかと……」と、うなずいた。

「選手から感謝されるような仕事をすれば、少しは父さんも認めてくれるかなぁって」

「お前、彼氏に尽くす彼女みたいに健気《けなげ》やな。だからって、ふつうマネージャーするか? ましてや、グラウンドキーパーで就職までして」

「いや、もちろん野球という競技そのものは好きなんですよ。プロ野球も、高校野球も大好きなんです」

「うーん……、感謝ねぇ」

甲斐さんは、渋い表情を浮かべた。人の顔色をうかがうのが癖になっている俺は、何か気にさわることを言ってしまったのかと不安になった。

甲斐さんは無言で、テーブルのかたわらに置かれていたヘラを手に取った。表面を削るようにして、焦《こ》げをはがしていく。鉄板の端っこにあいている穴に黒い塊を落としてから、俺に視線を向けた。

「もちろん、家族のなかでないがしろにされてきたお前の気持ちも、わからんでもないけどな。厳しいことを言うようやけど、感謝を求めてる時点で、お前は負けやな」

「えっ……？」

「たとえば、お好み作っとる、あの婆《ばあ》さん……」と、甲斐さんは相手が聞いていないところでは「婆さん」呼ばわりした。「いちいち、客の感謝なんか求めてると思うか？」

カウンターのほうを見た。腰が曲がっているので、おばあさんの頭のてっぺんがこちらを向いている。青ネギを細かく切っているらしく、トントンとリズミカルな包丁の音が聞こえてくる。

「まあ、勝手な想像やけど、あの婆さんは客たちが、ウマいわぁ言うて食ってる姿見てるだけで満足なはずやで」

甲斐さんはヘラの先を、俺に向けた。

「俺たちだって、そうや。高校野球でも、プロでも、選手が楽しそうに、のびのびプレーしてる。それを見たお客さんたちが、よろこんでる。感動して、拍手喝采《かっさい》してる。それだけで、グラウンドキーパーは満足なんや。結果として感謝されることがあったとしてもな、それを目的にしたらあかんやろ」

唇を嚙《か》みしめて、うつむいた。甲斐さんの言葉に打ちのめされた。

俺はどれだけ幼いのだろう？　俺を見てくれ、気にかけてくれと泣き叫ぶ赤ん坊と、何もかわらない。

「たまたま大観衆に目につく職業やから、神整備やってメディアにとりあげられるけどな、お好み焼き屋の婆さんやろうが、工事現場のおっちゃんやろうが、バスやトラックの運転手やろうが、普通のサラリーマンやろうが、みんなおんなじや。それぞれの持ち場を必死になって守っとるだけや。それで給料もらって生きてんねん」

何も言葉を返すことができず、何度も何度もうなずいた。

「俺からしたら、ものすごい高いビル建ててるおっちゃんたちのほうが、よっぽど神やで」

甲斐さんがヘラを置いて、ビールを飲む。未成年の俺も、ビールを一気飲みしたい気分だった。落ちこんだのはたしかだが、それと同時に、ふつふつとやる気がみなぎってくるのが不思議だった。

今、俺はようやく社会人の一歩を踏み出したところなのだ。スタート地点に立ったばかりなのだ。ここで挫折するわけにはいかない。テーブルの下で拳をかたく握りしめた。

足音がして振り返ると、おばあさんがすぐ後ろに立っていた。しわくちゃの顔のなかの、しじみみたいな目を最大限広げて、なぜか甲斐さんをにらんでいる。

「俊介《しゅんすけ》、お前は後輩に説教できるほど、いつの間にえらなったんや？」

エプロンについているキリンさんも、甲斐さんを見つめていた。

「あははっ！」甲斐さんは照れを隠すように、後頭部をかいた。「四年辛抱したんや、それくらい許されるやろ」

「アホか！　それが許されるのは、十年目からや！」

「俺は後輩を勇気づけとるだけや！」

「サービスのイカ焼き持ってきてやったんやけど、口答えするなら、おあずけや」

「おい、ババア！　置いてけ！」

いつから通っているのかはわからないが、「俊介」「ババア」と呼びあうからには、そうとう気安い仲のようだ。俺はコーラをおかわりして、イカ焼きをいただいた。

会計は甲斐さんが払ってくれた。丁重にお礼を言って、おばあさんにも「ごちそうさまです」と、頭を下げた。

おばあさんは、俺にはやさしかった。「飴《あめ》やで」と、俺だけにりんご味のキャンディーをくれた。

「ウマかったで」のれんをくぐりながら、甲斐さんがおばあさんに言う。

「アホか」おばあさんが答える。

このノリも到底俺には理解できないのだが、明日からの仕事への活力は、たしかな手触りとして胸の内側に熱く兆《きざ》していた。

「甲斐さん、ありがとうございます」

きっと、俺がやめてしまうかもしれないと心配して、食事に誘ってくれたのだろう。

「明日からも頑張れそうです」

「何を言うてんねん」甲斐さんは笑って答えた。「頑張れそう、やなくて、頑張るんや」

阪神電車に乗って、寮に戻った。甲斐さんは婚約者と同棲中ということで、寮を出ている。尼崎でラブラブ生活なのだそうだ。

二階へ上がり、ワンルームの個人部屋に帰ってくると、真っ先に窓辺に立った。カーテンを開け、窓の桟《さん》に置いてあるジャムの空き瓶《びん》を手に取る。

透明の瓶のなかには、土が入っていた。甲子園の黒土だ。

仕事場から盗んできたわけじゃない。甲子園出場を果たした高校三年生のとき、チームメートの一志から分けてもらったものだ。

今の俺をこの場所にまで導いてくれた原点でもあり、ほろ苦い青春の思い出でもある。

夏の甲子園大会、一回戦敗退後の翌日、エースの一志に呼びだされた。チームで泊まっていた宿舎のロビーだった。

「宿の人にもらった、ジャムの空き瓶で申し訳ないんだけどさ……」一志はそう言って、照れくさそうに瓶を持っていないほうの手で頰をかいた。「これ、甲子園の土を分けて入れたんだ。俺の感謝のしるし」

不器用にラベルを剝がしたあとが、瓶の表面にくっきり残っていた。敗戦の夜、こっそりシールをこそぎ落としていたのかもしれない。そんな一志の姿を想像すると、やるせない気持ちになった。

瓶のなかには、黒い土が入っていた。

学校の制服を着た記録員は、土を持って帰るわけにはいかない。ベンチ入りはしたものの、憧れだった甲子園の内野に、足を踏み入れることすらかなわなかった。

素直にうれしかった。約二年半、いっしょに戦ってきた戦友の心遣いに感謝した。

それに、ここに詰まっているのはあの整備の人がトンボで運んできてくれた土だ。勝手な思いこみには違いないけれど、バトンがつながったと感じられた。

「本当は優勝してから言おうと思ってたんだけど」まるで試合の最中のように、一志の額には玉のような汗が浮かんでいた。

「うん」

「負けちゃったから、今、言うんだけど……」

なんだか歯切れが悪い。いつも、気持ちのいいほど、はきはきと受け答えをする一志が何度も曖昧《あいまい》な前置きを口にしてから言った。

「俺、好きなんだ」

「何が？」俺はつばを飲みこんだ。「野球が……？　大学でもつづけるってこと？」

「いや……、違う。そうじゃなくってさ」

「じゃあ、何なんだよ」

「好きなんだ、お前のことが！」

腹をくったのか、一志はぴんと胸を張って叫んだ。汗が絶えずだらだらと頬をつたい落ちる。

「いやいやいや、ちょっと、待ってよ！」かろうじてかわいた笑い声をあげた。

「なんだよ、こんな真面目な感動シーンで、冗談はよしてよ！」

「冗談なんかじゃない！」

一志が激しく首を横に振った。

「お前のことを、残念なヤツだなんて、誰にも言わせないから！」

俺は甲子園の土が入った小瓶を力いっぱい握りしめた。

「だから……！　俺と……！」

「ご、ご、ご、ごめんなさい！」あわてて踵《きびす》を返して、宿舎の自分の部屋へと走った。「マジで、ごめん！」

階段を駆け上がるときに、案の定膝が曲がらず、派手に転んでしまった。小瓶をつかんだまま、四つん這いで獣のように、猛然と二階に逃げた。

阪神園芸への入社が決まり、兵庫県に引っ越してくるとき、何度この土を捨ててしまおうと考えたことだろうか……。

そのたびに一志の顔がよみがえってくる。夜寝るとき、吉野家の牛丼を食べるとき、シャンプーしているとき――ふとした瞬間に、「好きなんだ」という一志の言葉を思い出し、「わー！」と叫びたくなる。

実際、吉野家では「わちゃー」と一人で頭をかきむしってしまい、カウンター席の周囲から人がいなくなったし、今も「きゃー！」と、気づかないうちに叫んでいたらしく、隣室に接している壁がどんどんと乱打された。

となりは長谷さんだ。

「うっさいわ！　何、叫んどんねん！」という怒号が、かすかにくぐもって聞こえてくる。

「すいません！」と、壁の近くであやまった。

一志には悪いことをしてしまったと、今でも悔《く》いている。夏休みが終わり、二学期がはじまっても、彼のことを避けまくってしまった。廊下の向こうから、頭一つ分抜け出た一志の顔が見えると、あわてて来た道を戻った。

野球部で苦楽をともにしてきた戦友のはずだった。いっしょに泣いたり、笑ったりしてきた。その友情が、あっけなく壊れてしまった。

今の時代、男性から告白されること自体、まったく否定はしない。一志自身そういう苦しみ、悩んだすえに、告白するという選択をしたのだろう。自分の気持ちを解放できたのは、よろこばしいことだと思う。でも、その反面、なぜか裏切られたような気分になったのだ。

たしかに、ろくに重い物も持てない、そそっかしいマネージャーではあったけれど、俺だって精いっぱい一志やチームメートのために仕事をこなしてきたつもりだった。

卒業後の進路を決める際、最初はポジティブな動機から、阪神園芸の黒子としてのつつましいカッコよさに憧れたわけだが、最後のほうはかなりネガティブな気持ちに突き動かされた。関西に行けば、一志、天才イケメンの弟・傑、傑に首ったけの父さんと顔をあわせずにすむ。やっぱり傑の活躍と成長を間近で見せつけられるのは、つらいものがある。

一度、大きく距離をとって、家族という存在を見つめ直してみたかった。どうしても気分を一新したかった。

そうじゃなければ、到底、自分から阪神園芸にアポなしで電話をかける勇気などわかなかったかもしれない。

夏の甲子園から一ヵ月後、兵庫県にある本社の人事につないでもらい、グラウンドキーパーの採用枠があるかどうかをたずねた。今考えれば、そうとう迷惑だっただろう。自分が記録員としてあの舞台に立ったこと、それでも内野のグラウンドには足を踏み入れられなかったこと、整備の人のさりげない気づかい、そして野球の聖地で働けるやりがいについて滔々《とうとう》と述べた。

たまたまグラウンドキーパーの人員に空きができたということで、なんとか面接までこぎつけた。無謀な挑戦だと思ったのだが、こうして直接電話をかけてグラウンドキーパーを志望する人も、これまでに何人かいたのだという。

「そういえば……」窓から入る街灯の光に瓶の分厚いガラスをきらきらと反射させながら、つぶやいた。

先ほど俺の話を聞いた甲斐さんは、一志のもとに土を届けたのが誰だかわからないと言っていた。俺の記憶も曖昧だし、あのとき、あの人の顔には帽子のつばの影が濃く、深く落ちていたので顔がよく見えなかった。

入社後、一人一人の動きを注意深く観察してみたけれど、やっぱり誰なのか判然としない。やめてしまったとは考えたくないけれど、どこかべつの現場に異動になった可能性もじゅうぶんある。

ただ、一つだけたしかなことがある。あの人だって感謝をされたいと思って、一志に土を運んだわけではないだろう。あくまで、我々の本業はグラウンド整備なのだ。

球児たちに気持ちよく、怪我なく、プレーしてもらいたい。たとえ、負けたとしても、球場にいいイメージを持って、故郷に帰ってほしい。そんな思いが、結果としてあのような行動を生んだのだと思う。

ということは……。

あのときのグラウンドキーパーは、やっぱり甲斐さんなのではないだろうか？　今日、俺の話を聞いても、一志に土を届けた人間が誰なのか、甲斐さんはまったく詮索しようとしなかった。甲斐さんの性格や仕事への姿勢からして、自分の行いを美談として語られることを決してよしとしないだろう。

俺も甲斐さんのような、たしかな技術と、広い視野をもったグラウンドキーパーになりたい。

「よっしゃあ！　明日から、頑張るぞ！」

小瓶を握りしめて声をかぎりに叫んだ。しばらくすると、今度は玄関の扉が騒々しくノックされた。

「うるさい言うてるやろが！　何度目や！」

すぐにあやまるような、腑抜《ふぬ》けた、情けない人間にはなりたくない。長谷さんのいじわるや妨害には、絶対に負けたくない。強い人間になるんだ。俺はドアを勢いよく開けて、長谷さんに怒鳴り返した。

「お前のほうがうるさいわ！」

その瞬間、頭から一気に血の気が引いた。ドアの前に立っていたのは、長谷さんではなかった。三年目の先輩、大沼《おおぬま》さんが両手を腰にあてて仁王立ちしていた。

「俺のほうが、うるさいって、それ、どういうことや？」

玄関に膝をついて、平身低頭、あやまった。

「すみません！　すみません！　申し訳ありません！」

整備のプロになるには、まだまだ長い道のりが待ち受けているようだ。


内野のグラウンドは一面、オレンジ色の巨大なシートに覆《おお》われていた。

昨日の夜半から降りはじめた雨は、朝方にはやんだ。シートの上には、大量の雨水が浮かんでいる。これからシートを巻き取り、午後六時開始のナイターに向けて整備を行う。

入社から約三ヵ月が経過し、一日の仕事の流れがだいぶ把握できてきた。個々の作業の習熟度はともかくとして、次に何が行われるかわかっていると、それにあわせて準備ができる。先まわりで、動くことができる。

七月に入っていた。けれど、まだ梅雨は明けておらず、ぐずついた天気がつづいていた。もう数日後には、各都道府県で夏の甲子園の予選大会がはじまってしまう。傑は数ある推薦の誘いのなかから、俺が通っていた徳志館高校を選び、進学していた。

もちろん、傑には最後まで勝ち抜いてもらって、八月、ここまで来てほしい。素直にそう思う。けれど、あいつの活躍をすぐ間近で目《ま》の当たりにさせられるのもつらい。熱狂する父の姿を見るのも、もっと複雑な気分になりそうだ。

そう感じてしまうのも、天気のせいかもしれない。

子どものころから、雨が苦手だった。梅雨はとくに気分がふさぎこむ。屋根を打つ雨音を聞くだけで憂鬱になってしまう。気象病という言葉も聞くし、低気圧のせいかもしれない。

しかし、実は父さんの存在も大きかったのだ。父親と雨の苦い思い出は、うまく説明できる気がどうしてもせず、お好み焼き屋で甲斐さんに語ることは控えていた。

今は雨がやんでいるので、いくぶん調子はよかった。長靴を履いた俺は、転ばないように足元に注意しながら、シートの上にのせてある木材などの重しをどかす作業にあたった。

シートは巨大なトイレットペーパーのような形状だ。心棒があって、今は、そこからべろんと細長くビニールシートが吐き出された状態だ。これが四つ稼働して、内野の土の部分をすべてカバーしている。

「せーの！」

声をあわせて、広げられたシートを心棒が巻き取れる大きさまでたたんでいく。心棒にはモーターがあり、電動で回転する仕組みだ。水がのった分厚いビニールは五十メートルほどの長さがあり、かなりの重量だ。すべてを人の力で出し入れしていたら、おそらく倍の人数がかかってしまうだろう。

モーターのスイッチが入り、心棒が回転をはじめる。シートを引きずって収《おさ》めていくとグラウンドが傷んでしまう。動かすのは、車輪のついた心棒の台座のほうだ。台座を外野のほうからホームベース方向へ、モーターの回転に合わせながら徐々に進ませて巻き取っていく。

俺はシートがうまく真っ直ぐに吸いこまれていくように、端の部分を持ち上げながら進んでいた。かがみながら、足元に気をつけて、そろそろと後退していく。

すると、背中に激しい衝撃が走った。

「あっ、すまん。邪魔やってん」

長谷さんの声が聞こえた瞬間、俺はシートの端を踏んづけていた。

会社から借りたぶかぶかの長靴が災《わざわ》いした。そして、俺の運動神経のなさも、当然のことながらぐらつく足元を立て直す役にはたたなかった。濡れたシートに足をとられ、俺は見事にすっ転んだ。

しかも、シートのど真ん中に。

プールでもがくように、水たまりのなかで必死に手足を動かして、なんとか陸地に上がろうとする。が、焦れば焦るほど滑りまくって、脱出は到底かなわない。

目の前に、回転する心棒が迫りくる。俺はぎゅっと目をつむった。

このまま巨大な心棒にシートごと巻きこまれたら、ぺちゃんこだ。

よしんば圧死をまぬがれたとしても、濡れたビニールといっしょに簀巻《すま》きにされたら、息ができずにそのまま窒息《ちっそく》死だ！

えっ？　俺、このまま死んじゃうんですか？　お母さん、ごめんなさい！　と、心のなかで叫んだ刹那《せつな》、切迫した甲斐さんの声が響いた。

「あかん！　ストップ！」

機械の音がとまった。おそるおそる目を開ける。心棒へとつづくオレンジ色のシートのなだらかな斜面の向こうに、雨上がりの午前の青い空が広がっていた。心臓がばくばくと胸の内側で暴れている。

「あっ、すみませんねぇ。君がちょこまかと、ねずみのように動きまわっているものですから、よけきれなくって」

長谷さんがにやにやと憎たらしく笑いながら、俺を見下ろした。たどたどしい東京の言葉であやまってくる。

「でも、決してわざとではないですので、ご容赦《ようしゃ》、ご勘弁のほど」

そう、三ヵ月たっても、相変わらずだったのだ。

長谷さんは、じりじりと精神的プレッシャーを俺にかけつづけた。ことあるごとに悪態をつき、経験値の高められる仕事を横からかすめとり、ひどいときは今みたいに物理的に体当たりして俺の進路を妨害した。

長谷さんは強豪校の元球児だ。堂々とした肉付きのいい体にぶつかられたら、こちらとしてはなすすべもない。ダンプカーと原付バイクが衝突するようなものである。理由はわからないけれど、どうしても俺にこの仕事をやめさせたいようだ。というよりも、今回は俺に人間をやめさせようとした。もう少しで死ぬところだったのだ。

立ち上がって、猛抗議した。

「わざとですよね！」

「んなわけないやろ！」

「絶対、わざとです！」

「なんで、決めつけんねん！」

「だって……！」

「だってぇ！」と、幼児のような甘ったるい口調で、長谷さんが俺の真似《まね》をした。上半身をくねくねと動かしている。

俺って人からはそんなふうに見えるのか？　愕然《がくぜん》としたが、黙ってなどいられない。長谷さんに食ってかかろうとしたとき、後ろから襟首《えりくび》をつかまれた。

強い殺気を肌に感じながら、おそるおそる振り返った。現場のグラウンドキーパーのトップである甲子園施設部長・島《しま》さんが肩をいからせて立っていた。

「お前ら、ここに遊びに来てんねやったら、今すぐ出て行ってくれへん？」

グラウンドキーパー歴約三十年の、大ベテランだ。静かな口調だからこそ、本気なのだとわかる。俺が生まれるずっと前から、この球場を守りつづけているのだと思うと、自然と背筋が伸びた。

「事故が起こったら、どうするつもりやったんや？　ホンマにシャレにならんぞ」

長谷さんが悪いなどと、とても反論できる雰囲気ではなかった。俺も長谷さんも、素直に帽子をとってあやまった。

これで少しはおとなしくなるかと思いきや、島さんがいなくなったとたん、聞こえよがしにぼそっとつぶやいてくる。

「ったく、俺まで怒られたやん。どうしてくれんねん」

一つしか年齢が違わないのだから、もっと助けあったり、仲良くしたりしたい。友達になるまではいかなくても、同じ職場で働いているのだから、ちゃんとコミュニケーションをとりたい。

そんな思いが爆発して、俺はついに禁断の言葉をつぶやいてしまった。

「うるさいですよ。甲子園優勝投手だったのは、もう過去のことなんですよ。いい加減、現実を直視してください」

長谷さんの眉間《みけん》にしわがよった。まるでそれ自体意志を持つ生き物であるかのように、太く濃い眉毛がうごめいた。

それは長谷さんに対して、いちばん言ってはならない言葉だった。しかし、口から出てしまった悪口は、もう二度と取り戻せない。

殴られる——そう覚悟した瞬間、思ってもみないほど静かな長谷さんの声が響いた。

「お前に何がわかんねん」

「何がって……？」

「プレーヤーの気持ちや」

その顔は静かな怒りに燃えているようだった。

「わ……、わかります！」あわてて答えた。俺だって、強豪野球部のマネージャーだったのだ。

けれど、「ホンマか？」と問われて、一志の顔が目の前にちらついた。俺は本当にあいつの気持ちを理解していたと言えるのだろうか？

「ホンマに、俺の気持ち、わかんのか？　あぁ？」

俺が黙っていると、長谷さんは首を軽く横に振って、言葉をつづけた。

「ピッチャーの気持ちは、ピッチャーにしかわからへん。プレーヤーの気持ちは、プレーヤーにしかわからへん。満足にスポーツもできんようなヤツが、整備をやるのが間違いなんや」

甲斐さんが「おい、言い過ぎやろ！」と、長谷さんをたしなめた。しかし、長谷さんは先輩の言葉に片頬をつりあげて、皮肉を吐き出した。

「俺と雨宮、いったい、どっちが言い過ぎなんすかね。人の心のいちばんヤワな部分えぐったのは、こいつなんすよ」

甲斐さんが、気まずそうに黙りこむ。

長谷さんは、先輩からも腫《は》れ物にさわるような、微妙な扱いを受けていた。甲斐さんが思いきった態度で叱れないのも、しかたがないのかもしれない。

それもそのはずだ。長谷さんは、本当なら今ごろ、プロ野球選手になっていてもおかしくなかった。この甲子園球場で、プレーヤーとして活躍していたかもしれないのだ。

高卒ルーキーとして、ドラフトで重複指名を受けるほどの逸材というのが、一昨年の夏前の時点での長谷さんの評価だった。すぐに一軍は無理だとしても、数年後にはじゅうぶん一軍の先発ローテーションの一角に食いこむ活躍を見こめた。

それが、今、甲子園で長靴をはいて、シートをたたんでいる。

同僚たちのなかで浮いていると感じているのは、俺だけではなく、もしかしたら長谷さんも同じだったのかもしれない。

長谷さんは、フルネームで「長谷騎士」と書いて「騎士」と書いて「ナイト」と読む。一昨年の夏に旋風を巻き起こした「ナイト君フィーバー」は記憶に新しい。

長谷騎士は、大阪代表・大阪創誠舎《そうせいしゃ》高校のエースピッチャーだった。ストレートは百五十キロ台後半で、スライダーにもキレがある。そのほかに、カットボール、スプリットを駆使し、三年生の夏に出場した甲子園では三振の山を築き上げた。

順調に勝ち進むにつれ、メディアは、こぞって「ナイト君フィーバー」を煽《あお》り立てた。その一方で、他人の活躍をうらみ、ねたむ人間は確実にいる。

ネットで餌食《えじき》にされたのは、長谷さんの顔と、名前とのギャップだった。

〈どう見てもナイトって顔じゃねぇだろｗｗｗ〉

〈騎士じゃなくて、どっちかというと日本の田舎侍だな。眉毛つながりそうだし、頬骨張ってるし〉

〈親の大エラーやん笑〉

〈父親がテレビの取材に出てたけど、そいつもかなりの田舎侍顔だった〉

〈よく子どもにナイトなんて名前つけられたな。長谷家には鏡が一つもないのか？〉

無関係な人間ほど、無邪気に、辛辣《しんらつ》に書きたてる。

もちろん、これで無事にプロになれていたら、長谷さんもくだらない中傷を鼻で笑ってやり過ごせただろう。

ところが、あまりにも運命は残酷だった。

高校野球における絶対的エースというのは諸刃《もろは》の剣《つるぎ》だ。チームを高確率で勝利に導いてくれるかわりに、監督はそうそう簡単に背番号1をマウンドから降ろせなくなる。

結果、タイトな大会スケジュールのなか、球数《たまかず》がかさむ。地方大会は途中までコールドゲームがあるから、圧倒的に打ち勝てば体力も肩も温存できる。控え投手を起用することもできる。しかし、甲子園本戦となると、そうはいかない。ましてや延長戦に突入すれば、プロでは考えられないようなとんでもない球数を投げることになる。

大阪創誠舎は準々決勝、準決勝と、延長戦を勝ち進んだ。相手校だって、それぞれの都道府県で最後まで勝ち残ってきた強者なのだ。長谷騎士の投球数は、百五十二球、百七十四球と、徐々に限界に近づいていった。

決勝戦は、さすがに控え投手が先発した。しかし、早々に打ちこまれた。甲子園球場は長谷さんの登場を待ちわびるような空気に徐々に染まっていった。

そして、三回から長谷さんはマウンドに立った。

ベンチでの、監督と長谷さんの会話が、のちに報道された。

「長谷、行けるか？」

「行きます！　投げさせてください！」

　このやりとりの数時間後、大阪創誠舎高校は逆転勝利をおさめ、はじめて全国制覇の栄光を手にした。長谷騎士は、試合後に痛みを訴え、病院へ直行。右肘の剝離《はくり》骨折と診断された。

　俺の入社直後、歓迎会を開いてもらった。その席で、かなり酔っ払った先輩が、長谷さんに直球の質問を発した。

「お前も、あっという間に入社一年過ぎたけど、ホンマにこのままでええんか？」

　周囲に緊張が走った。長谷さんがどんな反応をするのか見当がつかなかったからだろう。しかし、長谷さんは照れを隠したような苦笑いで答えたのだった。

「俺、もう、燃え尽きちゃったんすわ」

　その一言を聞いた歴戦のグラウンドキーパーたちも、長谷さんと同じような苦笑いを浮かべることしかできなかった。

「これ以上、つらい練習とか、絶対ムリっすわ」

　野手転向での大学野球部の誘いも受けたのだという。だが、外野手になるにしても、スローイングは必須だ。手術はさけられない。

遊離した軟骨を取り除く手術をしたあとも、過酷《かこく》なリハビリが待っている。いくら高校野球では四番を打っていたとしても、大学やプロでバッティングが通用するかは未知数だ。一度気持ちが切れてしまったら、生き残れる世界ではないのだろう。

「でも、俺……、甲子園に何かを忘れたような気がして……」

ビールを飲もうとして、甲斐さんにどつかれた十九歳の長谷さんは、話をつづけた。

「優勝したのに、忘れ物をしたかもしれへんっておかしな話ですけど、もういてもたってもいられなくて」

長谷さんは、高校卒業後、知り合いの紹介で阪神園芸に入社したらしい。

「でも、その忘れ物が、マジで何なのかわからなくって……。でも、心のもやもやは、大きくなるばっかりで。ホンマは甲子園なんて、思い出したくもない場所やし、毎日通うの死んでも嫌なんすけど、でも、このもやもやの正体をつきとめるためには、ここで働くしかないって思ったんで……」

誰が悪かったわけでもない。だからこそ、つらい。怒りをぶつける相手がどこにも見つからないのだろう。

今や、ナイト君フィーバーなど、世間はとうに忘れ去っている。ああ、そんなヤツおったな、という程度の感慨しか抱かないだろう。実際、俺も長谷さんをはじめて見たときは、悲劇の甲子園優勝投手が裏方に転向したという、ミーハー的な興味しか抱かなかった。

時の流れは残酷だ。長谷騎士は二十歳を前にして過去の人になってしまった。それでも、長谷さんの魂《たましい》は、今もあのマウンドに釘付《くぎづ》けにされているのかもしれない。

「雨宮、気持ち切り替えていくで。長谷が自分で乗りこえていかなあかん問題や」甲斐さんに背中をたたかれて、俺は我に返った。「次、内野の整備や」

長谷さんはすでにトンボを取りに、裏に向かったようだ。俺もおくれをとるわけにはいかない。

過去は誰にでもある。でも、今は今なのだ。絶対に負けてはいられない。

プロ野球の試合当日、午前中の内野の整備は、複数の車両がグラウンドを走りまわり、入り乱れ、さながら工事現場のようになる。

まずは、トラクターだ。

トラクターは、名前どおりの見た目をした牽引《けんいん》車で、後ろに鋭い金属の爪を牽《ひ》いて走る。耕運機のように、巨大なフォークで、グラウンドの土を数センチ掘り起こしていくのだ。

内野のグラウンドは、黒土と砂の混合でできている。

ただ、日々の試合での散水や降雨によって、黒土は下に沈み、逆に軽い砂粒は浮き上がってきてしまう。そうなると、理想的なグラウンド状態は保てない。そのため、こうして畑を耕《たがや》すように掘り起こし、混ぜ返し、土と砂をうまくなじませる必要がある。

阪神園芸に入社する前は、耕運機みたいな車両で毎試合前に土を混ぜているなんて思いもしなかった。けれど、トラクターを入れる前とあとでは、一目瞭然《いちもくりょうぜん》。数センチ掘り起こしただけで、もぐっていた黒土が表面に浮き上がり、グラウンドがあきらかに黒々とした輝きを取り戻していく。

その次は、甲子園の観客にはおなじみの、整備カー――バンカーの登場だ。大きなブラシが車両の後部についていて、トラクターが掘り起こしたグラウンドの表面を均していく。マウンドを起点として、渦《うず》を描くように走らせる。

そして、今日、俺は仕上げのコートローラーに乗る。

グラウンドを整地するために使用する車両で、前後に巨大なローラーがついている。ひかれたら確実にぺしゃんこにされるだろう、鉄のローラーだ。

これで、土の部分を締め、踏み固めていく。

俺はエンジンを入れ、アクセルを踏み、マウンドへと向かった。バンカーと同様に時計回りで進み、徐々に円を内野の外側へと広げていく。

就職が決まってからあわてて普通免許をとったのだが、教習所以来まったく自動車の運転をしていない俺でも、これらの整備車両は操作できる。素人目には専門的な技術が必要のように見えるけれど、遊園地のゴーカートのようなものなのでコツさえつかめば誰でも動かせる。

むしろ、散水やトンボのほうが、圧倒的に難しい。結局、機械ではままならない微妙な勘所が要求される作業だからこそ、習得が困難なのだろう。人間の感覚と技術に頼らなければ、広大なグラウンドを最高のコンディションに保てないということだ。

各車両が排出する軽油のにおいに包まれたグラウンドで、俺はローラーを走らせた。

先ほどの長谷さんの言葉が、ずっと頭のなかで反響していた。

「ピッチャーの気持ちは、ピッチャーにしかわからへん」

集中しなければならないのは、わかっていた。コートローラーだって、使い方をあやまればじゅうぶん凶器になる。

「プレーヤーの気持ちは、プレーヤーにしかわからへん」

重い言葉だった。ハンドルを操作する手に力がこもる。

グラウンドキーパーは、ほぼ全員が野球経験者だ。だからこそ、選手の視点に立った整備ができる。マウンドや内野グラウンドの硬さは、野球のプレーのしやすさに直結する重大な要素だ。選手の気持ちがわかれば、グラウンドキーパーにとってそれがいちばんの武器になる。

しかし、俺はキャッチボールすらまともにできない。満足にスポーツのできない、運動神経ゼロ人間が、整備のプロになることなど到底かなわないのかもしれない。

エンジン音にまぎれさせるように、大きなため息をついた。目の前に、まるでヒッチハイクのように、日に焼けた黒い腕が差し出されたのは、そのときだった。

「とめろ！」島さんが、怒鳴り声をあげていた。

何が起こったのかわからないまま、あわててブレーキを踏んだ。

「エンジンを切って、降りろ」

「でも……」

「はよ、降りてくれ」

「ちゃんと、できます！」

「集中できてへんのは、あきらかや」

ハンドルを強くつかんだ。ここで降ろされたら、そのまま帰らされると思った。

「見てみぃ」島さんは、グラウンドを指差した。「進路がふくらみすぎや」

あわてて身をのりだし、足元を見た。ハッとした。

渦巻きを描くようにこの車両を走らせるわけだから、前の周回で自分が通ったすぐ外側を、間隔をあけずにローラーで踏んでいかなければならない。

しかし、俺は知らず知らずのうちに運転操作をあやまり、外側へふくらみすぎていた。結果として、整地できていないところが、飛び地のようにできてしまった。うちひしがれ、ローラーから降りた。「ベンチの前で見てろ」と言われ、すごすごと引っこむ。かわりにローラーに乗った島さんは、器用に車両をバックさせながら、俺が踏み残した箇所を的確に均していく。

失敗したなら、また一からやり直せばいいという、簡単な話ではない。ローラーが何度そこを通ったかで、グラウンドの硬さは刻々とかわってしまう。結果、ゴロの跳ね方も、スピードも大きくかわる。

新人であり、なおかつ野球のノックすらまともに受けたことのない俺は、その変化すら感知することができないのだ。ベンチ前で、出来の悪い生徒のように一人立たされた俺に、ローラーを終えた島さんがゆっくりと近づいてきた。

そこまで身長は高くないのに、その立ち居振る舞いには威厳《いげん》が感じられる。胸板が厚いからかもしれない。プロ野球選手とはまた違う筋肉のつきかただ。

「雨宮、お前をここに立たせたのは、考えてもらうためや」

眼光がものすごい。すぐ目の前に立たれると、一歩後ろに退《ひ》きたくなる。

「踏んでる箇所と、踏んでない箇所ができたら、どないなる？　もし、そこにボールが弾《はず》んだら？」

　俺はその場にかろうじて踏ん張って答えた。

「イレギュラーを起こす可能性が高まります」

「もし、その上を選手が走ったら？」

「スパイクの刃のかかり具合が違って……、転倒するかもしれません」

「万が一、怪我する選手がおったら、どないなる？」

「……取り返しがつきません」

　一問一答がつづいた。島さんは俺の回答をすべて聞き終えてから、何度かうなずいた。それを見て、俺もつめていた息を吐き出した。

「俺たちは会社員やから、よっぽどのことがないかぎりクビにはならへん。でも、プロの選手はちゃうよな？　一つの怪我が命とりや。それで選手生命絶たれたら、球団から簡単にクビ切られんねん。人生、かかってんねん」

　ゴールデンウィークのこどもの日、俺にやさしく話しかけてくれた、ベテラン選手の顔が自然と思い浮かんだ。約二十年間、第一線でプレーをつづけるには、そうとうの苦労があったはずだ。その戦いの場を、俺たちは管理しているのだ。生半可な覚悟じゃつとまらない。

「お前は、今、一人の社会人としてここに立っとる。その行動一つ一つに責任が生じる」

プレーヤーの気持ちは、プレーヤーにしかわからない。その言葉が、さらに重みを増して俺の肩にのしかかる。やめるなら、今かもしれない……。

立ち去りかけた島さんに思いきって声をかけた。

「あの……！」

島さんの答えによっては、早く退職届を出したほうが自分のためにも、会社のためにもいいかもしれないと思った。つばをのみこんでから、質問をぶつけた。

「選手の気持ちは、選手を経験した人にしかわからないんでしょうか？」

よく日に焼けた顔を、島さんは今日はじめてほころばせた。

「そんなもん、俺かて、わからんわ」

「へっ……？」

「俺、少年野球どまりやし。長谷レベルの選手の気持ちなんて、わかるわけないやん」

決して投げやりではなく、しかし、冗談でもなく、島さんは訥々《とつとつ》と言葉をつづけた。

「でもな、大事なのは想像してみることや。雨宮はマネージャーやったんやろ？　選手がどうしてほしいか、想像してみることくらいできるやろ？」

そう問いかけられて、自然とうなずいていた。

できる。それなら、できる。頭がちぎれるくらい考えてやる。うなずくだけでは足りない気がして、「はい!」と、胸を張って返事した。

「想像してみて、実際にやってみる。試してみる。それで失敗するかもしれへん。でも、そういう姿勢が見えたら、俺だって頭ごなしに叱らへん。誰だってその試行錯誤の繰り返しで、上達していくんやないんか?」

ベンチ前は人の出入りが激しいので、唯一人工芝が敷かれている。俺は数歩前に出て、しゃがみこみ、土の部分にそっと右手をおいた。硬く、しかし、柔らかく、しっとりと湿り気を帯びたやさしい手触りだった。

高校野球の敗者はここから土をとる。俺は去年の一志の悔しさを想像してみた。そして、これからこの戦いの場に立つだろう、傑の期待と不安を想った。


スタッフ用のトイレで、休憩中、手を洗った。

爪のなかによく土が入りこむので、念入りにかきだす。風の強い日なんかは、鼻をかむと土混じりの真っ黒い鼻水が出ることもある。

土はたえず移動する。もしかしたらこの三ヵ月で、甲子園の土は口から胃のなかにも入りこみ、とりこまれ、知らないあいだに俺の体をかたちづくる分子の一部になっているのかもしれない。そんな突拍子もないことを考えるけれど、あながちぶっ飛んだ空想とも思えないのが不思議だった。

水で泡を流しながら、顔を上げた。鏡に映ったのは、よく日焼けしているわりに頬が痩《や》せこけた、まったく健康的ではなさそうなひどい顔だった。

独り暮らしがはじめてなのと、仕事で肉体的にも精神的にも追い立てられているので、ロクなものを食べていない。寮の部屋に体重計がないからわからないけれど、確実によくない痩せかたをしている。

これから、夏場がやってくる。無理にでも食べないと、体力がもたないかもしれない。整備中にグラウンドキーパーが倒れてしまったらしゃれにならない。

俺の母校である徳志館高校に進んだ傑は、一年生でショートのレギュラーを勝ち取ったという。甲子園でプレーすることをずっと夢見てきた弟に無様な姿は見せられない。先ほどのような簡単なミスは、もう二度としたくない。

ハンカチで手をふきながら、トイレを出た。

今年の徳志館は、順当に勝ち上がることができるだろうか？　去年のエースピッチャーだった一志が抜けたので、投手力は落ちている。けれど、今年は傑を中心に打のチーム作りに成功しているらしい。

そういえば、一志は今ごろ元気にしているだろうか？　と、思考がめまぐるしく移りかわっていった。

一志はプロへの志望届けは出さず、大阪にある強豪大学の野球部に進学したという。卒業後はまったく連絡をとっていなかったので、くわしい近況は把握していない。

なぜ、大阪？　と、俺はちょっと嫌な予感がしているのだった。一志ももちろん東京出身だ。あいつなら、六大学のどこかでプレーできるほどの素質はじゅうぶんあるはずなのに。

どうやら俺が阪神園芸に入社することが決まった直後に、誘いのあった関西の大学のセレクションを受け、進学を決めたようなのだ……。

たしかに、進学先は強豪校で、プロ野球選手を多く輩出《はいしゅつ》している。本人は「気分をかえたかった」と、周囲に語っているようだが、それにしてもふつうこんな遠くまで引っ越してくるだろうか？

まさか、俺を追いかけて……。

俺を忘れられなくて……。

そんな考えを必死に打ち消しながら廊下に出ると、視界が一面、ピンクに塗りつぶされた。伏せていた顔をあわてて上げる。

ピンク色の塊《かたまり》は、ビールの売り子さんだった。キャップ、半袖、ハーフパンツの制服一式が、すべて鮮やかな蛍光ピンクである。一志のことに没頭していたせいで、女子トイレから出てきた売り子さんとあやうく出会い頭でぶつかりそうになった。

「あっ、ごめんなさい」と、つぶやきながら、横にずれる。

すると、向こうも同時に同じ方向へよけた。

細い歩道なんかでよくある、あれだ。道を譲ろうとしてどくと、相手も動く。回避しようとすると、さらにぶつかりそうになる。

「あっ、あっ、あっ！」

サッカーのフェイントさながら、右に左に進路をかえるのだが、向こうも密着マークのかまえだ。もちろん、マークされていると感じるのは、こちらの勝手な思いこみで、向こうだって俺のことをよけたいと切に願っているのはたしかなのだ。

「ごめんなさい！」最高に気まずい。気まずすぎる！

そんなおかしな空気についに耐えかねたのか、何度目かの切り返しで、売り子さんが腹を抱えて笑いはじめた。

「えっ、えっ、えっ？」

売り子さんは、体をくの字に曲げ、ポニーテールを揺らしながら痙攣《けいれん》している。

「あの、俺、何か変なことしました……？」

「あまりに……」売り子さんは、笑いの合間に言葉を途切れ途切れに発してくる。

「君が……、必死な顔してるもんやから」

頬がカッと熱くなった。体育の授業のたびに笑われた小・中・高校の苦い思い出が次々によみがえってくる。

ふー、と盛大に息を吐き出し、こみ上げてくる笑いをなんとか腹のなかにおさめることに成功したらしい。売り子さんは、首にかけたタオルの端で、目に浮かんだ涙をふいた。

「最後のほう、ほとんどわざとやっててん」

「わざとって？」

「わざと、君の進もうとするほうに、ウチもついていった。むっちゃディフェンスうまいやろ？」

「えっ、マジすか？」

「マジっすよ」

俺の運動神経のなさが、ここでも遺憾《いかん》なく発揮されたらしい。自分としてはフェイントをかけてよけようとしたつもりなのだが、球場の階段の上り下りで鍛えた売り子さんの脚力をもってすれば、難なくついてこられるレベルだったのだろう。

はじめて、相手の顔をまじまじと見た。

俺とは対照的に、健康的に日焼けして、顔がまん丸い。が、太っているわけではない。ナチュラルなメイクと、太い眉毛が印象的だった。もちろん、長谷さんほどげじげじではないけれど、目鼻立ちがくっきりしている南国風美人だった。

「やっぱ、君、めっちゃおもろいな」

「はい？」

おもろい自覚はまったくなかった。俺の場合、「笑わせている」というよりは、「笑われている」からだ。それに「やっぱ」とは、どういうことだろうか？　初対面の人に「やっぱり」と言われる筋合いはまったくない。

「君、阪神園芸さん？」

「そうですけど……」

「名前、なんていうの？」

「雨宮です。雨宮大地」

「最近やんな？　入ったの」

「今年の四月からですけど」

「君、歩き方ヤバいから、密かに君のこと注目してたんやけど」

「マジすか？」

「マジっすよ」

廊下の床にめりこみそうなほど、失意の底にたたきこまれた。

うつむいていると、ピンク色のハーフパンツと黒のニーハイソックスのあいだの肌色――いわゆる絶対領域に視線が吸いよせられかけた。あわてて相手のスニーカーの先を見つめた。

「いや、でも……、スタンドのほうからはちゃんと見えないですよね？」

「ふだん、整備のときって書き入れどきやから、グラウンドのほうってあんまり視界には入らないんやけど」

たしかに、整備で試合が中断しているほうがビールを買い求めるお客さんは多いだろう。

「君を発見したのは、たまたま階段を下りてるときやったんやと思うわ。君が先輩に話しかけられて、しょんぼりする姿が目に入ってん。もうね、わかりやすいくらい、肩落として、しょぼーん、みたいな」

自分のことながら、その光景が手に取るように想像できた。客席から見たら、さぞかし滑稽《こっけい》だろう。

「その直後やで。あのたぐいまれなる歩き方でウチの目を釘付けにしたのは」

たぶん、説教されて体がかたまってしまったのだろう。精神的にいっぱいいっぱいになると、自分の足の運び方すらよくわからなくなってしまうのだ。

「何なん？　あの、壊れたブリキの兵隊みたいな行進は？」

背中にネジ巻きでもついてるんちゃう？　独り言をつぶやきながら、売り子さんは強引に俺を後ろに向かせ、子細に点検をはじめた。

「ついてへんけどな、ネジ」売り子さんは、首をしきりにかしげながら、腕組みをした。

冗談なのか、バカにされているのか、よくわからない。けれど、聞こえるか聞こえないかのトーンで「残念先輩」や「膝ピン先輩」などとこそこそ呼ばれるよりは、まだこうして面と向かって笑い飛ばしてくれたほうが救いがある気がした。

「実はネジ、おしりについてるんです」俺も、いわゆる「ボケ」というものを、どうしてもしてみたくなった。「今もトイレでこっそり巻いてきたところなんです」

「えっ、ホンマに？」

「いや、嘘です」

「クソ真面目な顔で冗談言うの、やめてくれへん？　マジで反応に困るわ」

「すいません。ブリキ人形って言われるのは、はじめてで。あとは、膝の曲がらないミーアキャットとよく言われます、はい」

向かいから、おそらく球団職員と思《おぼ》しき男性が歩いてきた。「おそらく」というのは、男性がスーツを着ているからで、様々な会社や業者の出入りがある球場内では、どこに所属している人なのか新人の俺にはよくわからない。

廊下はかなり狭い。売り子さんは、話を中断して壁際に寄った。俺も横にならんだ。

お疲れさまですと、同時に会釈《えしやく》をする。スーツの年配男性も「お疲れさん」と、にこやかに返してくれた。

先輩方から口酸っぱく言われているのは、挨拶の励行だった。我々は阪神園芸のポロシャツを着ているので、所属はおのずとあきらかだ。自分一人の無礼で、会社の評判が落ちるのは「あかん」とよく言い聞かされている。

売り子さんも、ぐいぐい他人の懐《ふところ》に踏みこんでくる非常識具合を見せてはいるが、挨拶をしたときの物腰は礼儀正しかった。

この関西の地で、はじめてまともに同年代の女性と話をした。それでも、テンパったり、キョドったりせずに、初対面の人ときちんと会話を交わせるのは、俺としてはけっこう奇跡に近かった。きっと、この売り子さんの醸《かも》し出す飾らない雰囲気が俺の緊張をときほぐしてくれているのだろう。野球好きのおじさんたちの心をつかんで、ビールを売りまくるには、このくらいの人懐っこさがちょうどいいのかもしれない。

「まあ、話を戻すとね、それ以来、整備の時間になると、君の姿、自然と探してしまうねん。休みなのか、君の姿が見えへんと、なんだか今日はハズれやなぁってがっかりするし」

えっ、それって、もしかして……。

芽吹きかけた恋の萌芽《ほうが》は、しかし、次の売り子さんの一言であっけなく踏みつぶされた。

「どんなに落ちこんでても、君のこと思い出すと笑えるから、元気出んねん」

「それは……、お役にたててよかったです」

「もっと堂々としたらええと思うけどな。自信持って、胸張って仕事すれば、きょどきょど落ちつきのないミーアキャット感は、少しくらい軽減すると思うで」

「それがですね……、僕の人生いろいろありまして、なかなか自信が持てないんです。話すとそれなりに長くなるんですけど」

「じゃあ、ええわ。聞かんとこ」

「ちょっと！」前にもこんなことがあったなと思いながら、少しだけ声を張った。

「少しくらい興味示してくださいよ！」

ふたたび売り子さんは無邪気にころころと笑いはじめた。腕を組みながら、肩を揺すって笑うので、大きめの胸が強調された。俺はシミのついた白い壁にそっと視線をそらした。

「君、さっきから敬語使ってるけど、年、いくつなん？」

「来月、十九歳になります」相手の顔がまともに見られなくなっていた。胸も太ももの絶対領域も危険なので、目のやり場に困ってしまう。

「ウチと誕生月いっしょやん！　まあ、ウチは次で二十歳やけど」と、売り子さんは言った。「ウチ、真夏に生まれたから、名前が真夏《まなつ》やねん。めっちゃ短絡的やろ？」

そんなことないです――的なことを、もごもごと口のなかで発声した。

「ウチな、歌を歌ってんねん。弾き語りで」

「歌手さんなんですか？　すごい！」

「そんなたいそうなもんやないって」

真夏さんは、俺の腕を軽くたたきながら笑った。彼女の手が触れた肌の部分に、電気が走った。顔が赤くなっていないか本気で心配になった。

「はじめてライブハウスのステージに立ったときにな、あまりに緊張しすぎて、歌詞まるまる飛ばしてもうてん。で、コードも飛んで、しばらく無音のまま、アンプとかマイクの、ジーっていうノイズだけ響いてるっていう、カオスな時間があったんやけど」

「それは、大変ですね」

「一部の天才以外、最初はみんなそんなもんやて。もう少し辛抱すれば、怒られることもなくなって、慣れてくるって」

励まされたと気づいたときには、真夏さんは「じゃ」と、軽く手をあげて、歩きはじめていた。相手の背中にお礼を言いかけ、「真夏さん」と名前を呼ぶかどうか迷った。そんな思念やテレパシーが通じたわけではないだろうが、突然真夏さんがくるりと振り返った。

「大地君やったっけ？　よかったら、ライブ観に来てよ、今度」

「えっ？」

「近藤《こんどう》真夏。私の名前」

ふたたび、勢いよく踵《きびす》を返す。キャップの後ろの穴から出たポニーテールが、大きく跳ねた。彼女のトレードマークなのか、髪をまとめるゴムに大きなひまわりの造花がついていた。

「真夏だから、ひまわりなのかな……」

コンドウマナツと、心のなかで何度も繰り返しながら、彼女とは反対の方向へ歩きはじめる。球場が円形なので、廊下もゆるやかにカーブしている。見通しの悪い通路を、膝がきちんと曲がっているかどうか意識して歩きながら、控え室に戻った。スキップしたい気分だったけれど、そんな複雑なステップを踏むと必ず足がもつれて転んでしまうので、ちょっとだけ体を弾ませながら早歩きした。

さっそく彼女の名前をスマホに打ちこんでみる。

女性の名前を勝手に検索することが、なんだかひどくいけないことのように思えた。けれど、別れる直前にフルネームを教えてくれた真夏さんの笑顔からして、ライブ情報をネットで確認してほしいというメッセージなのだと、プラスに解釈した。

「近藤真夏」名義で、ツイッターが表示された。アイコンは、スタンドに立てかけられたアコースティックギターだった。

おもにライブの情報がつぶやかれている。けっこう頻繁に活動をしているようだが、ライブハウスの名前や地名を見ても、ここから近いのか遠いのか俺には判断がつかなかった。

自分の勤務のスケジュールと、ライブの日程をくらべていると、背後から舌打ちが響いた。

「お前、いいことあったの、丸わかりやで」

俺の横にまわりこんだ長谷さんが、画面をのぞきこんでくる。あわててロックボタンを押した。

「お前が楽しそうにしてると、むっちゃ腹立つわ」

「ものすごく理不尽なこと言いますね」

「世の中、理不尽だらけやで」

長谷さんにそれを言われると、もはや何も反論できないのだった。

「彼女か？」

「違いますよ。知り合いがライブをやるので、調べてたんです」

「お前、こっちに知り合いおるんか？」

「いや……、知り合いっていいますか、さっきはじめて会ったばかりで、ひょんなことから会話を交わしたビールの売り子さんで」

「一回話しただけって……、それ、知り合いやなくて、他人やろ」

「まあ……、ごもっともです」

「仕事もロクにできんのに、一丁前に売り子ナンパしやがって」

「違います！　ぶつかりそうになって、あやまって。それで、ちょっと話をして」

「世の中では、それをナンパって言うんや」

「だから、ナンパじゃないです！」

これ以上嫌味を言われたくなかったので、勤務が終わるまではいったん近藤真夏さんのことを頭から追い出すことにした。ナイターのある日は拘束時間が長い。また余計なことを考えて失敗をおかしたら、今度こそ俺の居場所がなくなってしまう。

試合前にもグラウンドキーパーの業務はたくさんあった。

選手たちのバッティング練習のネットやケージの出し入れ。そのあいだに、機械類の調整と整備を行う。グラウンドのほうも、打撃練習の隙を見て、適宜《てきぎ》乱れた箇所を均さなければならない。

そのうちに午後四時をまわり、甲子園が開門する。無人だったスタンドが、一気に観客たちのカラフルな色に染まっていく。

守備練習前に、軽くトンボがけをした。そのころには、売り子さんたちの威勢のいい声が元気よく響きはじめる。

すでに、真夏さんの顔はおぼろげで、よく思い出せない。小麦色の肌だけが、濃く印象に残っている。同じ場所で働いているという意識が心の片隅にあるだけで、なぜだか活力がみなぎってくる。たった一回、ほんの数分話をしただけなのに、そんな気持ちを抱くのが不思議だった。

その日のタイガースの試合は、打ちあいの様相を呈《てい》していた。ホームランの出にくい、広い甲子園球場で、五回までに相手チームとあわせて四本の本塁打が乱れ飛んだ。

五回裏の整備で試合が中断しても、球場は興奮とざわめきに満ちていた。トイレや、フードを買いに立つ人が、いっせいに移動をはじめる。

事前の島さんの指示で、俺はバンカーに乗りこんだ。巨大なブラシのついた整備カーだ。アクセルを踏みこみ、開け放たれたファウルグラウンドのフェンスの切れ目を目指す。その際、内野席のすぐ真横を通り抜けていかなければならない。

午前中、ローラーの運転で、島さんに叱られたばかりだ。もう、イージーミスは許されない。一台目の甲斐さんの運転するバンカーの後ろを追いかけていった。

その瞬間、目の端にピンク色の制服の売り子さんが映った。黄色いひまわりもちらっと見えたような気がした。

「ビールいかがですか！」よく通る、甲高い声が聞こえる。

反射的に、内野席を歩くその後ろ姿を追いかけてしまった。

集中すると誓った矢先の、そのよこしまなスケベ心があだとなった。真夏さんを発見するよりも前に、とある観客の男と、ぴたり、視線が重なった。

どうも見覚えがあるような気がした。その男性は、客席とグラウンドをへだてる柵のぎりぎりまで近づき、バンカーを運転する俺をじっと見つめている。金網にかじりつくように両手をかけ、こちらに熱い視線を送ってくる。

タイガースだけではなく、阪神園芸のファンもなかにはいるらしい。何しろ甲子園のグッズショップには、阪神園芸関連の商品もあるのだ。散水作業で虹がかかった様子を描いた神整備タオルや、俺が今乗っている、バンカーのミニカーまで売っている。

それにしても、あの人は熱心すぎるほど整備カーを眺めていた。そのくせに、写真は撮っていない。ただただ、俺だけを見つめていた。

いったい、何者だ……？

「はぅあ！」俺は叫んだ。アクセルを踏みこみすぎて、あやうく甲斐さんのバンカーに追突しそうになった。あわててペダルから足を放し、視線を進行方向に戻す。

エンジンの震えにあわせるように、俺の心臓も大きく跳ねていた。

あれは、一志か……!?

視線が交錯したのは、一秒にも満たない、ほんのわずかのあいだだった。

それだけでじゅうぶんだった。高校の野球部時代、約二年半、朝練から放課後の練習までほぼ毎日顔をあわせていたのだ。必死の形相で、告白までされたのだ。

グラウンドに出ると、一志のじっとりと湿気のこもった視線からは解放された。整備カーはバンカーのレバーを操作し、車両の後部についているブラシを下ろした。俺は飛行機の車輪のように、ブラシを上げたり、下ろしたりできる。

マウンドに到達し、そこから大きくハンドルを切った。土煙が舞い上がる。先ほどの一志の熱視線を頭のなかで反芻《はんすう》していた。

一志は自分の席から離れ、わざわざ立ち上がって、整備カーの出入りする場所の近くに陣取っていた。金網を両手でつかみ、魂だけはそこからグラウンドへ飛び出すような鬼気迫る表情で、こちらを見ていた。

あいつは今、大阪にある大学の寮で生活しているはずだ。近くに住んでいるのだから、いつかは顔をあわせることを予期していた。

それにしても、不意打ちはひどい。仕事中だ。心の準備がまったくできていない。

「集中、集中！」

実際に言葉に出して呪文のようにつぶやいた。バンカーの描く渦巻きは徐々に広がっていく。急角度で切っていたハンドルを、ゆるやかに戻して、円を大きくしていく。

「ハァ！　集中！」

みずからに厳しく言い聞かせないと、脳裏に一志の顔がちらついてしかたがない。つらい練習に歯を食いしばって耐える一志、泣きながら土を拾う一志、俺が告白を断ったときの真っ赤な顔の一志が、パレードのように脳内を次々と行進していく。

なんとか無事にバンカーでの整備を終え、来た道を戻った。

「あかん……」無意識のうちに関西弁でつぶやいてしまった。

まるで出迎えをするように、一志が待ち構えていた。厳しい表情から一転、菩薩《ぼさつ》のような眼差しでやさしく微笑《ほほえ》んでいる。

平静をよそおいながら、一志の真横を通過した。一志の首がなめらかに動き、微笑をたたえた顔だけが、バンカーに乗った俺を追いかけてくる。

ようやくの思いで裏に引っこみ、エンジンを切った。ハンドルの上に両腕と頭をもたせかけ、乱れた呼吸を必死に整えた。

「大丈夫か？　具合、悪いんか？」甲斐さんに心配され、あわてて顔をあげた。

「大丈夫です」

「ホンマか？　かわいた甲子園の土みたいな顔色やぞ」

本当に全身がかわいていた。控え室に戻ると、水を一気飲みした。

もう、こうなると真夏さんどころの騒ぎではない。一日の仕事を終えた十時半過ぎ、俺は真っ先にスマホを確認した。てっきり一志から「会えないか？」というメッセージが届いていると確信していたのだが、予想に反して何の連絡も入っていなかった。

それはそれで、かなり不気味だった。五回裏以外は、自分の席に戻ったのか、一志の姿はどこにも見当たらなかった。素直に帰ったのだろうか。なんだか悪いことをしたような気分になったが、心底ほっとしたのもたしかだった。

着替えを終えて、通用口の六号門から出た。

「はうあ！」ふたたび大きく叫んでしまった。

街灯をスポットライトにして、一志が立っていた。はにかんだような笑顔を浮かべ、腰のあたりで低く手を振っている。

「友達が阪神園芸で働いてるって警備員さんに言ったら、ここで待ってるといいよって、教えてくれたんだ」

　観念した。試合終了から一時間以上待ってくれているのだ。逃げ去るわけにはいかない。というか、俺の脚力で一志から逃げきれるわけがない。追いつかれて、バックハグされるのがオチだ。

「ひさしぶりだね」無意識のうちに、背負っていたリュックの肩紐を短く、きつく調整していた。

「ひさしぶり、だね」

「元気？」

「元気だよ。大地は？」

「うん、元気。なんとかやってる」

　会話がぎこちない。

　視線も噛みあわない。俺が一志を見ると、一志は目をそらす。一志が俺を見ると、今度は俺のほうがこらえきれずに、夜空を見つめる。

「送るよ、駅まで。電車だろ？」すがるような思いで、甲子園駅を指差した。

「いや、俺のほうが送るよ。住んでるところ、近く？」

「ん……、まあ、近くのような、そうでないような」

　自転車で五分の距離だが、寮の場所だけは死守しなければならないような気がした。「まあ、とりあえず、適当に座ろっか」と、先に歩きだした。少し離れたベンチにいざなう。

「すごくカッコよかったよ、大地。あんな大舞台で、整備カーに乗って」

「いや、そんなことないよ。毎日、怒られてばっかりだから」

「最初に大地が整備カーに乗って出てきたときは、俺まで力が入って緊張しちゃったよ。でも、見事にきれいに整備して帰ってきて、さすがだと思った」

それきり、二人して黙りこんだ。

甲子園界隈《かいわい》は、基本的に住宅街だ。試合が終わり、観客がひきあげれば、あまり人がいなくなる。高速道路が近くを通っているので、車の走行音は絶えず聞こえてくる。

ここからは見えないが、しばらく南に歩くと海が広がっている。風が潮のにおいを運んできた。

「あのさ、聞きたいことがあるんだけど……」腰をかけた一志が、膝の上で両手をきつく組みあわせた。「すごく気になってしかたがないんだ」

もう、逃げられない。俺はぎゅっと目をつむった。

「今日、大地が乗ってた整備カーにさ、『ビオフェルミン』って書いてあったけど、ビオフェルミンってなんだっけ？」

「へ……？」

唯一、整備車両のなかで観客の目につくバンカーには、車体に広告がついている。大きな文字で「ビオフェルミン」という看板が掲げられている。

「えっとね、整腸剤とかの薬だと思うけど……」

「ああ、そっか！　ＣＭもやってるもんな」一志は合点がいったというように大きくうなずいた。「なんか、すっきりしたよ！」

あははと、一志がわざとらしく笑った。俺も、あははと同調して笑った。

ふたたび、気まずい沈黙が二人のあいだにわだかまった。ビオフェルミンのことをどうしても知りたかったわけではないだろう。本気で気になったのならスマホで調べれば一発でわかる。俺にぶつけたい問いかけは、もっとべつにあるはずだ。

彼女はいるの？

好きな人はいるの？

なんで俺じゃダメなの？

せっかく近くに住んでるんだから、定期的に会わない？

せっかくだから、来年あたりいっしょに住まない？

想定される質問が、俺の頭のなかで、どんどんエスカレートしていく。

「あのさ……」思いつめた表情で、一志が口を開いた。「腸ってね、第二の脳って言われてるらしくてさ……、なんでかっていうと、それはね、腸が……」

「ちょっと」あわててさえぎった。「腸の話はもうよくない？」

そうだねと、つぶやいて、一志はようやく本題に入った。

「大地は、傑君には電話したの？　もうすぐ予選、はじまっちゃうよ」

「えっ？」思ってもみなかったことを一志がしゃべりだしたので言葉につまった。

見られていることを意識したのか、一志は前をじっと向いたまま、軽く微笑んだ。

真上にある街灯がその横顔をぼんやりと照らし出している。

「きっと大会前で、傑君はすごい不安に思ってるはずだよ」

兄弟間の微妙な関係は、一志にはさんざん話をしていた。「微妙」とは言っても、一方的に俺のほうが引け目を感じているだけで、仲が悪いわけじゃない。

傑は今も、俺のことを兄貴としてたててくれるし、野球のアドバイスを求めてくることだってある。でも、それは家族のなかで居場所がないと感じている俺を気づかってくれているからなのだ。

傑は控えめで、とてもやさしい。だからこそ、わざわざこちらから連絡をとって傑の気持ちを乱すような真似はしたくなかった。

「実は、傑君から、昨日俺に電話がかかってきた」

驚くようなことではなかった。傑は一志を実の兄のように慕っていた。高校二年生のとき、一志が俺の家に遊びに来て、そのとき中学生だった傑とも顔をあわせたのだ。

もう、その日のうちには近所の大きな公園でキャッチボールをして、二人はすっかりうちとけた様子だった。俺はそのキャッチボールを、ただベンチに座って眺めていることしかできなかった。

それ以来、一志と傑は連絡先を交換し、交流を深めていったらしい。傑が徳志館に入学したのは、俺の母校であることも理由の一つだが、一志の強力な後押しが大きかったと聞いている。

「傑君、ちょっとスランプ気味なんだってさ。入学早々レギュラーが確定的になってから、守備でエラーを連発して、その影響がバッティングにも出ちゃってるらしい。それで、俺にアドバイスを求めてきたってわけ」

やっぱり、プレーヤーの気持ちは、プレーヤーにしかわからないということだ……。

傑は俺ではなく、一志を頼る。当たり前だと思う。たとえ甲子園一回戦負けとはいえ、激戦の東京予選を制し、あの大舞台までたどりついた一志に助言を求めたい気持ちはよくわかる。

「でもね、俺はとおりいっぺんのアドバイスしかできなかったよ。もうこの時期まで来ちゃったら、技術的なことじゃなく、精神的な面がものを言うからね。お兄ちゃんには連絡したのかって傑君に聞いたら、こっちからはかけにくいって言ってたからさ」

きっと、俺のことをわずらわせたくないと思っているのだろう。絶対的な運動神経の格差が大きな溝《みぞ》になり、互いに遠慮しあい、牽制しあっているのが俺たち兄弟だった。

「傑君は高校の後輩になったわけだし、新チームのことも気になるし、余計なお世話かもしれないけど、大地が何か一言励ましてあげたら、きっとよろこぶと思うんだ」

「俺のアドバイスなんて、意味ないよ」

「でも、まだ高校一年生なんだぜ？　いくらチームメートがいるからって、知りあって三ヵ月程度の先輩連中が周りのレギュラーで、しかもそこで中軸を打つことを期待されてるんだ。肉親が励ましてやるべきだよ」

「きっと両親がサポートしてくれてるはずだよ」

「あのなぁ……」と、一志はあきれた表情を浮かべた。「お前は同じ野球部に所属してた大先輩でもあり、血のつながった兄貴でもあるわけだよ」

「大先輩って言ったって、俺はただのマネージャーだよ」

「マネージャーだって、部員は部員だ」

街灯に吸いよせられた一匹の蛾《が》を見上げた。あっちへふらふら、こっちへふらふらと、何をしたいのかよくわからない。ただただ光に向けて進み、ガラスにはばまれて後退することを繰《く》り返している。

朝までずっと同じところを飛びつづけるのだろうか？　それとも、あきらめてどこかへ去ろうと思う瞬間があるんだろうか？　というか、そもそもどこへ帰るんだろうか？　そんなどうでもいいことを考えつづけた。

「難しく考えるなって！」一志が突然、俺の肩に腕をまわし、はげしく揺さぶった。筋肉の圧がものすごい。「俺が働いてる甲子園へ必ず来いよって、それだけ言ってやればいいんだよ！　それでじゅうぶん傑君は燃えるはずだよ」

そう主張する一志の手のほうが、燃えるように熱かった。ぎゅっと抱きよせられる。俺の体まで引火してしまいそうだ。危険な気配を感じたので、太い腕から逃れ、強引に立ち上がった。

「わかった、わかったから！　電話するから！」

「じゃあ、どうぞ」

「えっ……、今？」

「当たり前じゃん。このまま、大地を解放したら、絶対しないだろ？」

まったく図星なので、答えにつまった。

高校の入学当初から、一志はまったくかわらない。よく言えば心やさしき熱血漢、悪く言えばお節介——とはいえ、そんな人柄を後輩たちはかなり慕っていた様子だった。

しかたなく、ズボンのポケットからスマホを取り出した。電話をかけ、耳にあてる。呼び出し音が鳴りはじめた。出ないでくれと、少しだけ願っていた。

「もしもし……？」

呼び出し音が途切れ、こちらを探るような「もしもし」が、東京から電波を通して俺の鼓膜を揺すった。これだけで、わかる。ふだんの傑じゃない。

俺が突然電話をかけてきたからなのか、それとも、一志の言うように予選直前の不安から弱気になっているのだろうか。

「傑？　今……、ちょっといいかな？」

「もちろん」

「もうすぐだな、予選。調子はどうかなって思って」

傑から、安心したようなため息がもれた。

「電話してくれてありがとう。実は、ちょっと今、ナーバスになってるかも」

「そっか……」

「一年で背番号６番をもらってさ、自分が打たなきゃ、三年の先輩たちが最後になっちゃうかもしれないって思うと……」

　傑が弱音を吐くことはめずらしかった。インフルエンザで四十度以上の高熱が出たときも、練習ができないと悔しがっていたほどなのだ。

「こわいんだ。こんな感覚はじめてなんだ。野球をするのがちょっとこわくなってる」

　たぶん、中学生までは自分の思い描いたとおりに無邪気に、のびのびプレーしていれば何も問題なかったのだ。背負うものもなく、周囲には傑の存在を脅《おびや》かすような才能の持ち主もそうそういない。それで神童と呼ばれるほどの大活躍ができていた。

　でも、必ず壁にぶつかる。まだ十五歳。こわいというのは、まっとうな感覚だと思った。

「それは、正常な反応じゃないかな？」

「正常……？」

「こわいって思うのは、正常だよ」

「でも、父さんなら、俺がこわいって言ったら、たぶんめちゃくちゃ怒りそうだよ。腑抜けてる証拠だって」

「あの人は、なんていうか……」悪口を言わないように、頭のなかで適切な単語を探していたら、思ってもみない言葉が飛び出した。「わりかしマッチョなところがあるから」

傑が笑う。俺も笑う。「マッチョ」という言葉に反応したのか、すぐ近くで様子をうかがっている一志が「むむっ」という顔をしたので、俺はすぐに真顔に戻した。

「なあ、ちょっとだけ俺の仕事の話、していいかな？」

「長くならないなら、どうぞ」笑いをふくんだ声で傑が答えた。

俺、そんなにいつも話長いかなと少し不安になったが、傑にうまくつたわることを願って語りかけた。

「俺さ、グラウンド整備なんて、一生懸命頑張ってれば、誰でもできる仕事だと思ってたんだ」右耳から、左耳にスマホを移した。「でも、入社当初の俺は土の表面しか見てなかった。たしかに、目に見えてる表面だけを均すのは小学生だってできるかもしれない」

傑は無言で聞き入っている。

「でも、知れば知るほど違ったんだ。甲子園の土の層は、三十センチくらいあるんだけどね、重要なのはむしろ下のほうで……。まあ、説明は難しいけど、その深い層が柔軟だと、イレギュラーは起こりにくいんだ。スパイクで走りやすいように表面を締め固めたとしても、深層がクッションみたいに衝撃を吸収してくれるんだ」

自室にいるらしく、傑の周囲は静かだった。身じろぎをしたのか、衣擦《きぬず》れの音がする。

「だけどね、その状態を確認するために、わざわざ深く掘り返すわけにはいかない。表面を踏んだだけで奥の層を感知するには、長年の経験が必要で、本当に俺がそのくらいの境地に達することができるかって考えたら、めちゃくちゃこわくなるよ」

「それは……、たしかにこわいね」

「傑も今までは、野球という競技の表面だけしか見えてなかったんだよ、きっと。でも、その下の、奥深いところにまで目が届くようになってきた。たくさんの人がかかわって野球ができていることに気がついた。そういう人たちの思いを背負うからこそ、こわいって感じるようになった。それはさ、腑抜けてるんじゃなくて、傑が成長してるっていう何よりの証拠だと思うんだ」

思えば、滅多につかみあいのケンカをしたことのない兄弟関係だった。小さいころに多少の言いあいはしても、身体能力では絶対にかなわないから、いつも俺のほうが最後に引いていた。

いつしか、男兄弟らしい口ゲンカもしなくなった。傑のほうも、早くも小学生くらいで兄に対する遠慮を覚えたようだ。どこかよそよそしく牽制しあって、お互いがお互いを傷つけないようにしていた。

「俺からアドバイスするとすれば、お前はもう一度、独りよがりになっていいと思う。一周まわって、わがままになるんだ」

「一度こわさを知ったのなら、もう思う存分、俺が俺が！　っていう気持ちで戦えばいいと思うよ。たとえわがままにプレーしても、中一のころとは確実に違ってるはずだよ」

「ありがとう」傑は言った。「こわくて当たり前なら、なんだか気持ちが楽になってきた」

そのとき、横に立っていた一志が、あわてた様子で俺の肩をたたいた。右手を口の前で握ったり、開いたり、「言え、言え」という仕草をしきりにアピールしてくる。

渋々うなずいた。そして、思いきって言ってみた。

「甲子園で待ってるからさ」

なんだよ、このキザなセリフは……。

それでも、一志が満足そうに微笑み、うなずいてくるので、まあいいかと思えた。

「だから、来いよ、ここまで」

「わかった。全力で戦ってくる」

電話を切った。息を吐き出す。これで傑がプレッシャーをはねのけられるかどうかわからない。けれど、悔いを残すような戦いだけはしてほしくなかった。あいつは私生活から、もっと自分の思うとおりに振る舞っていいのだ。遠慮する必要なんか、これっぽっちもない。

「よくできました」一志がなぜか両手を大きく広げて、俺を待ち構えていた。

「ありがとう。かけてみて、よかったよ、ホント」一志のハグアピールを無視して、スマホをポケットにしまった。

つれないな、という顔で一志が口をとがらせる。

「ひさしぶりに東京の言葉を話す人と会話したら、なんかほっとしたよ」広げていた腕を勢いよく下ろして、一志が言った。

「ああ、それはあるね」心の底から同感した。「やっぱり、大阪の大学でやっていくのは大変？」

「練習のキツさ自体はそうかわらないんだけどさ、より強固な男社会って感じだから、自分を殺して生きてくのは、やっぱりつらいものがあるよ」

自分を殺すという不穏な言葉を聞いて、とっさに一志から視線をそらした。

「基本的にさ、男子大学生の会話なんて、誰の彼女がかわいいとか、くだらない下ネタばっかりなんだよ。そこにうまく話をあわせなきゃいけないからね、やっぱり嘘はつきつづけないとやっていけないよ」

たしかに高校時代も、何組のあの子がかわいいとか、先輩が誰とつきあったとか、結局そういう下世話な話がいちばん男同士で盛り上がった。

一志の個人的な性的指向について、たぶん誰も気がついていなかったと思う。俺も甲子園で負けたあと告白され、はじめて知ったのだ。「一志、お前、好きな人いないの」と、チームメートに聞かれ、「俺は、今のところ野球に集中したいから」と答えた一志の困ったような笑顔が自然と思い出された。

「世間はだいぶ個人のセクシャリティに寛容になったように感じるけど、体育会系のガチの男社会で打ち明けたら、つまはじきにされると思うよ、正直」

「男って、しょうもないエロ話で笑いあって結束するみたいなところがあるからなぁ」

何気なく俺が言った言葉に、一志が「そう！　そうなんだよ！」と、やたら鋭く反応してきた。そして、興奮した自分を恥ずかしがるように、少しトーンを落としながらつづけた。

「そういう猥談《わいだん》に参加できるかどうかで、団結力をためそうとしてるっていうか……」

どちらかと言うと、運動神経ゼロの俺も、男社会からはのけ者にされがちな部類の人間なので、一志の気持ちはよくわかった。どんなに社会や時代が進んでも、あんまり男という生き物の本質はかわらないのかもしれない。

もし、俺が原始時代に生まれ、狩猟が必須の共同体に所属していたら、満足に走ったり、投げたりできない俺は、確実に仲間はずれにされ、笑われ、置いてきぼりにされて、もしかしたら餓死していたかもしれない。

もし武家社会に生まれていたら、刀も槍《やり》も弓も使えず、一家の恥とののしられ、本気で父親に見捨てられていただろう。江戸時代みたいになまじ平和だったら、戦《いくさ》で死ぬ道もなく、ずっと男児として生き恥をさらしながら息をひそめるように生活していたに違いない。

「今日、会いに来たのは、去年いきなりお前に告白したのを、あやまりたいのもあってさ」

一志が後頭部をかきながら、恥ずかしそうに言った。

「ごめんな。もう、俺、踏ん切りついてるからさ、安心してよ。これ以上、大地には迷惑かけないよ」

「安心だなんて、そんな……」高三の夏以降、一志をさけまくり、今日もびくびくおびえていた自分が心底恥ずかしくなった。「俺のほうこそ、ごめん」

無邪気に笑いあった高校生のころの関係に戻れたような、しかし、もう二度とかけがえのない時間は取り戻せないような、胸の奥を強くわしづかみにされる気持ちになった。

「時代はかわっていくよ、ちょっとずつかもしれないけど」気休めではなくそう思った。実際、昭和では考えられなかったことが、平成、令和をへて、実現をはじめている。同性のカップルが、養子を育てているというニュースを、実家にいるときに見た。

「大地が甲子園を整備してる姿を見て、俺も決心がついたよ」

海の方角から、湿っぽい風が吹きつけた。一志は力強くつづけた。

「俺、プロ野球選手になりたい。それで、堂々と宣言する。男の人が好きですって」

息をのんだ。たぶん、はじめてだ。日本のプロではじめてLGBTであることを公表する選手になる。

「俺さ、夢とか希望を与えるって言葉は、ちょっと苦手なんだ。でも、プロになった俺が堂々と宣言すれば、きっと励まされる人もいると思う」

「いいね！」俺はスポーツ専門のドキュメンタリーの番組名をあげた。「『バース・デイ』で取り上げられちゃったりして」

「もちろん、成績もともなわないとカッコ悪いから、一年間しっかり先発ローテ守って、十勝以上できるようなピッチャーになるよ」

「一志ならできるよ！」

「ええなぁ、でっかい夢があって！」

俺たちはとっさに声のした方向を見た。屋外の公衆トイレの陰から、大きい体の男がぬっと姿をあらわした。

「友達同士にしちゃ、めっちゃこそこそしとるから、おかしいと思ったんや」

人目をはばかるように移動した俺たちの様子をいぶかしんで、あとをつけてきたのだろう。長谷さんは一志の顔をまじまじと見つめて、せせら笑いを浮かべた。

「お前、誰だか思い出したわ。去年の徳志館のエースやろ？」

「だったら、なんですか？」むき出しの敵意を感じとったのか、一志がことさら胸を張るように長谷さんと相対した。一志のほうも相手が何者なのかすぐに気づいたらしい。

「断片的にしか聞こえんかったけど、お前らそういう仲なん？」

「そういう仲って……？」

「高校のときから、部室でいちゃついてたんやろ。マジで気持ち悪いんやけど」

長谷さんは、両腕で自分の体を抱き、寒気で震えるような仕草をした。

「キスせぇよ、キス！　はい、キス！　キス！　キス！」

両手を打ちあわせながら、キスコールをする長谷さんを前に、一志が恥ずかしそうに、悔しそうにうつむいた。

「やめてください！」あわてて一志と長谷さんのあいだに割って入った。

俺のことはどれだけバカにしてくれてもかまわない。けれど、一志が傷つけられるのは、自分の身を切られるような痛みをともなった。

「大地、いいんだよ、ありがとう。いくらでものののしられる覚悟はできてるよ」一志が俺の肩に手をかけた。「そうじゃなきゃ、プロでカミングアウトできない」

「ええ度胸やん」

「いい度胸もなにも、そうしないと、僕は僕らしく生きられないんです」

「そういうことは、まともな球、投げられるようになってから言うてくれや。甲子園でお前のへなちょこボール見たで。プロで十勝て。笑わせてくれるわ」

「おっしゃるとおりだと思います。まだまだ優勝したときの長谷さんのレベルには程遠いこと、痛感してます」

一志と長谷さんが、同じ目線で向かいあう。二人とも百八十五センチ以上の背丈がある。にらみあっただけで、ものすごい迫力だった。

「長谷さん……」一志が静かに口を開いた。「僕も長谷さんに一言、言わせてもらっていいですか？」

「なんや？」

「阪神園芸にいるんですよね？　もう、野球はしないんですか？」

「余計なお世話や」

「あなたは、逃げてる。自分から逃げてると思います。そんな人に僕は傷つけられない」

「はぁ……？　俺が逃げてるって、どういうことや、コラ！」

「優勝したときのあなたは、めちゃくちゃまぶしかった。この人みたいになりたいと思ったんです」

直接の面識は、もちろんない。けれど、一志は長谷騎士を知っている。その悲劇を知っている。長谷騎士が有名人であるという以上に、野球にたずさわる者なら肩や肘、球数の問題は誰にとっても他人事ではないのだ。とくに、ピッチャー同士、一志は痛いほど長谷さんの苦悩がわかるのだろう。

お節介な一志らしい。くすぶっている長谷さんを見て、黙ってはいられなかったのかもしれない。

「大地は阪神園芸に入って、立派に戦ってると思う。でも、あなたは逆ですよ。あなたはただ過去の自分の栄光から逃げてるだけです」

弱々しい声が響いた。

「逃げて、何が悪いねん」

長谷さんだった。弱々しいわりに、真冬の水道水みたいに、こちらの骨身にしみるような、低く、冷たい声だった。

「俺の唯一の武器やった、肩も、肘も、壊れてもうた」

長谷さんは、無意識なのか左手で右の肘のあたりをさすった。徐々に言葉の調子が鋭く、強くなっていく。

「武器はもうあれへん。完全に丸腰状態や。戦闘不能や。それでどうやって、戦えいうねん。逃げるしかないやろ。尻尾巻いて、すごすご退散せな、生きられへんやろが！」

一志があたふたとあやまった。

「ごめんなさい。そんなつもりで言ったんじゃ……」

「そんなつもりやなかったら、どういうつもりやねん！」

「きっと、長谷さんはまだ未練があるんじゃないかって、そう思って……」

「初対面のお前に、何がわかんねん！　何が未練や！　俺はもう疲れたんや！」

そのまま長谷さんは、足早に立ち去っていった。

一志が目顔で「ごめん」と、すまなそうにあやまってくる。俺も無言でうなずき返した。

ただグラウンドの表面だけを見つめていても、その深層はわからない。

人間だって同じだ。何事においても完璧に見える傑や一志もそうだし、長谷さんもまた、そうなのかもしれない。

はじめての夏

梅雨が明けると、一気に気温が上昇した。

何もさえぎるもののない上空から光が降り注ぎ、甲子園のグラウンドに真っ直ぐ落ちてくる。額に浮かんだ汗が、やがてこめかみに垂れ、頬をつたう。まるで着ぐるみを着こんでいるかのように、自分の体数センチをとりまいて、もったりとした湿度の高い空気がまとわりついてくる気がする。

「おい、雨宮！　めっちゃ蛇行してるで！」

芝刈り機から身を乗り出しながら、甲斐さんが怒鳴った。

「すみません！」

先輩の声のボリュームに、体が萎縮しかけてしまうが、心を奮い立たせてハンドルを握り直した。

そもそも、大きな声を出さなければ、意思がつたわらないのだ。芝刈り機は、ハンドルやアクセルがついているカート型で、エンジン音がやかましい。

「お前が蛇行すると、それだけ余計な時間がかかってまうやろ！」

だから、自然と指示の声も大きくならざるをえない。

考えてみれば、怒鳴られるのは周囲がうるさいときにかぎられるのだ。静かな場合、頭ごなしにどやされることは決してない。怒られると完全にテンパってしまうので、そんなことにも気がつかなかった。

背後を振り返った。芝目でわかる。あきらかに自分が通った痕跡《こんせき》が、蛇がのたくったみたいに揺れている。ここでも俺の運動神経と平衡《へいこう》感覚のなさが遺憾なく発揮されてしまったようだ。

外野の天然芝は、夏芝と冬芝の二毛作で、一年中、濃い緑色を保つことができる。気温が上がると、夏芝はとたんに成長が早くなる。土と同様に、芝もまたプレーにとって重要だ。ほんの数ミリの変化で、外野にボールが転がったときの球足や、外野手のスパイクの運びに変化が生じてしまう。

芝刈り機は三台が稼働していた。

甲斐さんが先頭、二台目が長谷さん、しんがりを俺がつとめている。三台は平行して走っているので、俺は長谷さんのたどる道筋を頼りに、一台分ずれた場所を真っ直ぐ進めばいい。ただそれだけのはずなのに、俺はぐらぐらと蛇行してしまう。

明日は近藤真夏さんのライブにはじめて足を運ぶことに決めていた。今から楽しみで、心が浮き立っている。しかし、そのせいで仕事がおろそかになってしまっては元も子もない。

「近くに目を落とすんやない。遠くを見れば、自然と真っ直ぐ進めるで」

そうアドバイスされたのだが、遠くに視線をやると不安でしかたなくなってしまう。つい、ちらちらと二台目の長谷さんの進んだ道筋を横目で確認してしまう。

「遠くを見る」というのは、平均台を真っ直ぐ歩くときの感覚と似ているのかもしれない。けれど、子どものころ、ほんの少しの高さの平均台でも自分の足元を見つめながら、ちょっとずつしか進めなかった俺からしたら、芝刈り機の運転はもっとハードルが高い。

たぶん、度胸の問題も大きいのだと思う。落下して怪我することをおそれるから、下を見てしまう。自分の進路に自信がないから、前を行く人のお尻を追いかけてしまう。

思いきって、視線を前にすえた。様々な企業名が大きく印字された、深緑色の外野フェンスを遠望して、ハンドルを操作する。

傑のことを考えると、自然と背筋が伸びてくる。東東京の甲子園予選大会は佳境を迎えていた。

シードだった徳志館高校は、緒戦から五回コールド勝ちをおさめた。ただ、一年生の傑はスランプの影響もあり、控えにまわっていたらしい。しかし、代打でいきなりホームランを放ったのだ。そこから、徳志館の打線が爆発し、五回までに十二得点で快勝した。

仕事を終えると、傑からメッセージが入っていた。

《わがままに打たせてもらいました！》

それを見た瞬間、つい笑ってしまった。どうやら完全に吹っ切れたらしい。

次戦から、三番ショートで先発した傑は、好調を維持しつづけていた。今日、徳志館高校は準決勝を戦う。今ごろ両親も神宮球場に駆けつけ、そわそわとプレーボールの瞬間を待ちわびているに違いない。

「ええ感じになってきたで！」折り返しのとき、甲斐さんが親指を立ててくれた。

海からの心地よい風が吹きつける。浜風《はまかぜ》という、甲子園ではよく見られる風向きだ。晴れた午前の日差しが、芝の鮮やかな緑を輝かせていた。

視線の先に、ぴょんぴょんと跳ねる小さな生き物が見えた。芝刈り機の騒音に驚いたのか、バッタが跳び出したのだ。幸いなことに、すでに刈り取りがすんだ方向へ逃げていった。苦手な梅雨の季節も終わりを告げて、俺の気分はすっきりと晴れやかになっていた。

この金・土・日曜日、タイガースは東京ドームに遠征に出ていた。しかし、試合がない日もこうして土や芝の状態を万全にしておく必要がある。約九千平方メートルの広大な外野を刈りとり、カートをとめると、長谷さんの冷ややかな視線が待ち受けていた。

「時間が一・五倍かかったわ」さっそく今日も、憎たらしい口調であてつけてくる。

「お前のせいで、何往復余計にさせられてる思うてんねん」

「ホントにごめんなさい」

「地球のエコの観点からも無駄やわ。軽油の無駄。お前のせいで、空気が汚れてまうんやけど、どないしてくれんの？　もう、お前、息しないでくれへん？　二酸化炭素吐き出さないでくれへん？」

　そう、相変わらず、なのである。

　一志が甲子園を訪れた翌日、俺は決死の覚悟で出勤した。昨日のあいつのお節介な言葉はどういうことやと、必ずや長谷さんにどやしつけられ、なじられ、踏みつけられると思っていた。

　あるいは、可能性はかなり低いけれど、「逃げている」と指摘され、うちひしがれ、しおれて、覇気を失っているかもしれない。どちらにしても、面倒なことになりそうだと危惧していた。

　ところが、長谷さんは、まったくいつもどおりだったのだ。

いつもどおり、精力的に仕事に取り組み、俺の行動に難癖をつけ、昼飯をがつがつ食っていた。一志の言葉にはいっさいふれることなく、ときには先輩と冗談を交わしあい、下品な声で笑っていた。

もしかしたら、長谷さんも一志をバカにした自分の言動を恥じていたのかもしれない。自分らしく生きられない悔しさを誰よりも知っているのは長谷さんも同じなのだ。

芝刈り機を降りて、カートの前面にとりつけられているカートリッジのような部品を取りはずす。ここに刈りとった芝がためこまれている。

芝をゴミ袋にあけると、むわっとむせるような青臭いにおいが広がった。一センチに満たないほどの芝の切れ端で、巨大な業務用のゴミ袋が四つ満杯になった。

「でも、なんで日によって芝刈り機を走らせるコースをかえてるんですか？」俺は疑問に思って甲斐さんに聞いた。ところが、長谷さんが「そんなこともわからへんのか」と、えらそうに口をはさんできた。

さすがに少しムカついたので、自分の頭で考えてみることにした。今日は放射線状に進むかたちで、斜めに真っ直ぐ往復した。内野と外野の境目の緩やかなカーブに沿って横に進む日もあるし、単純に縦方向の往復で芝刈り機を走らせることもある。

「ヒントは、ひげ剃《そ》りとおんなじや」長谷さんが、みずからの優位を見せつけるように、俺を見下ろした。

　俺は首をひねって、自分の頬をさすった。

「俺、ひげ剃ったことないからわからないです」

「はぁ!?」とたんに、長谷さんが目を丸くした。「お前のホルモンバランス、どないなっとんねん！」

　誕生日をむかえ、長谷さんは二十歳になったらしい。その若さに似合わず、けっこうひげが濃い。日焼けしているからわかりにくいけれど、肌が白かったらたぶん午後には青くなってしまうタイプだろう。

「女性ホルモンしか分泌《ぶんぴつ》してへんから、そんなひょろひょろの、もやしのヒゲみたいな体してんねん」

「もやし」じゃなく、「もやしのヒゲ」と言うところが、いっそ清々《すがすが》しい気持ちになってくる。

「長谷さんは、百パーセント男性ホルモンって感じですよね。ポロシャツ、パツパツだし、すんごい筋肉」

「ケンカ売っとんのか、コラ」

「褒《ほ》めてるんですよ。それに、そっちが先にホルモンの話をしたんです」

「東京の言葉で言われると、冷たい悪口にしか聞こえへん。何が、『すんごい筋肉』

や」

「いいから、答えを教えてください」

「うっさい、ボケ」

「うるさいのは、そっちですよ。本題からずれてます」

俺たちの会話を聞いて、なぜか甲斐さんが笑いだした。

「雨宮も、だいぶ長谷の扱い方というか、あしらい方というか、うまくなってきたんちゃう？」

「あしらい方って、ひどないですか？」長谷さんが不満を表明した。「まるで俺が面倒くさいヤツみたいな言い方やないですか」

そうだよ、面倒くさいヤツなんだよと、声を大にして叫びたかったが、なんとかこらえた。俺は長谷さんと違って慎《つつし》み深いのだ。

「そもそも、芝の刈り方の話だって俺が教えてやったんやろ。何、えらそうにしてんねん」

「あれ？　そうでしたっけ？」と、長谷さんはしらばっくれた。

甲斐さんが丁寧に教えてくれた。ひげを剃るとき、濃い人は、いろんな方向からカミソリを入れる。ふつうに、上から下へ。下から上へ逆剃りをし、首の下の剃りにくい箇所は、横向きに滑らせることもある。

　それは、いろんな方向にひげが生えているからだ。芝の場合も同じで、一定方向からしか刈らないと、いびつに仕上がってしまう。だから、日によって芝刈り機のコースをかえる必要があるのだ。

「お前が蛇行するせいで、見映えも悪くなんねん」長谷さんの説教は永遠と思われるほどつづいた。「お前、なんで芝に濃い緑と薄い緑の縞模様《しまもよう》ができんのか、わかってんのか？」

「言われてみれば……、なんでなんでしょう？」スタンドから見下ろすと、たしかに外野の芝は濃い部分と薄い部分が互い違いに帯状になって見える。でも、芝の種類をかえているわけではもちろんないし、長さをかえているわけでもない。刈り取る長さが違ったら、ゲームが成立しなくなってしまう。

　そもそも、甲子園だけではなく野球場の天然芝はたいていそうだし、それを言うなら、サッカー場だって、ラグビー場だって、イメージは緑の縞々だ。

「芝の倒れる方向が、芝刈機の往復する行きと帰りで、逆になるからや」長谷さんが腕を組みながら説明した。「そこに光があたる。芝が自分の側に倒れてたら緑が濃く見えるし、逆に倒れとったら薄く見える」

「えっ！　ってことは、センター方向から見た場合と、ホームの方向から見た場合は、濃いのと薄いのが反転するってことですよね」

長谷さんが、先輩然として重々しくうなずいた。縞模様を見れば、その日の芝刈機を走らせたコースがわかるということだ。

「えぇっ！　じゃあ僕が蛇行した痕跡も、はっきり浮き上がって見えちゃうってことですよね！」

「そのみっともない痕跡を隠すために、俺たちがリカバリーしてるんや、アホ！」

「すいません！」

「そんなんじゃ、いつまでたっても先頭、走れへんぞ」

芝は生きている。そんな当たり前のことにも、入社してから気づかされた。

去年、徳志館の記録員として甲子園にはじめて足を踏み入れたとき、土のきれいさももちろんだが、天然芝の青々としたまぶしさにも、息をのんだ。しかし、観客たちが目を見張る甲子園球場の美しさも、こうして芝に日々水を与え、肥料をまき、全体に日光があたるように刈りこみをしなければ維持できないのだった。

「こうしてお世話をしてると、なんだかちくちく生えてくる芝が、健気で、かわいく思えてきますね」

「そうやな」と、甲斐さんが笑いながらうなずいた。「でも、生きてるのは、芝だけやないで。土も生きてるんや。土もかわいがってやらんと」

「はい？」

「土だって水を吸って、呼吸をしてるんや……、ってのは、島さんの受け売りやけどな」

「はあ……」大先輩の言葉なので、いちおううなずいておいたけれど……。

　土が生きている？

「梅雨明け以来、まったく雨が降ってへんからなぁ、そろそろ一雨ざぁっとほしいんやけど」

「でも、雨は降らないにこしたことはないんじゃないですか、グラウンドにとっては」

　べつにグラウンドで作物を育ててるわけではないのだ。できることなら野球のグラウンドに雨は必要ないと思っていた。母校のグラウンドも、大雨が降ってしまうと数日は水浸《びた》しで使い物にならず、室内練習場に頼らざるをえなかった。

「試合前に散水してるから、それでじゅうぶんなんじゃないですか？」

「あのな、雨宮。大事なのは、グラウンドの表面だけやない。もっと下の層やっていうのは、さんざん話をしてるやろ？」

「はい……」けっこうえらそうに傑に土の話をしてしまったが、まだまだわからないことだらけだったのかもしれない。一人で勝手に恥ずかしくなった。

「奥の部分にまでしっかり水が届かんと、深さ三十センチまで均一に水分をふくんだ、柔らかくて、かわきにくいグラウンドにはならへんやろ。日光で表面はかわいたとしても、奥の層は水気をたっぷりふくんでるから、クッションみたいに衝撃を吸収してくれる。甲子園球場のグラウンドの最大の武器は、水持ちよく、水捌けよく、やからな」

水持ちがいいということと、水捌けがいいということは、一見矛盾するように思えるけれど、たしかにその両方の条件を満たしているからこそ、さまざまな天候に対応できるグラウンドになるのだろう。

「いくら内野に散水して、表面を湿らせたとしても、ホンマの雨にはかなわへん。深い部分まで水が行き届くには、自然の力が必要なんや。なかまでとどこおりなく潤えば、弾力のある、強いグラウンドになるわけやな」

しっとりと湿り気を保持した、真っ黒な甲子園の内野は、たしかに柔らかく、かつ弾力のあるしたたかさをあわせもっているように見える。それは、目に見えない底の部分まで潤っているかららしい。

長谷さんは、甲斐さんの言葉を黙って聞いていた。俺はその横顔をちらっとうかがった。

土は生きている、ということの意味が、少しだけわかりかけたような気がした。表面だけではなく、深い層にまで水分を行き届かせなければ、柔軟で、同時に強くはならない。まるっきり、人間と同じだと思った。

水分は、愛情だったり、人からの承認だったり、達成感だったりするのだろう。それらの恵みの雨が、人間の奥深くまでしみこんでいかないと、からからにかわいてしまう……。

そのあと、甲斐さんは「不透水層」という言葉を説明した。

「雨宮の母校のグラウンドは、奥のほうが不透水層になってる可能性が高いな。要するに、かぴかぴの、ひからびたコンクリートみたいな土の層が下にあって、まったく水を吸収しなくなってる。すると、ちょっとの雨でも水分をためきれなくなって、すぐに飽和状態になって上に水が浮いてくる。日光があたってもかわきにくい、水捌けの悪いグラウンドになってしまう」

そもそも、水分をたっぷり与えても、それを吸いこむ土壌が整っていないと、意味がないということだろうか。

「それって、どうしたら直せるんでしょう？」

「まあ、深めに掘り起こして、土をつくり直すしかないやろな」

まさに、畑と同じだ。雨が必要で、耕さないといいコンディションを維持できない。

「日々、トラクターでここの土を掘り起こしてんのは、黒土と砂を混ぜるほかに、そういう意味あいもあるんや。あと、雨宮は来年に経験することやけど、一月には二十五センチくらいまで深く土を掘り返す作業をするからな」

水を通さず、吸わず、はじいてしまう、かたくなな土。

長谷さんの内部にも、不透水層が広がっているんじゃないだろうかと、俺は漠然と考えた。かぴかぴで、かちこちで、ひび割れて、水をこばみつづける、不毛な層が。だから、少しの雨でも水が浸透せずに、あふれ出してしまう。生意気な、他人がなぐさめても、やさしい言葉をかけても、かたくなにはねつけてしまう。いけ好かないヤツだとみなされる。

土と違うのは、物理的に、機械的に掘り返し作業が行えないことだ。一志がこの前、長谷さんの心の奥底を掘り返そうとした。けれど、あえなく跳ね返された。いくら、同じピッチャーの気持ちがわかるとはいえ、初対面の人間には荷が重い。きっと、誰がいつ掘り返すのか、本人にも心の準備はできているのか、様々なタイミングがうまく重ならないと、長谷さんの心の不透水層をほぐすことはできないのかもしれない。

丸腰状態や。戦闘不能や。長谷さんのトゲをふくんだ声がよみがえる。

「じゃあ、次、芝の散水行こか」甲斐さんに呼びかけられ、我に返った。

土も生きている。その言葉を、長谷さんがどう受け取ったのかわからなかった。

俺と長谷さんは、ホースとスプリンクラーの準備にとりかかった。

夕方、寮へと自転車を走らせていると、前方をとぼとぼ歩く長谷さんが見えた。甲子園と寮は近いから、自然と私服も気の抜けたものになりがちだ。長谷さんは無地の黒いTシャツに、ナイロン素材のジャージのズボンという、近所に買い物に行くような格好をしていた。

挨拶をするべきか、無視して横をさっと追い抜くべきか迷った。挨拶しても無視されそうだし、こちらが無視をしたらしたで、あとあと「先輩を無視するなんてええ度胸やん」と言われそうだ。

多少遠まわりでもいいから、この次の角で曲がって、ワンブロック先で長谷さんを追い抜き、寮に戻る算段を頭のなかで立てた。自転車に鍵をかけ、瞬時に玄関の鍵を取り出し、長谷さん到着前に、自分の部屋に逃げこむのだ。

でも、このときなぜか俺は血迷った選択をした。自転車の速度を落とし、後ろから話しかけた。なんだか、長谷さんの肩がいつもより丸まって見えたからかもしれない。

「なんで歩きなんですか？」長谷さんは、いつもロードバイクみたいな、細い車輪の高そうな自転車に乗っていた。

「盗まれてん」うっとうしそうな表情を浮かべながらも、俺のほうを振り返った長谷さんは、きちんと質問に答えてくれた。

「それは……、大変ですね。鍵、かけてたんですよね？」

「かけてたわ。ホンマについてへんわ」

長谷さんは、俺が横をついてくることに、とくに文句を言わなかった。しかし、あくまで自分のペースで歩を進める。せっかちな長谷さんからしたら、極端におそいスピードだった。

長谷さんのほうから話しかける気はないらしい。俺は途切れた会話の糸口を探した。

「ところで、二十歳になるって、どういう気分ですか？」

「どういうって……？」

「大人になった感じ、ありますか？」

自転車を降りて、となりを歩きはじめた。もう、寮はすぐそこだ。

「そんなすぐ、きっかり大人の自覚が芽生えるわけないやん。お前も、誕生日の十二時に、あっ俺、今、十八になったわ、選挙行けるわ、みたいなこと思わんかったやろ」

「たしかに」

いちいち言い方にトゲはあるものの、すべてごもっともなので素直にうなずいておいた。

「まあ、でも酒飲めるようになったんはでかいな」

住宅街の道路だった。じゅうぶん横を通り抜ける余地はあるのに、自転車に乗ったおばさんが、チリチリとベルを鳴らしながら俺たちを追い越していった。カゴの後ろに「ＰＴＡ 警戒中」というラミネートが貼ってあった。

「寮に帰ってから、飲んだりするんですか？」

「まあ、ときどきな。ビールとかチューハイとか」

「ビールって苦くないですか？」

「それが、ええねん」

長谷さんの、左右でつながりそうな太い眉毛が、得意そうにうごめいた。

「さすが、長谷さん舌がこえてますね」ここはヨイショに徹しようと思った。少しでも俺への風当たりが柔らかくなれば、仕事もしやすくなるかもしれない。

ところが、長谷さんは「お前、嫌味やろ、それ」と、俺をにらみつけた。

「いや！　嫌味じゃないです。素直な感想です」

長谷さんが何か言葉を発しかけたとき、道の向かいから騒がしい少年の一団が近づいてきた。みんな野球のユニフォームを着ている。胸のあたりが茶色く汚れている子もいる。長谷さんは、その気配を察して口をつぐんだ。

野球少年のうちの一人が、ちらっとこちらを見た。まず長谷さんを見て、それから俺へと視線をすべらせ、ふたたび長谷さんに目を戻す。少年は「あれ……？」という表情になった。自分の記憶のなかにある顔と、目の前の大男との照合を行っているようだった。

照合作業は数秒で完了したらしい。少年は興奮した様子で「おい！」と、仲間たちに呼びかけた。

「なぁ、あれ、ナイトちゃう？」

少年たちは一度静まり、ふたたび一気に騒がしくなった。

ナイトや！

ホンマや、俺、知っとう。

今、何してんねやろ。

やっぱ、デカいなぁ。

俺はいつ「田舎侍」という言葉が飛び出すかとひやひやした。しかし、どちらかというと少年たちの声は、揶揄《やゆ》というより憧れをふくんだものに聞こえた。それでも長谷さんの表情は、みるみるうちにかき曇っていった。

少年たちは、互いに肘で小突きあっている。

おい、お前、行けや。なんで、俺やねん、お前が話しかけろや。みんな一様に、頬を赤くしていた。

長谷さんの歩調が急に速くなった。ナイロン素材のジャージがこすれて、しゃかしゃかと音をたてた。二年前のスターは、少年たちを完全に無視して、その横を通り過ぎていった。

俺も自転車を押しながら、あわてて長谷さんを追いかけた。「おい、ボウズども、口のきき方に気をつけろ」と、いつ長谷さんが怒鳴りだすかと思っていたのだが、唇を真一文字に引き結んで、その視線はアスファルトを凝視していた。

意外だった。俺をけなしたり、やりこめたりするときの威勢のよさは完全に影をひそめていた。むしろ、びくびくと怯《おび》えて、この場から早く離れたがっているように見えた。

野球少年たちは、結局接触をあきらめたようで、反対方向へと遠ざかっていった。

俺は長谷さんを見上げた。いったいどんな感情がその心のなかでせめぎあっているのだろうか。張り出した頬骨のあたりが、いくぶんこわばっているようにも見えた。

長谷さんに対して感じていた負の感情が、急速にしぼんでいくのを感じていた。

この人も、俺と同じようにきっと野球が大好きで、大嫌いなのだ。大嫌いで、大好きなのだ。優勝を果たした最高の思い出と、怪我をした苦しい思い出がぶつかって、整理がつかず、自分でもどうしたらいいのかわからないに違いない。

「あのですね、長谷さんって明日休みですよね？」

「そうやけど、なんや？」長谷さんが、警戒した表情で俺を見下ろした。

一志は長谷さんに「逃げている」と言ったけれど、俺は今、正反対の印象を抱いていた。長谷さんは、じゅうぶん踏みとどまっている。

本当に逃げたいのなら、野球とまったく関係のない職業に就くことだってできたはずだ。目の前で、高校球児や、プロ野球選手たちがプレーする姿を見るのは、絶対につらいに決まっている。自分のかつての姿と、未来のありえたかもしれない姿がオーバーラップして、長谷さんを責めさいなむ。

長谷さんの内部の不透水層を、どうすれば柔らかくほぐすことができるのだろうか？　俺にできることは何もないのだろうか？

これから、何十年も同じ会社、同じ職場で働いていくかもしれないのだから、少しでも言葉や心を通わせたい。かりに長谷さんがグラウンドキーパーをつづけていくにしても、つらい思いを耐えるのではなく、純粋に仕事にやりがいを感じるようになってほしい。

「この前話した、ビールの売り子さんのライブが、明日あるんですけど、いっしょにどうかなぁ……なんて思いまして」

自分でも驚くことに、ついぽろっと誘いの言葉が口をついて出てきた。

近藤真夏さんは、きっと元気の出そうな歌を歌いそうな気がする。同じ場所で働いているという縁もある。ライブハウスで歌を聴けば、少しは前向きな気持ちを取り戻せるかもしれない。

「この前、お前がナンパした女か？」長谷さんが、驚いたような表情を浮かべた。

「いや、ナンパじゃないですけど……、でも、たしかに友達ですらないんで、当日券のワンドリンク付き三千円がかかってしまうんですが、まあビールでも飲んでいただいて……」

真夏さんのツイッターから、ライブハウスのホームページに飛んで、詳細を確認していた。何組か出るライブの、一番手の出演らしい。

「とっても明るい、いい人なんです」

「知り合い以前の他人やのに、なんでええ人ってわかんねん」

「なんというか……、雰囲気ですかね」

ユーチューブには、真夏さんの歌っている動画がアップされているらしいが、俺はあえて見ていない。やっぱり、ライブで直接歌声を聴いてみたかった。

「その子……」長谷さんのこめかみに汗がしたたった。

日没間近でも、暑い。じっとりと湿気が肌にまとわりつくようだ。長谷さんは手のひらで汗をぬぐって俺に聞いた。

「名前はなんていうんや？」

「えっと……、近藤真夏さんという人です」

なぜか、長谷さんが遠い目で眉をひそめる。「コンドウマナツ」と、つぶやいた。

その瞬間だった。背後から「あの……！」と、声がかかった。長谷さんと同時に振り向くと、さっきの野球少年の一人が立っていた。最初に「ナイトちゃう？」と、気づいた子だ。

「サインしてください！」コンビニで買ってきたらしいサインペンを差し出して、帽子をとり、頭を下げる。「むっちゃファンなんです、お願いします！」

少年はユニフォームの背中を長谷さんに向けた。ここに書いてほしい、ということらしい。ほかの少年たちは、遠まきに見守っている。

「お前、勇気あるやん」

そう言って、長谷さんが右手を男の子の頭にもっていった。相手の野球少年は、びくっと震えて目をつむった。

「ありがとうな。こんな俺のファンでいてくれて」

長谷さんのミットのような大きな手は、やさしく少年の頭に着地した。それから、ぐりぐりと多少乱暴にその頭をなでる。

「でも、サインはできひん」

長谷さんが、しゃがみこむ。少年と同じ目線で語りかけた。

「ごめんな。俺は今、壊れてんねん。ただの役立たずやねん」

まばたきを繰り返し、長谷さんの言葉の真意を探るように、少年が長谷さんを見つめ返した。

「わかるか？　俺みたいになってほしくないねん」

長谷さんは、少年の真っ直ぐな視線をさえぎるように、その手から帽子を取り、強引に深くかぶせた。

「野球、頑張れよ。体に気ぃつけろよ」

長谷さんが立ち上がった。少年が仲間のもとに走り去っていく。「あかんかった！　でも、めっちゃええ人やった！」と、叫んでいる。

長谷さんは、一転してぞっとするほど低い声で、俺に言った。

「で、さっきのライブの話やけど、なんで俺がいっしょに行かなあかんねん」

一刀両断だった。俺は言葉を失った。

「俺ら、友達か？」

「違いますね、はい」

「俺が、よっしゃ行こか、って言うと思ったか？」

「そう簡単にはいかないだろうなぁとは思ってましたね、はい」

ここで食い下がれないのが、俺の弱さなのだろうと思う。

もうすぐ日が暮れる。おのれの無力さを思い知る。寮に着いた俺たちは、それぞれの扉の前に立ち、無言で別れた。くしゃみやせき、トイレを流す音など、互いの生活音がうっすら聞こえてしまう薄い壁でへだてられた、それぞれの巣に戻っていく。

翌日、もともとライブに誘っていた一志と待ちあわせた。

つくづく、昨日の俺は血迷っていたと思った。俺と一志と長谷さんの三人で出かけるなんて、本当におそろしいシチュエーションだ。想像しただけで、胃がきゅっと縮みあがる。

「傑君、大活躍だったな」顔をあわせるなり一志が祝福してくれた。

「みたいだね。このまま、いけるといいけど」

徳志館高校は準決勝で見事勝利した。東東京予選の決勝は明日だ。

「本当に一志のおかげだよ。あのとき、電話できてよかったよ」

「だろ?」と、一志はわざとらしく腕を組んだ。「俺に感謝してくれよな、大地」

俺たちの関係は、告白前のものに戻りつつあるように思えた。もし一志が苦しくないのなら、友達同士としてこれからもつきあっていきたい。できることがあるかどうかわからないけれど、一志の夢のサポートをしてあげたい。

「甲子園で待ってるから」という言葉を、何より一志にも投げかけてあげたかった。あのマウンドにプロとして立つ一志を想像すると、興奮して鳥肌が立つ。

「じゃあ行こうか」俺の屈託《くったく》に気づかない様子の一志は、スマホを取り出して地図を表示させた。

ライブハウスは、梅田《うめだ》の近くの北新地《きたしんち》という駅が最寄りだった。方向音痴の俺は、ごみごみした見知らぬ都会の道案内を完全に一志に託していた。

様々な飲食店が入った雑居ビルが集中して建ちならぶ街だった。人通りも多く、雰囲気は東京の繁華街とそうかわらない。

ときどきスマホを見て立ち止まりながら、一志はすんなり目的の場所を見つけた。路上に看板が出ていて、「1・近藤真夏」という手書きの文字がならんでいた。

地下へと階段で下りていく。重いリズムが階下から響いてくる。どうやら開演前の音楽が流れているらしい。

時間は五時四十分だった。スタートの六時にはまだ余裕がある。入り口でお金を払い、そこでもらった小さいチケットを、バーカウンターに渡す。俺はコーラ、一志はウーロン茶を頼んだ。

緊張していた。ライブハウスに来るのははじめてだったのだ。一志も同じらしく、そわそわと落ちつきがない。

そもそも、どこに立っていいのかわからない。ステージの前には、一般的な学校の教室の広さほどのフロアがある。後方は一段高くなっていて、小さなテーブルと椅子がならんでいる。いちばん後ろがバーカウンターだ。

ひとまず、あいている椅子に座って、様子をうかがう。フロアは、混んでいるわけでもなく、かといってがらがらでもなく、だいたい二十人くらいが思い思いに開演までの時間を過ごしていた。

前のほうには、真夏さんの友人らしい、女子グループが数人立っていた。あのきゃぴきゃぴした集団と肩をならべて、最前列に陣取る勇気はもちろんない。

早々にコーラを飲み干して、グラスをカウンターに戻した。結局、あたりさわりのない中ほどの壁際にスペースを確保する。薄暗いフロアをきょろきょろと見まわしていると、おくれて入ってきた男と目が合った。

「なんでなん！」俺は心のなかで叫んだ。姿をあらわしたのは、長谷さんだった。

最近、俺の心の声は、急速に関西弁化しつつある。まだ話し言葉には影響がおよんでいないものの、言葉やイントネーションはその土地で暮らしていると本当にうつりやすい。

「断られたんじゃないの？」一志が俺の耳元にささやきかけた。「昨日、誘ったんでしょ？」

ライブハウスへの道すがら、昨日の帰り道での出来事を一志に話していた。長谷さんに断られたと俺がつたえると、一志も心底ほっとした様子だった。

どうやら、あの甲子園の夜の「長谷さん、逃げてる」事件は、一志自身も血迷った言動をしてしまったと後悔しているらしい。

「よお！」俺をみとめると、長谷さんは図々しくも満面の笑みで挨拶してきた。その手にはビールのグラスが握られている。

「来ないんじゃなかったんですか？」自然と口調が冷たくなってしまった。

「行かへんとは、言ってへん」

「へ？」

「なんでお前といっしょに行かなあかんねん、とは言ったで。けど、行かへんとは、一言も言ってへん」

極限の面倒くささを発揮して、長谷さんは居直った。たぶん、俺の発した「コンドウマナツ」という名前を検索し、このライブハウスにたどりついたのだろう。

長谷さんは、自分のことを丸腰だと言ったけれど、この図太い神経こそが、この人のいちばんの武器であるような気がした。野球少年への対応と激励を目の当たりにして、カッコいいと少しでも感じてしまった昨日の気持ちを返してほしいと思った。

もちろん、強靱《きょうじん》でしなやかなフィジカルと、図太いメンタルの両輪があったからこそ、選手時代の長谷さんは大きなピンチでも動じない絶対的エースとして活躍できたのだ。気が弱かったら、ピッチャーとして大成しないのはわかる。

しかし、肘を壊してしまった今、わがままで扱いにくい人格だけが生き残り、片方の車輪がパンクしたガタガタ走行状態がつづいている。だけど、今さら性格やメンタル面を直せと言われても、二十歳を過ぎた長谷さんには土台無理な話なのかもしれない。

「あの……、この前は、すいませんでした」一志が素直に頭を下げた。

「ええねん、ええねん。俺も、すまんかった思ててん」

長谷さんは、笑いながら一志の肩をたたいた。ちっともすまなそうな態度ではなかったけれど、あのときの一触即発の雰囲気を間近で見ていた俺としてはほっと胸をなでおろした。

六時三分前だった。ステージ上には、真夏さんのものらしきアコースティックギターがスタンドに立てかけられていた。スツールと、折り畳み式の小さな机が置かれていて、その上には一輪挿しに造花のひまわりが飾られていた。

「お前だって、自分で選んだわけやないやろ?」

「えっ、何がですか?」一志は戸惑った様子で聞き返した。

「ゲイであることや」長谷さんは平然と言い放った。「べつに、選択を迫られて、自分で決めたわけやない」

「えっ……、ええ、まあ」一志が困惑気味にうなずく。

「俺だって、そうや」

俺は一志と目を見あわせた。「俺だって」の意味がわからなかった。長谷さんはダクトがむき出しになった、コンクリート打ちっぱなしの天井に視線を上げた。

「甲子園の決勝の日、監督に聞かれてん。お前、行けるかって」

先発した控え投手が打たれたときの、ベンチでの会話だろうか。どうやら、報道どおりのやりとりが、監督と長谷さんのあいだで交わされたということらしい。

「監督の言葉は、いちおう疑問形やったけどな。でも実質、投げろって命令されてるようなもんやった。それに、球場の空気としか言えへん雰囲気が、俺の登場を今か、今かと待ちわびてた。俺に選択の余地はまったく残されてなかった」

一志は神妙に長谷さんの話を聞いていた。長谷さんは残っていたビールを飲み干し、顔をしかめた。ビールが苦いのか、思い出している記憶のほうが苦いのか、横で話を聞いている俺にはわからなかった。

「それにしても、あいつは卑怯《ひきょう》やわ。投げてくれって言うんやなくて、ただ一言、『行けるか？』って。うわべだけは俺に選ばせたように仕向けて」

あいつとは、監督のことだろう。

長谷、行けるか？

頼む、長谷、チームのために行ってくれ。

言葉としてはほんの少しの違いでも——同じく選択の余地はないにしても、長谷さんにとっては天と地ほどの差があったのかもしれない。

「誰の意思も空気も関係なく、自由に選べてたら、今ごろどんなに楽やったやろうと思うわ。登板回避してたら、もうちょいピッチャーの寿命が長くなったはずやし、投げたら投げたで自分の責任やったって納得することもできる」

俺はちらっと一志を見た。一志は無表情だった。

「もう運命やった、最初からそうなるって決まっとったって考えな、しゃあないやろ。やってられへんやろ」

ライブハウスの空間いっぱいを満たしていた音楽が、フェードアウトしていった。波が引くように、周囲の話し声やざわめきも静まっていった。

「運命やったって割りきることは、逃げてるってことになるんやろか？」

一志は相変わらず無言だった。

「お前やったらわかるかと思ったんやけどな。グラス、戻してくるわ」

長谷さんが踵を返すと同時に、舞台袖から真夏さんが姿をあらわした。拍手が鳴り響く。少し呆《ほう》けていた俺と一志も、あわてて手を打ち鳴らした。

真夏さんは、スタンドからギターを取った。スツールに腰かけて、二つのマイクの位置を調整した。一つはボーカルのマイクだ。もう一つは、アコースティックギターのボディーに近づけた。

「こんばんは」

ギターのネックをつかんでいるのとは反対の手をおでこにあて、真夏さんはひさしをつくる仕草をした。会場を見まわして、軽く頭を下げる。耳にかけた長い髪がさらさらと流れた。

「たくさん来てくれて、ありがとう。近藤真夏っていいます。はじめての人も、こんばんは」

ふたたび拍手が起こった。俺と話をしたときとは違って、真夏さんはなんだかクールな印象だった。最前列の女の子たちが「真夏！」と、声をかけた。真夏さんは「ありがと」と、手を振り返したものの、笑顔はなかった。かといって緊張している様子でもなさそうだ。軽くチューニングをしてから、ぽろぽろと適当なフレーズをつま弾く。

「すっかり、夏やなぁ。ウチ、真夏って名前やけど、真夏が苦手やねん」

意外だなと思ったら、友達から「意外～」と、声があがった。真夏さんは、ステージ上ではじめて笑った。

それは苦笑いだった。

「ウチ、あんまし丈夫な体やないから、雨にも、風にも、夏の暑さにも負けるんやけど、まあ、だましだましやっていきましょ」

またしても、意外だなと思ったのだが、観客たちは黙りこんでいた。

真夏さんがマイクから顔をよけて、咳払いをする。スツールに座り直し、ピックを構えた。彼女が息を吸いこむのと同時に、思わず俺もひゅっと肺に空気を取りこんだ。

スピーカーから、前奏が流れはじめた。

その瞬間、空気ががらっとかわった。肌にまとわりつくような、濃密な湿度の気配を感じていた。

雨だ。雨が降りはじめたのだ。

比喩《ひゆ》でもたとえでもなく、真夏さんの歌う歌は、雨そのものだった。

きっと、あの明るい様子からして、燦々《さんさん》と降り注ぐ太陽みたいな、元気いっぱいの声を聴かせてくれるものだと思っていた。晴れわたった夏の青空のような歌を想像していた。

けれど、違った。正反対と言ってもよかった。今度は、「意外」と思う間も余裕もなく、そぼ降る雨の世界に魂ごと連れて行かれた。

ライブハウスの照明が、青く灯《とも》る。まるでスモークみたいに、滞留する湿気が目に見える気がする。

一曲目は、ぽつぽつと降る小雨のような曲調だった。傘や屋根や草木を打つ雨音を思わせるリズムと、ささやかな歌声が響いた。軽快といえば軽快だったけれど、どこかにどんよりと低くたれこめる灰色の雲の重苦しさも感じられた。

二曲目は、スコールだった。

もうこんな大雨なんだから、傘をさすのをあきらめて、ずぶ濡れになってしまおうと開き直るような、妙な明るさと激しさと深いあきらめが曲の底のほうでからまりあっていた。

ライブハウスの空調は、よくきいていた。涼しかった。それなのに、俺は息苦しさを感じ、じっとりと汗をかいていた。

気圧が低い。湿度が高い。耳鳴りがする。錯覚には違いないのだが、真夏さんの少し鼻にかかってかすれた歌声には、壁と天井と床で囲まれた地下の空間を、まるごと自身の土砂降りの世界に引きこむパワーがあった。

俺は子どものころから雨が苦手だった。なんで、こんなに雨が憂鬱なのか。その理由は、たった一つだった。

父さんと傑が、家にいるからだ。

晴れた土日は、たいてい二人ともいない。傑は練習や試合に出かける。父はゴルフだったり、傑の応援に駆けつけたりする。

しかし、外で活動できないほどの雨が降ると、俺にとって家は地獄にかわってしまう。

せっかくだから、バッティングセンターにでも行こうと父が提案して、傑が気をつかい、兄ちゃんも行こうよと言いだす。

最初のうちは、父さんの車に乗って俺もついていった。いとも簡単に速い球を打ち返す傑を見て、もしかしたら俺もできるんじゃないかと思った。九十キロに挑戦してみる。

一球も当たらず、心底後悔する。傑がフォローする。父さんが金の無駄だと、鼻で笑う。

傑の豪快なスイングをベンチに座って漫然と見つづける。バッティングセンターの屋根のトタンに、雨粒が打ちつける。その軽快な音がしつこく耳にこびりついている。

父さんと傑がそろうと、映画とか、美術館とか、そんな文化的な展開になるはずもなかった。バッティングセンター、ボウリングやスポッチャのような複合スポーツ施設が、二人にとっての雨天の気晴らしだった。

そのうち、いっしょに行こうと誘われても、頭痛がする、具合が悪いと言い訳をして、断るようになった。最初は仮病だったのだが、そう言っているうちに、本当に雨が降ると調子がすぐれなくなった。

傑が中学に上がると、さすがに父と出かけることも少なくなった。図体のでかい二人が家にいると、気づまりでもっと最悪だ。居間の空気が薄くなった気がして、息が苦しかった。

俺は高校に進学して、野球部のマネージャーになった。室内練習場のある強豪校だったから、たとえ練習試合が中止になっても、トレーニングがあることがありがたかった。これで、家を出る正当な口実ができた。

もはや、自分が野球という競技から逃れようとしているのか、それとも逆にしがみつこうとしているのか、よくわからなくなっていた。野球と同じように、どんなに離れようと思っても、傑も、父さんも、やはり肉親には違いなくて、家に帰れば必ず顔をあわせることになる。

雨の歌は、だから、俺の劣等感をこれでもかと刺激した。雨音を聞くと、おのれの運動神経のなさを責めさいなまれているようで、叫びだしたくなるのだ。

俺は真夏さんの歌を、じっと聞いていた。耐えしのんでいた。

ステージ上に飾られた造花のひまわりが、俺を笑いながら見つめているような気がした。俺を慈《いつく》しむ笑顔のようにも、嘲笑しているようにも感じられた。憎たらしいほど、黄色が鮮やかだった。

真夏さんは、若干顔を伏せて、目をつむり、マイクに口をつけるようにして歌っていた。ときおり、長いまつげを上下させて、ギターの弦をおさえるみずからの左手を確認していた。その顔に水色のライトがあたり、前髪がつくる濃い影が鼻のあたりまで落ちている。

あっという間の五曲だった。

最後は雨を切り裂く電車の車窓から、外を眺める、という歌だった。恋人に会いに行くという歌詞だ。でも、結局途中で空は晴れ上がってしまい、恋人に会う前に、「私」は反対方向へと引き返す電車に乗り換えてしまうのだ。

もちろん、透き通るような歌声は魅力的だったし、ギターもうまかった。プロを目指すべきだと思った。けれど、ただただ俺にとっては胸が苦しくなる歌だった。

大きな拍手が会場いっぱいに響いた。真夏さんは、はじめて会心の笑顔を見せた。スツールから立ち上がり、手を振ってから、頭を深く下げた。歌の余韻《よいん》が残るなか、真夏さんやライブハウスのスタッフたちが後片付けをはじめる。

次の四人編成のバンドの準備中、俺はよっぽど帰ろうかと思った。脂汗をかいて、たぶんものすごくひどい顔をしている。でも、梅田のデパ地下でせっかく買ったクッキーの差し入れが、リュックのなかに入っていた。

「帰ろっか」俺は言った。

クッキーは自分で食べよう。一志にあげてもいい。

「挨拶していかないの？」一志が不思議そうな顔をした。

「うーん、まあね。ちょっと、調子悪くなっちゃって」

タバコの煙の満ちたライブハウスの空気のせいにしようとした。長谷さんにも一言断っていこうと思い、振り返った。

「ホンマに来てくれたんや！」

タオルを首にかけた真夏さんが、俺に衝突する勢いで突進してきた。「わわわっ」と、叫びながら後退する俺のぎりぎり手前で停止し、笑顔をはじけさせる。

「あれって社交辞令やったんやけど、ホンマに来ちゃったんやな」

冗談だとはわかったのだけれど、俺にはそれに対応できる余裕がなかった。うまい返しも思い浮かばず、ただただ額に汗をにじませながら黙りこくっていた。

俺が真に受けたと思ったのか、真夏さんはあわてた様子で前言を撤回した。

「あっ、嘘やで。社交辞令は、冗談やで」

タオルの端を口にあて、もう一方の端を左右に振りまわす。ライブ中とは、まったく雰囲気が違った。やっぱり、真夏さんは真夏さんだった。明るすぎて、まぶしすぎた。

「来てくれて、めっちゃうれしい。ウチの歌、どうやった？」

俺はやっとの思いで答えた。

「めちゃくちゃすごかったです」

次のバンドのドラムが試奏をはじめた。重いバスドラムが下腹を打つ。

「でも……、正直、息ができなくて」

「息が……？」

真夏さんが、心配そうに俺を見つめる。俺は視線を床にそらした。

「雨にいい思い出がないんです。だから、もう、胸がつまって、苦しくて」

消え入りたくて、死にたくなった。一人、バッティングセンターのベンチに座っていたときの寂しさを握りつぶし、否定したくても、それは水銀みたいにぬるっと指のあいだを抜けて、またしぶとく集合してしまう。

一志が俺の異変を感じとったのか、ことさら明るい口調であとを引き受けてくれた。

「あっ、どうも、こんちは！　僕、大地の高校時代の友人で、今日誘われて来たんですけど、すごくよかったです。とくに、最後の曲なんて、めちゃくちゃ切ないし、情景が見えるようだったし、なんというか心臓をぎゅっとつかまれるような感じになって……」

「ホンマに？」真夏さんが、救われたような表情になった。

「こいつね、すごい感受性が強いから、苦しくなるのは、真夏さんの歌がすごくうまいっていう証拠なんですよ。ほら、ライブって生で聴くと、すごいダイレクトに刺さるじゃないですか。真夏さんの歌、もうこいつに、刺さりまくりみたいで」

むかしから、一志はそうだったなぁと感心した。細かいところまでよく気がついて、フォローも抜かりない。

エースでキャプテンだった。仲間がエラーしても、笑顔で励ましていた。

一志が「ほら」とうながす。俺はリュックから、クッキーの包みを差し出した。

「これ、差し入れです。よかったら、みなさんで」

「みなさんでって、ウチ、バンドじゃないからね」笑みを浮かべながらも、真夏さんも何かを考えこんでいる様子だった。「でも、ありがとう」

ステージの上ではギターとベースも音の調整にくわわって、一気に騒がしくなった。

「ウチな、真夏さんがクッキーの紙袋を握りしめて叫んだ。こんな歌しか歌えへんねん」

俺は懸命に首を横に振った。「こんな歌」と言ってほしくなかったのだ。

「期待はずれやったかもしれへんけど、こんな暗い歌しか無理やねん」

「ええやんか。暗い歌で」俺の心の声を代弁してくれたのは、一志ではなかった。いつの間にか長谷さんが真横に立っていた。

今日はジャージではなかった。九分丈のスリムな黒いパンツで、きゅっとしまった足首のあたりがのぞいていた。

「俺はええと思うで。世の中、応援ソングばっかりやん。前向きになれ、戦えいう曲ばっかやん。俺はそっちのほうが息苦しくてかなわんわ」

真夏さんが息をのんだ。少し涙目になっているようだった。

「もしかして……、ナイト？」

「ひさしぶりやな。小学校の卒業式以来か？」

真夏さんが、こくこくと、子どものようにうなずいた。

「ナイトは、同窓会来《こ》ぉへんからな」

「うるさいわ。行ったら、絶対、肘壊した田舎侍ってバカにされるからな」

「せぇへんって。みんな待ってるで」

親密な空気がただよった。とても口をはさめるような雰囲気ではなかった。

「俺、こいつの同僚やねん」長谷さんが、顎で俺をさした。

「えっ、気づかんかったわ！　ってことは、阪神園芸？」真夏さんが俺と長谷さんを交互に見くらべた。「ウチ、甲子園でビール売ってるんやで。今年の三月のセンバツからやけど」

「それも、聞いたわ。近藤真夏って名前聞いて、すぐにぴんときた」長谷さんは、濃い眉毛のあいだにしわをよせた。「でも、大丈夫なんか？　けっこうハードやろ、ぁの仕事」

「バイトやしな。毎日のことやないし、大丈夫やで」真夏さんは、俺のときと同じように、タオルの端をぶんぶんと左右に振りまわした。「ありがとね。気ぃつかってくれて。それだけで、うれしいわ」

もしかして、MCで言っていた「丈夫な体やない」ということと関係があるのかと俺はいぶかったけれど、やっぱり何も言えなかった。

「ウチ、二年前、ナイトが決勝で投げたとき、スタンドから観てたんやで」

「マジか！」苦い思い出のはずなのに、長谷さんはうれしそうに叫んだ。

「残念やったな、肘のこと。よっぽど、友達から連絡先聞いて、何か励まさなあかんって思うたけど、小学校から会ってへんし、いきなりやったら驚かれるし、迷惑かなぁって思って」

「いや、迷惑やないけど……な」長谷さんが、もごもごと口の奥でつぶやいた。

二人が見つめあう。両者ともに、何かを切り出そうとして、切り出せない――そんなもどかしい空気を破ったのは、女子たちの甲高い声だった。

「真夏！　めっちゃよかったで！」

最前列にいたグループが駆けよってきた。長谷さんは、それを見てさりげなく立ち去ろうとした。

「あっ、ナイト、このあと時間ある？」

むしろ、友人の女子たちの登場によって、踏ん切りがついたのかもしれない。真夏さんがあわてた様子で長谷さんを呼びとめた。

「ああ、暇やで」長谷さんがゆっくり振り返った。

「ちょっと、話そう。ウチも次のバンド観たら、もう出るわ」

「ああ……」長谷さんは、そのまま離れていった。安心した様子の真夏さんは、友人たちと口々に会話を交わしはじめた。

俺は一志の裾を引いた。一志が無言でうなずく。俺たちは、ライブハウスを出た。左右の壁に様々なバンドのフライヤーが貼られた階段をのぼっていく。一志がぽつりと言った。

「俺、ちょっと出しゃばっちゃったかな？」

「いや、大丈夫。むしろ、助かったよ」

「大地、あの二人にナイスアシストしちゃったかもね」一志なりに、冗談でフォローをしてくれる。

「かもね」俺の頭のなかを、真夏さんの歌声がリピートしていた。雨が降りしきるなか電車に乗り、恋人に会いに行く。しかし、すっかり晴れ上がり、「私」は自信をなくし、引き返してしまうのだった。

長谷騎士は登板回避をみずからの意思で選択することができなかった。タイトな甲子園のスケジュールにただただ翻弄《ほんろう》され、肘を壊した。

一志もそうだ。自分のセクシャリティを、みずから選択したわけではなかった。

そして、俺も選べなかったのだ。

運動神経のない体と個性を選んで生まれたわけではなかった。

六歳のときの出来事だ。

小学校の入学式の翌日、父さんに近所の公園へと強制的に連れて行かれた。グローブを持たされ、十メートルの位置まで離れるように指示された。

「お前も、もう小学生だ」父さんは、自分のグローブを拳でばしばしたたきながら言った。「このくらいの距離、届かせられないようじゃ、男の子のなかでやっていけないぞ。バカにされて、いじめられるぞ」

つねに男社会のなかで成長してきた父親にとって、運動のできない男子は嘲笑《ちょうしょう》の対象なのだった。

父さんは必死だった。自分の息子が、そんな仕打ちを受けるなんて――たとえば運動会で同級生や父母たちから笑われるなんて、死ぬほどの屈辱なのだ。

そして、俺も必死だった。全身をなげうつようにボールを放る。けれど、山なりの軌跡を描いた球は、毎回、父の手前一メートルのところでバウンドしてしまう。俺が投げるときだけ、地球の重力が十倍増しになっているんじゃないかと本気で疑った。

徐々に険《けわ》しくなっていく父の表情と比例するように、もともとあやしかった雲行きがますます灰色の濃度を増して低くたれこめてくる。

やがて、ぽつぽつと雨粒が落ちてきた。俺はほっとした。ようやく解放される。

しかし、父は仁王《におうだ》立ちのままだ。やがて、土砂降りが、地面を打ちはじめた。

「早く投げろ！」顔をしかめた父が、雨音に負けじと声を張り上げる。「ほら、いつまでたっても帰れないぞ！」

絶句した。父さんは、本気だ。

俺の投げるボールは、激しい雨にたたき落とされるように途中で失速し、ますます届かない。ザアーと、世界が雨音に包まれる。

傘をさした見知らぬおばさんが、土砂降りのなか、鬼気迫る表情でキャッチボールする親子を不思議そうに眺めながら通りすぎていった。俺の服はじっとりと重くなっていく。もう、立っているのがやっとだ。

涙が雨といっしょくたになった。それだけが唯一の救いだった。前髪からぽたぽたと水滴が落ちていく。

「ちょっと、何やってるの！」

二本のビニール傘を手に持った母親が、自分は傘をささずに駆けてきた。俺と同じで、どたどたと不格好な走り方だった。

真っ先に、ビニール傘を俺の上にさしかけてくれる。

「傑を家に残してきちゃったから、早く帰らないと」母さんは、父さんに言った。引くに引けなくなっていた父さんも、もしかしたら救われたと思ったのかもしれない。

母と傘に守られて、俺は家路についた。しかし、どうしたって雨の世界からは逃れられない。ビニール傘を打つ雨音は、依然として俺を責めたててくる。たった十メートルも投げられないのかと、激しくなじってくる。

この日から、父さんはまったく俺に見向きもしなくなった。俺は小一にして、早くも息子としての戦力外通告を頂戴《ちょうだい》したのだった。

「これって、俺たちの仕事だったんですね」

俺と甲斐さんは、バックスクリーン裏のスペースに待機していた。

全国高等学校野球選手権大会――夏の甲子園がはじまっていた。俺が阪神園芸でむかえる、はじめての高校野球公式戦だ。

開会式後の、一回戦第一試合だった。青森代表と、愛知代表が戦い、青森が勝利をおさめた。

俺は汗で湿った手のひらに、ロープを握りしめていた。そのロープは青森代表校の校旗につながっている。

バックスクリーンからは、ホームベースがはるか遠く見える。両校の選手たちがベースをはさんで向かいあい、礼を交わした。

甲子園にけたたましく試合終了のサイレンが鳴り響いた。

緊張していた。これから、青森代表校の校歌が斉唱される。その校歌にあわせて、校旗を掲揚する。ちょうど歌の終わりにあわせて校旗が頂点に到達するよう調整し、ロープをたぐっていかなければならない。

テレビではよく観ていた光景だった。

勝った高校の球児たちが、一列にならび、胸を張り、母校の校歌を声をかぎりに歌う。その誇らしげな顔を、カメラがパンしながらとらえていく。

そして、バックスクリーンが映される。ゆるゆるとのぼっていく校旗に、徐々にピントがあっていく。そして、校歌がちょうど終わりをむかえたところで、校旗はポールのいちばん高い場所で強い風にはためくのだ。

まさか、その仕事を俺がやるなんて思ってもみなかった。すべては、俺の手にかかっている。青森代表の栄誉を汚すような失敗は決してできない。全国放送のテレビにばっちり映ってしまう！

「僕、この学校の校歌なんて知りませんよ！」

朝、持ち場の担当を割り振られるまで、校旗の掲揚を阪神園芸が行っているなんてまったく知らなかった。

校旗は試合開始時点で、一塁側、三塁側、両校のものが左右にかかげられる。その二つの旗は、七回が終わるといったん降ろされる。そして試合終了後、勝利した高校の旗が、こうして校歌とともに掲揚されるのだ。

「この高校の校歌は、トータル五十六秒やな。最初はゆっくりでええ。むしろ、出だしで焦ったらあかんで」甲斐さんが冷静にアドバイスしてくれた。「あと、今日は風が強い。かなり力を入れんと、上がらんからな」

「でも、五十六秒って言われても……」

「察するんや」甲斐さんは、悟りを開いた高僧のように、つぶやいた。「ただただ、察するんや。歌の空気を」

そして、世界の真理をぽつりと口にした。

「学校名が最高潮のテンションで歌われたとき、それはたいてい終わりの合図や」

たしかに、そうだ。

ああ、〇〇高等学校！

校歌にサビがあるとすれば、ふつうは学校名で終わる。かなりの確率で「ああ」という感嘆詞がつくイメージだ。俺はつばをのみこんでうなずいた。

サイレンがやむと、会場いっぱいにウグイス嬢のエコーがかかったアナウンスが流れた。これも、聞き慣れたフレーズだ。

「ご覧のように、五対一で青森中央学院《ちゅうおうがくいん》高校が勝ちました。ただいまから青森中央学院高校の栄誉をたたえ、同校の校歌を演奏し、校旗の掲揚を行います」

スピーカーから、勇ましい、マーチ風の校歌が流れ出す。

テレビでおなじみの展開に、自分がかかわっていることが、どこまでも不思議な気分だった。ロープをぎゅっと握った。

プレーヤーによろこんでもらう。その精神はかわらない。今、選手たちは勝利の瞬間を心の底から嚙みしめている。一年間の練習の苦労を思い起こしながら校歌を歌い、高い空にのぼっていく校旗を遠望するのだ。

力をこめて、ロープをたぐりよせた。たしかに、かなりの馬力を必要とした。下半身を落とし、浮かし、ふたたび落とし、ゆっくりと旗の位置を上げていく。真上を見上げた。夏の太陽に、目を細める。強い浜風に校旗がはためいていた。その瞬間だった。

《あぁ～ 青森中央 我が母校》

学校名が高らかに歌われた。

えぇっ、ウソでしょ……？

俺は焦った。体感では三十秒くらいのはずだった。校旗はまだポールの真ん中付近だ。焦ってスピードアップした。

「まだや！ これはフェイントや！」甲斐さんが叫んだ。

校歌にフェイントがあるのか！ たしかに、終わると見せかけて、終わらなかった。いかに青森中央学院高校が素晴らしい学び舎《や》かというサビへと突入していった。

「もう、てっぺんです！」

「極限にスローに！ あと十秒、時間稼ぎがばればれだ。なんとか耐えろ！」

頂点近くで停止させたら、時間稼ぎがばればれだ。スローに、かつなめらかに動かしていくのは、かなりの腕力を要した。もう、二の腕がぱんぱんだ。

校歌はようやくフィニッシュをむかえた。

そこでロープはとまった。曲の終わりとともに、無事、空の高みへと達した。拍手やメガホンが打ち鳴らされ、球場いっぱいが勝利校への祝福ムードに包まれる。俺は大きく息を吐き出した。ものすごい汗をかいていた。

「どや？」甲斐さんが俺の背中をたたいた。

「責任重大すぎて、死ぬかと思いました」

そこからは、あわただしかった。青森中央学院高校の校旗を下ろし、第二試合の二校の旗を上げる。それがすむと、グラウンドへと移動して整備作業にくわわった。はじまったばかりなのに、もう疲れ果てていた。とにかく、今朝の開会式のときから、空気がぴりぴりしていたからだ。

失敗が許されないし、時間の進行もタイトだ。関係者通路も、ふだんは見かけない人であふれかえっている。高野連の役員たち、審判員、そしてたくさんの記者が、それぞれの仕事に追われて、あわただしく入り乱れる。

しかし、開会式自体は圧巻だった。兵庫県の各校から集まった吹奏楽団が行進曲を演奏し、全国の予選を勝ち上がった代表校が入場する。

式の経過は、控え室にあるモニターで確認した。徳志館高校のプラカードが映しだされると、俺はついテーブルに身をのりだした。

傑はすぐにわかった。腿《もも》を高く上げ、堂々と入場してきた。とても一年生には見えなかった。胸に横書きされた「徳志館」という三つの漢字が心なしか大きく見えた。徳志館高校は見事に東東京大会を制し、甲子園出場を果たした。傑は俺との約束を守ってくれたのだ。

試合は明日、大会二日目の第一試合。朝八時からのプレーボールだ。両親は今日の夜には新大阪に到着する予定だった。近隣のホテルに一泊して、朝からの応援にそなえるらしい。

母さんからは、夜、食事にどうかと電話で誘われた。

「大地のお仕事の話も聞きたいし、私たち、大阪全然わからないし」

「俺だって、あんまり出歩かないからわからないよ。ぐるなびか何かで調べてよ。それに、まだまだ仕事だって半人前以前の状態だからさ」

断るつもりだった。真夏さんのライブで、一気にむかしの記憶がよみがえった。苦い思い出は、心の奥底にしみこまず、オーバーフローした。

父さんに、会いたくなかった。かなり切実に会いたくなかった。

「それにね、朝がめっちゃ早いんだ。終わりもおそいし、すごい体力使うし」

母は「そうなの」と、残念そうにつぶやいた。少し気の毒に思った。が、勤務時間が長いのは本当だ。

一日の試合が終了したあと、翌日にそなえて夜のうちに本格的な整備を行っておく。プロ野球なら試合当日に行う作業を、高校野球は前日にすべてすませておかなければならない。

日が暮れてから、内野にはトラクター、バンカー、コートローラーを入れる。外野も芝刈りと散水を行う。朝いちばんの試合は八時開始なので、そうでもしないと進行が間にあわないのだ。

翌朝は六時二十分に集合し、仕上げの整備を短時間で行う。スパイクで欠けた外野の芝に砂を入れる作業もする。その後、甲子園の食堂で朝食をすませ、いよいよ試合にのぞむのだ。

そういったことを説明し、電話を切ろうとした。けれど、母の話はまったくとまらなかった。

「実はおばあちゃんの家のお風呂が壊れちゃって……」母は深刻そうに切り出した。おばあちゃんとは、俺にとってのおばあちゃんで、母さんにとっては母にあたる。

「それでこの際だからって、全面的にリフォームすることになって、もう、それが大変なの。何百万かかると思う？」

一方的にクイズを出された。あげくの果ては……。

「駅前のハンバーガー屋さんがなくなっちゃってね。今、改装中なの」

少しは傑の話をしてくれてもよさそうなものだが、母さんも緊張しているのか、ものすごくどうでもいい話が十五分くらいつづいた。

「で、大地、そこの次のテナント、何になると思う？」

また、クイズだ。「やっぱり、ハンバーガーのチェーン？」と、少しうんざりしながら答えた。

「ブブー！　それがね、まだ、わからないの。私はココカラファインが来てくれるとありがたいんだけど」

たぶんココカラファインは都合良く向こうからやって来ないし、わからないならクイズにしないでくれよと思ったのだが、いろいろつっこみたいところが多すぎて、俺は結局、口をつぐんだ。

家には寡黙《かもく》な父さんしかいないから、きっと高揚する気持ちをどこにぶつけていいのかわからないのだろう。たぶん、夫婦二人きりという状況は俺や傑が生まれてからは、めったになかったはずだ。

父さんの様子は、どうだろう？

あの人はたとえ興奮していたとしても、うわべでは冷静をよそおっているはずだ。でも絶対に、内心あの人も緊張しているに違いない。自分が果たせなかった甲子園出場、そしてドラフトの夢を一身に背負う次男が、いよいよ大舞台に立つのだ。

結局、さらに十五分どうでもいいことをしゃべりたおし、母さんは電話を切った。甲子園がはじまる一週間前のことだった。

青森代表の校旗を下げ、第二試合の佐賀と鹿児島の代表校の校旗を、ライト側、レフト側のポールに掲げた。次は、九州対決だ。

グラウンドに移動した俺は、甲斐さんが行う内野散水作業の補助についた。

「しばらく、雨が降ってへんからな。多めにまくで」

甲斐さんの言うとおり、梅雨明けから、まとまった雨がほとんど降っていなかった。たしか、七月の終わりに五ミリくらいの降雨があったのだが、次の日が試合ということもあり、なくなくシートを張っていた。

甲斐さんに「土は生きている」と言われるまで、俺は雨が降ったら必ずシートで内野を守るものだと思いこんでいた。

しかし、プロ野球のシーズン中であっても、翌日に試合がなければなるべく雨を土に吸わせたい。タイガースがビジターゲームのときは、たとえまとまった雨が降ったとしても、シートを出さずにそのまま放置する。土の奥深くにまで、水分を行き届かせるためだ。弾力をもった、強い土をつくるためだ。

でも、今のグラウンドはとてもかわいている。

あまり良くないコンディションということは、俺もなんとなく踏んだだけでわかるようになってきた。なんというか、のっぺりとしていて活力がないというか、元気がないというか、とにかく足の裏を跳ね返してくるようなしたたかさが失われているのだ。

開会式のあと、青森対愛知の第一試合の前に、すでにたっぷり散水している。それでも約三時間の試合で、もう表面はかわききり、土埃《つちぼこり》が舞うようになっている。さらに、これから内野に直射日光があたり、気温も上昇する予報だ。

甲斐さんのかまえたホースから、大量の水がほとばしる。

この一回で、数トンの水を内野にまききる。井戸水や、雨水を溜めたものを使用しているので、水道代はほとんどかからないらしいのだが、それでも本物の雨にかなうはずもない。

甲斐さんが、ホースを左右に振りながら、立ち位置を少しずつかえて、内野全体を潤していく。こうして、先頭で水をまく役目を一番手と呼んでいる。巨大なホースがグラウンドにふれると土が荒れてしまうので、等間隔にならんだ五人ほどで、しっかりと根元の部分まで引きずらないように持つ。

俺は二番手の位置で、甲斐さんのホースの扱い方を目に焼きつけた。

ホースの角度、水の粒の細かさ、体のさばき方、どこにどれだけ水を落としていくか——甲斐さんのすぐ後ろでホースを支えながら、その技術を盗むつもりで先輩の一挙手一投足に注意を払う。

真夏の熱気と濃い土のにおい、両校のベンチから発せられる緊張感を肌に感じると、いよいよはじまったのだなという感慨が深くなる。

散水が終わった一塁側から、ラインを引く作業がはじまった。長谷さんが、ライン引きを使って、腰を落とし、石灰を真っ直ぐ落としていく。

長谷さんにとっては、嫌な思い出が凝縮されている大会のはずなのだが、どこかうきうきと上機嫌の様子だった。あのライブの夜以降、ずっとそうだ。俺に厳しい言葉をぶつけることもなく、ましてや体当たりをかましてくることもなく、いい精神状態で仕事に集中できているようだった。

長谷さんの不透水層は、うまくほぐれたのだろうか？

二人が小学校の同級生だったことは、長谷さんと真夏さんの会話からすぐに察した。ライブのあと、ひさしぶりに再会した真夏さんとどんな会話を交わしたのかはわからない。今も交流がつづいているかもわからない。

俺としては二人の仲が気になるのだが、長谷さんにそれとなくたしかめてみることもできないでいた。あくまで想像だけど、「聞きたいか？　そんなに気になるんか？」と、長谷さんが勝ち誇った表情で、にやにや笑いかけてくるのは確実だ。

なんでこんなに彼女のことを考えてしまうのか、自分でもよくわからない。

心の奥がそわそわして、ここまで落ちつきがなくなるのははじめてのことだったのだ。ライブ後の自分のつれない対応を、死ぬほど後悔した。タイムマシンがあるのなら、是が非でもあの夜にかえりたい。

真夏さんは、どうしてあんな土砂降りの世界に魅《み》せられるようになったのだろうか？　そして、体が丈夫じゃないという一言や、ビールの売り子をしていると聞いたときの、長谷さんの「大丈夫か？」という反応も気にかかる。

この炎天下、ものすごい重量のビールタンクを背負って、笑顔をたやさず、何往復も階段を上り下りするのだ。しかも、プロ野球とは違って、明日からは最大四試合が行われる。朝から夕方までの長丁場だ。

今も、そこかしこで「ビールいかがですか！」という声が響いてくる。でも、俺はもう真夏さんの姿を追うのをやめにした。

雨を克服したら、また会いたいと思う。また、ライブに足を運ぼうと思う。そのためには、仕事で独り立ちできる自信をつけて、父さんとしっかり向きあう必要があった。

甲斐さんが、散水を終えた。バルブがしまり、ホースが力なくたれさがる。

ホースをたたみ、裏へと引きあげる。顔を上げると、たくさんの観衆の視線にぶつかった。

大会一日目の平日だからか、観客の入りは八割といったところだろうか。それでも、プロの試合の超満員とかわらないくらいの興奮と熱気が、真夏の太陽とあいまって、じりじりと肌に突き刺さった。

プロ野球のデーゲームとは、雰囲気がまったく違う。

どこがどう違うかと問われても、うまく答えられない。「お祭り」と言うと語弊《ごへい》があるかもしれないけれど、もしこの情景を漫画で表現したなら、お客さんたちの頭上に「わくわく」とか「どきどき」といった吹き出しが大量に書きこまれるのだろうと思う。

もちろん、プロ野球の観戦だってわくわくする。

ただ、負ければそれまでの、青春をかけたトーナメントはやはり違う。ワンプレーに息をのみ、一喜一憂し、とくに思い入れのない対戦校同士なら、応援する側が試合展開によってころころとかわるのもよくあることだ。

試合がはじまると、吹奏楽部の熱の入った応援が球場を席巻した。女の子の甲高い「かっとばせ！」という声が、よく通って聞こえてくる。

その声援を切り裂く、金属音。白球が青空に舞い上がる。その直後、さらに爆発的な歓声が、全方位からわき上がった。

用具入れの通路で、甲斐さんがつぶやいた。

「イレギュラー、起こらんとええけどな……」

「ですね」俺はかたくうなずいた。

我々は、今できうるコンディションのなかで、最高の舞台を整えなければならない。もうちょっと雨が降っていれば……、などとは言っていられないのだ。

でも、それは選手も同じだ。甲斐さんがお好み焼き屋で言っていたように、どんな職業だって同じなのだ。かぎられた条件のなかで最善を尽くすしかない。

傑が全力を出せるように。すべての選手が、ここに来てよかったと思えるように。

翌朝、俺は五時に起きた。今日の第一試合、いよいよ徳志館高校が登場する。

自分が戦うわけでもないのに、妙にそわそわした。気持ちを落ちつけるために、カモミールティーを飲む。早朝でも、ゆっくり時間をかけて飲んでいると、じんわり汗をかいてくる。今日も暑くなりそうだ。

テレビがないから、静かだ。となりの長谷さんの部屋から、ドライヤーの音が聞こえてくる。

長谷さんは、見かけによらず、かなりのきれい好きだ。朝でもよくシャワーを浴びるようだ。六時ちょうどに甲子園に出勤し、更衣室で着替えていると、案の定、シャンプーのフローラルなかおりをふりまいて長谷さんがやって来た。

朝礼をすませてから、朝のグラウンドに出る。誰もいない、早朝の甲子園に靄《もや》がかかっている。仕上げの整備を手早くすませる。

そのあと、職員専用の食堂で朝食をとった。テレビからはNHKの天気予報が流れていた。今日も晴れだ。週間予報にも、雨のマークは見当たらなかった。

「今日、雨宮の弟が出るんやろ？」納豆をかけたご飯を頬張りながら、甲斐さんが聞いた。

「そうなんですよ」やっぱり、だんだんそわそわしてきた。味噌汁を飲む手が震えた。「もう、気が気じゃなくて」

「冊子でデータを見たんやけど、一年生で、百八十三センチ、八十キロって、ええガタイしてるやん」

「父親譲りなんです。僕は母親似で」

近くに座っていた長谷さんが、山盛りのサラダに箸をつけながら言った。

「お前、身長と体重は？」

「百六十八、五十六キロです、はい」

長谷さんが鼻で笑った。ごまドレッシングまみれのサラダを食べたせいで、口の端に茶色い液体がついていた。

「養分、吸い取られすぎやん」

「ですね」

「残念すぎるやん、お前」

ひさしぶりに長谷さんにからまれたような気がしたが、不思議と嫌な気分はしなかった。もはや、長谷さんの皮肉や悪口はなかば挨拶と化しているので、ないと物足りなくなってくるのかもしれない。

六時四十分。

控え室に戻る道すがら、売り子さんたちの朝礼に出くわした。

「今日も暑くなります。各自、熱中症にはじゅうぶん気をつけてください」

カラフルな制服を着た売り子さんたちが輪になっている。元気な返事が響いた。中央でワイシャツ姿の責任者らしき男性がつづきを話しはじめた。

「喉がかわいたと感じる前に、携行した水分をとるようにしてください」

後ろ姿だったが、すぐにわかった。ピンクのキャップから出たポニーテール。そこについた大きなひまわりが、こちらに微笑みかけているようだった。

売り子さんは、それぞれトレードマーク的なアイテムを身につけていた。大きなハイビスカスを耳のあたりにつけた人。キャップにプロ野球やアニメの缶バッジをたくさんつけた人。自由で、華やかで、いいなと思う。

七時。

開門する。観客たちが一気になだれこんで、客席をうめていく。ざわめきが満ちていく。

昨日の夜の帰り道、俺は度肝を抜かれた。折りたたみ椅子や、レジャーシートを敷いて、徹夜でチケット売り場にならんでいる人がすでに何組もいた。

そこまでして観たいのが、高校野球なのだ。

両校の選手たちが帽子をとって頭を下げ、挨拶をしながら、ベンチ入りする。アップやキャッチボールがはじまる。両サイドの吹奏楽部の音あわせやチューニングもはじまる。

徳志館高校は、一塁側だ。去年までお世話になった監督と目が合い、黙礼を交わした。

傑の姿はすぐわかった。心なしか、その表情はこわばって、緊張しているように見えた。

七時半。

徳志館高校から試合前のノックがはじまった。ショートの傑は軽快にゴロをさばいていた。筋肉と緊張がほぐれてきたのか、表情も柔らかくなってきた。

まだ寝ている人もいるだろう七時半過ぎという時間に、これだけの人が集まって、大きな試合が行われることがいまだに信じられない。すべては、タイムテーブルどおりに粛々と進んでいく。

朝日が徐々に高くのぼり、じりじりと肌を焼く。帽子を目深にかぶった。

一塁側スタンドを、遠く見はるかす。

徳志館のチームカラーの白一色。陽光が反射してまぶしい。

あそこに両親がいる。俺の存在に気がついているだろうか？

つづいて、相手校のシートノックがはじまった。俺はすぐに整備に入れるように、トンボを持って、グラウンドの端に待機していた。すると、「先輩！」と、声をかけられた。

徳志館高校の制服を着た男子生徒が、遠慮がちに歩みより、頭を下げてきた。徳志館のマネージャーをしている三浦《みうら》君だった。俺が三年生のとき、最初は選手として入部してきたのだが、もともと膝に不安を抱えていたらしい。俺が引退すると、マネージャーが誰もいなくなったため、選手をやめて部のサポートに専念することにしたのだ。

三浦君は、律儀《りちぎ》に徳志館のキャップを取って、もう一度頭を下げた。

「先輩、ご無沙汰してます」

「こちらこそ、おひさしぶりです。どう？　傑の状態はよさそう？」

三浦君が、「はい」と、うなずいた。選手のように短く刈りこんだ頭に、すでに汗が浮かんでいる。

「もう、絶好調みたいですよ」

「それはよかった」

目の前で、相手校のノックがつづいていた。監督がバットを振ると、フライが高々と舞い上がった。俺と三浦君は、同時に空をあおいだ。

「雨宮先輩もカッコいいですよ。こんな大舞台でお仕事をして」

「こうして、阪神園芸のユニフォームを着て、トンボを持ってるから、そう見えるだけだよ」

「僕、あこがれます。甲子園でお仕事ができるなんて」三浦君が、俺に視線を移した。「さすが、傑のお兄さんです」

「いや、買いかぶりすぎだよ」頬が一気に熱くなった。「ほとんど勢いだよ、ここまで来たのは」

「勢い……ですか？」

「たぶん、物事の踏ん切りをつけられるかどうかって、その部分が大きいと思う。環境をかえたいときは、もう思いきって向こう側に飛びこんじゃうしかないんだよ。そうでもしないと……、なんというか、ここまで来られなかったというか、そもそも自分が今、こうしてグラウンドキーパーしてるのも、まだ信じられないっていうか……」

まさに勢いでしゃべりはじめたら、案の定、最後のほうがしどろもどろになってしまった。それでも、三浦君はじっと俺の話に耳を傾けてくれた。

「まあ、そうかもしれないですね」しきりにうなずきながら、三浦君がグラウンドに視線を戻す。何を考えているのか、遠い目で外野を見つめていた。「僕も、マネージャーになったときはそうだったかもしれません」

選手として入部したにもかかわらず、途中でマネージャーへの転向を余儀なくされた。三浦君には、三浦君自身にしかわからない迷いや悩みがある。それと同時に、彼の意志だけではどうにもならなかった不可避の選択もあったのだろう。

俺も外野を遠望した。まだ午前中なのに、グラウンドの奥のほうが、熱気で揺らめいて見えた。今日も暑くなりそうだ。

三浦君が、少しませた仕草で右手を差し出してきた。自分の手が土で汚れているので、一瞬躊躇《ちゅうちょ》したのだが、俺も握り返した。握手を交わす。

「頑張ってね」

「ありがとうございます」

三浦君がベンチに小走りで戻っていく。その後ろ姿を見送った。俺とは違い、彼はかなり勉強ができるらしい。傑に聞いた話では、相手校のデータを分析し、監督や選手に助言も行っているようだ。そのうえ、テーピングやマッサージなどの知識もあるという。二年生で記録員としてベンチ入りできるということは、みんなから信頼され、必要とされている何よりの証《あかし》だ。

三浦君と傑が、ベンチで話をしているのが見えた。二人とも、試合直前の緊張はまったく感じられなかった。快活に笑みを交わし、互いの肩をたたいている。

なんだか、不思議な気分におちいった。つい一年前まで、俺はあのベンチにいたのだ。しかし、今はこうしてトンボを持ち、グラウンドキーパーとして甲子園に立っている。

球場に拍手が鳴り響いて、我に返った。相手校のノックが終わり、選手たちが一列にならび、礼をした。

試合開始間近のグラウンドに出た。真摯《しんし》な気持ちで、内野の土と向かいあった。二塁と三塁のあいだの、傑がポジションにつく箇所を中心に均していく。

周囲の土の傾斜を読み、丁寧に土を引き、戻す。それを、ただただ繰り返す。グラウンドの表面の荒れを無心でしずめていく。

裏へ引きあげ、トンボをしまった。控え室に戻る。テレビモニターでは、整列した両校が挨拶を交わしていた。

八時ちょうど。

サイレンが球場にこだまする。主審が右手を上げ、プレーボールを宣告する。いよいよだ。そう思った矢先――。

八時四分だった。

三番の傑が、ツーアウトで右の打席に入った。俺は自然と両手を祈るように組みあわせていた。

初球。傑がこれでもかという強振で振り切った。鋭い金属音が、テレビのスピーカーから響いた。

《ぐんぐん伸びる！》

実況が興奮気味に叫ぶ。高々と舞い上がった白球が、みるみるうちに遠ざかっていく。きれいな放物線を描いて、そのまま外野スタンドに突き刺さった。

「どぅわ！」反射的に立ち上がってしまった。

「マジか！」甲斐さんも、思わず、というように叫んでいた。

スタンドインを確認した傑は、笑顔もガッツポーズもなくダイヤモンドを一周していく。

《一年生の鮮烈デビューです！》

「ホンマにお前の弟か」長谷さんは、腕組みをして渋い表情を浮かべていた。「ふてぶてしすぎて、若干、ムカつくわ」

「長谷さん、とりあえず、落ちついてください！　マジで落ちつきましょう！」

「いや……、お前が落ちつけや……」

「ふてぶてしく見えるんですけど、実は、それは僕のアドバイスで！　この僕が、わがままにプレーしろって、アドバイスしたんです！　この僕が！」

「わかった、わかったから！」

「本当は心根のものすごくやさしい、めちゃくちゃいいヤツなんで！」

「せやから、お前、落ちつけよ！　五回、お前、整備やぞ！」小躍《こおど》りする俺に、めずらしく長谷さんのほうが引いていた。

お祭り騒ぎの一塁側スタンドが映し出された。

応援にまわった選手たちが、ハイタッチをしていた。その姿は見えなかったが、両親もすぐ近くの席にいるだろう。きっと、同じように手と手をあわせながら、よろこんでいるに違いない。

その後も、徳志館高校は着実に点数を重ねていった。五回が終わって、五対一。勝利が見えかけていた。

九時四十三分。

整備に出る。プロの試合と違って、短時間ですませる。できることはかぎられている。塁間のランナーの走路や、守備位置を優先的にトンボがけしていく。

砂ぼこりが舞った。もう酷暑だ。

汗が顎《あご》の先から滴《したた》る。滴った瞬間には、もう土に水分を吸いとられ、かわいてしまう。自分自身の濃い影がグラウンドに落ちている。多くの観客たちが扇《あお》ぐ色とりどりの団扇《うちわ》が、カラフルな光を反射させて、ちらちらと瞬《また》いているように見えた。

六回表。

傑の三回目の打席だった。やはり、ツーアウトでランナーなし。

大きく背伸びするようなルーティーンから、自然体でバットを構える。真ん中高めを、たたきつけるように振り抜く。

地を這うようなボールが、相手校の三塁手の正面に転がった。

俺はため息をついた。三塁ゴロだ。

ところが、平凡なゴロが、いきなり意志を持ったように跳ね上がった。サードの捕球の直前でありえないほど大きくバウンドしたのだ。

イレギュラーだと思う間もなく、となりでモニターを見ていた甲斐さんが、がたっと椅子を鳴らして立ち上がった。

頭上を抜ける——そう思った。

相手校のサードは、反射的に大きくのけぞった。顔をそむけながらも、同時にグラブを目いっぱいかかげた。

視線は切っている。ボールの軌道を予測して、グラブを伸ばしたように見えた。そして、イレギュラーしたボールをぎりぎり手中におさめた。

しかし、その体勢は大きく後ろに崩れている。

傑は一塁に迫る。ワンステップ踏みこみながら、サードはそれでも強引にスローイングに転じた。

タイミングは紙一重だった。けれど、その送球はモニターで見ていてもはっきりとわかるほど逸《そ》れていた。

相手校のファーストが、あわてた様子で一塁ベースから大きく離れる。ジャンプしたその体が、傑の走路に重なった。

「あっ!」俺は大きく叫んだ。

傑がよける間もなく、二人は激しく交錯した。

傑が顔をおさえて倒れこむ。ファーストもバランスを崩して、背中から着地する。

ミットからボールがこぼれた。

一塁コーチャーが何事か叫んでいる。傑が這いつくばり、手を伸ばし、ベースにさわった。そのまま、ファウルグラウンドでぴくりとも動かなくなった。

俺はテーブルの上においた拳を握りしめていた。息ができなかった。

「担架や！」誰かが叫んだ。

あわただしく立ち上がる音にハッとして、俺も控え室を飛び出した。

怪我人が出た場合、担架を出すのも、阪神園芸の仕事。そう事前につたえられていた。でも、とっさに体が動かなかった。今度は過呼吸になったように、荒く息をついた。

用具室の前の廊下で、すでに長谷さんや甲斐さんが担架を出していた。必要な人数はそろっている。

「僕、行きます！」あわてて駆けよった。「僕の弟なんです！」

けれど、甲斐さんは無視した。

「行くぞ！」

四人がグラウンドに出る。追いすがろうとすると、肩をつかまれた。島さんだった。

「お前じゃ、持てへんやろ」

屈辱だった。何もできない。

「取り乱しすぎや。選手落としたら、大変なことになってしまう」

グラウンドへの出入り口から、まばゆい光がさしこんでいた。騒然とした球場の空気が、ここまで流れこんでくる。

やがて、担架に寝そべった傑が運びこまれてきた。場内に臨時代走のアナウンスが流れた。

「医務室や！」

甲斐さんと長谷さんが、前方の持ち手を片方ずつ担って、足早に向かってくる。

傑は顔面が血だらけだった。鼻柱が曲がっているようにも見える。俺が名前を呼んでも、反応がなかった。

「どけ！　道あけろ！」

放心して突っ立っていた俺に、切迫した表情の長谷さんが怒鳴った。あわてて壁際によった。

傑がのせられた担架の後ろから、三浦君と、部長——顧問の教師がついてきた。三浦君の顔は真っ青だった。

部長が言った。

「三浦は戻ってくれ！　あの様子じゃ、たぶんダメだ。監督に交代をお願いして！」

「はい！」三浦君がふたたびベンチに戻っていく。制服のワイシャツが、汗で背中に張りついていた。

にわかに関係者通路があわただしくなった。高野連の役員らしき数人の男性が、医務室の方向に駆けていく。

打球が大きく跳ね上がったあの瞬間――。

サードの頭上を抜ける。傑としてはラッキーな当たりだ――俺はそう考えなかっただろうか？

グラウンドを整えるべき阪神園芸の一員のはずなのに、ほんのわずかでもイレギュラーをラッキーと感じなかったか？

そんな卑怯な考えが、傑の怪我を招いてしまったのではないか？

呆然としていると、医務室についていったはずの島さんが声をかけてきた。

「まだ、こんなとこにおったんか！　お前の弟さんやったよな？」

俺は「はい……」と、うなずいた。

「親御さんは観に来てるんやろ？　すぐに連絡とって、合流しろ。これから、救急車を呼ぶからな」

「救急車……」

「相手のファーストの肩に、顔面がもろにぶつかった。鼻骨骨折と、脳震盪《のうしんとう》の疑いがあるそうや。ご両親をアテンドして、お前も乗れ」

「えっ……、でも、仕事が……」

「こっちはええ。ついていってやれ。知らん土地で何かと心配やろうからな」

控え室に戻った。走った。膝がうまく曲がらない。この足がうらめしい。たたき壊したくなってくる。

ようやくの思いでロッカーを開け、スマホを取り出す。手が震えて、操作がままならない。ようやく、母さんにつながった。

「今から、救急車呼ぶから！　いったん、そこを出て、今から言う場所に来て！」

周囲の吹奏楽と応援の声で、なかなか意思疎通ができない。何度か要領を得ないやりとりをして、ようやく電話を切った。

泣いている母と、むっつり黙りこんでいる父と通用口の六号門前で合流し、救急車を待つ。やがて、サイレンを鳴らした救急車が前方の道にとまった。きっと中継などで傑の怪我を把握しているのだろう。野次馬たちが群がった。警備員さんたちが、その人だかりを制した。

ストレッチャーを押した救命士が、いったん医務室に向かい、傑をのせて戻ってくる。

「痛い？　大丈夫？」救急車に乗りこむと、母さんが土で汚れた傑の手に、みずからの手を重ねた。

傑は寝そべったまま、そっとうなずいた。

「痛いに決まってるだろうが。バカなことを聞くなよ」父が吐き捨てるように言う。

それっきり、みんなして黙りこんだ。

やっぱり、父が言うのは正論ばかり。そりゃ、痛いに決まってる。だから、母さんだって何も言い返せない。

でも、母さんは、痛いかどうかをたしかめたくて話しかけたのではない。そのくらい、ちょっと考えたらわかるだろと俺は思うけれど、やっぱり何も言えない。

ひどい。なんでこんなことになるのか。ひどすぎる。

狭い車内の空気が重苦しい。救急車の屋根を激しく雨がたたいているような気がして、息がつまる。

そう感じるのは腕が触れるほど父さんが近くにいるからで、病院に到着すると、世界はもちろん真夏の快晴だった。

医師の診察のあと、説明があった。

やはり鼻骨を骨折しているので、局所麻酔で骨をもとに戻し、ギプスをする。その後、念のため脳の検査を行い、異常がなければ、しばらく安静にしたあとそのまま日帰りできるということだった。

俺と両親は、待合室にならんで座った。ロビーの大型テレビからは、当たり前のように高校野球の中継が流れていた。

総合病院のベンチは人であふれている。みんなが観ているから、まさかチャンネルをかえるわけにもいかない。
エースナンバーを背負った徳志館の三年生が、完全に相手校打線につかまってい
た。ヒットをおそれて、フォアボールを連発し、押し出しで一点が追加された。
徳志館ベンチが映る。監督が主審に交代を告げている。
三浦君の姿もちらっと見えた。両手をメガホンのように口にあて、大きな声でナイ
ンに声援を送っている。
「あぁ～、あかんわぁ。ホンマに流れっていうのは、あんねんなぁ」
「かわいそうやな、病院送りのあの一年」
すぐ前に座っているおじさんたちが、ぼそぼそと会話をかわしていた。
押し出しのあと、ピッチャーを二年生に交代したのだが、それが裏目に出た。完璧
に痛打され、走者一掃で次々とホームにランナーが還《かえ》ってくる。三塁側の相手校ベン
チに歓喜の輪が広まる。
これで逆転だ。病院なのでテレビの音量はゼロになっているのだが、甲子園がもの
すごい歓声に包まれていることは、手に取るようにわかった。
病室に通されると、傑はベッドに寝ていた。鼻はすっぽりとガーゼのようなもので
おおわれ、テープで固定されていた。
その目はあいていた。かわいた目だった。じっと天井を見つめているようだった。

「脳にはまったく異常ありませんでしたので、麻酔が切れて落ちついたら、今日に関してはそのままお帰りいただけますが……」

医師は言葉を濁《にご》した。

「このあとの通院のことですが……」

徳志館が勝てば、このまま居残りだ。もちろん、負ければ荷物をたたんで、明日にでも東京へ帰ることになる。

「試合は……？　どうなった？」傑が枕の上で頭を傾け、俺を見た。

嘘をついたって、しかたがない。いずれはわかってしまうことだ。

「逆転された。五点差つけられて、さっき、もう九回に入った」

「そっか」傑の表情はまったく変化がなかった。顔の真ん中が隠されているので、なおさら感情が読めない。腹の上で組んだ両手に、青黒い血管が浮き出ていた。

「では、試合の結果を見て、判断しましょう。東京の病院への紹介状を用意しておきますので」そう言って、医師は去っていった。

クーラーの音が、はっきり聞こえるほど、無音になった。最初に沈黙を破ったのは、父さんだった。

「神整備なんじゃなかったのか？」

「えっ……？」俺は直立不動で、父さんの冷たい視線を受けとめた。

「雑誌の記事で読んだぞ。最高の球場を、最高のコンディションに整える、プロフェッショナルな集団だって。誰もがその仕事ぶりに魅了されるって、な」

母さんが、心配そうに、俺と父さんを見くらべている。

「勝負の世界に、『もしも』なんてことを言ってもしかたないけどな、あのときイレギュラーさえ起きなければ、こんなことにはならなかったはずだ」

たしかに、サードがふつうに捕球できていたら、難なく一塁に送球できていたかもしれない。でも、悪送球が百パーセント起こらなかったとも言いきれないと思った。

もう、起きてしまったことは、運命と割り切るしかないのだろうか？　ライブハウスでの、長谷さんの苦い表情がよみがえる。

バットとボールが、あと数ミリずれて当たっていたら。

打球があと数センチずれたところを通っていたら。

たとえイレギュラーしたとしても、サードが捕り損《そこ》ねていたら。

そんなことを考えていたら、きりがない。俺たちの日常は、すべて自分自身の選択によって成り立っているわけではない。どっちに転ぶかわからない不確定な要素が山のように積み重なって、俺たちは今、ここにこうして立っている。

——などと考えても、到底そんなことを父さんに言える雰囲気ではなかった。

すると、傑が目だけを父さんに向けた。

「父さん。カッコ悪いよ」しゃべると鼻が痛むのか、眉のあいだにしわをよせている。「兄ちゃんにあたるなんて、最低だよ」

傑の言葉を聞いて、なぜか母さんの顔がゆがむ。傑が父さんに対して、批判的な言葉を口にするのははじめてだったのだ。

不穏な空気が充満した。父さんが怒鳴りだす前に、俺はあわててあいだに入った。

「たしかに、阪神園芸の先輩方は、神業《かみわざ》みたいな技術を持っている人ばっかりです」

なぜか敬語になってしまった。しばらく会っていなかっただけで、まるで他人のような気がした。

「でも、神業を駆使できたとしても、決して神様ではないんです。天候もかえられないし、百パーセント、イレギュラーの出ないグラウンドをつくりあげることもできないんです」

必死に訴《うった》えた。それでも、父さんは俺に見向きもしなかった。俺が言ったことなど、百も承知なのだろう。どこにも不機嫌をぶつけることができずに、いらだっているだけなのだ。

父さんがぼそりと、つぶやいた。

「最低か……」

傑が逃げるように、枕の上で顔をそむけた。

「それが、ここまで応援に来てやった親に対して言う言葉か？　ここまで育ててやった親に言うセリフか？」

「いや、傑はそんなつもりで言ったんじゃ……」という俺の言葉は、あっけなく途中でかき消された。

「俺はここの精算をすませて、ホテルに戻る。そんな生意気なことを言うからには、一人で宿舎に帰れるんだろ。学校の人にでも連絡を取って、紹介状も受け取って、自分でなんとかしろ」

行くぞと、母さんに声をかけて踵を返す。しかし、母さんは動かなかった。

「私は行かない。帰らない」

断固とした声に、俺も傑も声を失った。

「私の息子が、こんな怪我してるんだから、私は残るから」

母さんが父さんに対して反抗的な態度をとるのも、はじめて目の当たりにした。俺はもう、フォローの言葉すら浮かんでこなかった。

「帰るんなら、勝手に帰ってください」

「好きにしろ！」本当に父さんは病室を出て行ってしまった。

家族がばらばらになってしまった。いったい誰が悪かったのか。考えても、考えてもわからない。

父さんがいなくなって、緊張の糸がほぐれたのか、傑が仰向《あおむ》けに寝たまま、マットレスを拳でたたいた。

「俺、悔しいよ！」

何かをこらえたような息を吐き出すと、傑の目尻から、一筋涙が落ちた。

「これで三年の先輩が引退かって思うと、俺のせいで最後かもしれないって思うと……」

そうつぶやいて、シーツを握りしめる。白い布に何重ものしわがよった。

いくら体が大きくても、いくら遠くまで打球を飛ばせても、まだ誕生日前の十五歳なのだ。つい数ヵ月前に中学を卒業したばかりなのだ。

母さんが、傑の頭にそっと手をおいた。


病室にいるのが気づまりで、ロビーに出た。

そのとたん、後悔した。テレビの画面に、甲子園の土を集める徳志館高校のメンバーが映っていた。

その後ろには、ベンチ前に立ち、唇を噛みしめる三浦君がいた。

彼はまだ二年生だ。来年がある。それでも、目に涙を浮かべている。

なぜ、俺はあそこにいないんだ。さっきの傑のように、握りしめた拳をみずからの腿にたたきつけた。

悔しくて、しかたがなかった。俺はグラウンドキーパーだ。甲子園のグラウンドキーパーだ。本当は、あの場所で、整備を行っているはずだった。

誰もコントロールできなかったアクシデントであるだけに、よりいっそう歯がゆく、おのれの無力さを思い知らされる。うまく弟をフォローしてやることすらできない。

できれば、三浦君にも、傑にも、こんな思いは味わってほしくなかった。お前にはまだ来年も、再来年もあるよ――そんな安易なぐさめはどうしてもできそうにない。

高校一年生の夏は一回しかないのだ。

そして、俺の入社一年目の夏も、この一回かぎりで、あっという間に過ぎていくのだった。

どんなに落ちこんでいても、次の日は否応なしにやってくる。

俺はようやくの思いで甲子園に出勤した。控え室で着替えていると、長谷さんがいつものように朝シャンのにおいを振りまいてとなりのロッカーを開けた。

「あれは……、まあ、不運が重なっただけや」

あれ――。

傑の打席のイレギュラーと怪我をさしているのだと気がつくのに、しばらく時間がかかった。俺が何か言うより先に、長谷さんはぼそっとつぶやくようにつけたした。

「どうしても、スパイクで荒れた箇所にバウンドが重なることはある。どうしたって、防げへんことはある。過ぎたことを気にしたって意味はないやろ」

これは……、励まされているのだろうか？

一瞬、呆気にとられた。長谷さんが、わざわざ俺に気をつかってやさしい言葉をかけてくれること自体が信じられなかった。おそるおそる、長谷さんを見上げた。

前向きな言葉とは裏腹に、長谷さんの表情はかたくこわばっていた。野球少年に声をかけられたときのように、けわしい顔つきだった。長谷さんはそれ以上何かを言うことなく、着替えを手早くすませ、俺より先に部屋を出て行ってしまった。

ここ最近はかなりの上機嫌だったはずなのに、それ以来、長谷さんはふさぎこんだようにあまりしゃべらなくなった。俺へのあてつけや悪口も影をひそめた。表面上は穏やかなのだが、不気味なほど静かで、自分の世界に閉じこもっているように見えた。

ただ黙々と、目の前の仕事をこなしていた。

《僕は大丈夫です！》傑からはその夜、スマホにメッセージが届いた。笑顔の絵文字がついていた。ふだんは使わないその絵文字が、妙に痛々しく映った。

きっと、病室で父さんに完全にやりこめられた俺を慮《おもんぱか》って、元気であることをアピールしたのだろう。

《ひとまず安心したよ。試合は残念だったな》とは返したものの、こうして怪我をした本人にまで気をつかわせてしまった自分が情けなかった。

大会のほうは、相変わらず日照りはつづいたものの、傑の一件以来、大きなイレギュラーはなく、さらなる怪我人も出ず、全日程を終了した。

ここ二週間、球児たちの笑顔と涙を、すぐ間近でずっと目の当たりにしてきた。彼らの喜怒哀楽は、ダイレクトに俺の胸に突き刺さった。たった一つのエラーやイレギュラーが、試合の流れを左右してしまうことだってあるのだ。グラウンドキーパーの担う責任の大きさを痛感した大会だった。

優勝は、長谷さんの母校である大阪創誠舎高校に決まった。一昨年の長谷さんの優勝の翌年は、大阪予選の決勝で敗退していたから、一年越しの夏の大会出場でふたたび高校野球の頂点をきわめたことになる。

しかし問題は、その戦いぶりだった。

長谷さんの肘の故障をあきらかに教訓にしたのだろう。創誠舎の監督は、三人エース制を導入していた。絶対的エースはいないが、同じレベルの投手を三人そろえ、きちんと継投を行うことでピッチャーの負担を軽減する。誰か一人を引っ張りつづけることなく、交代しやすい空気をつくりだす。そうして、予選からの長いトーナメントを、圧倒的な打力を背景に勝ち抜いたのだ。

閉会式が行われた。

深紅の優勝旗が、創誠舎高校のキャプテンに手渡される。ベンチ入りメンバー一人一人に、優勝メダルがかけられていく。

二年前、同じ場所で、痛む肘をこらえながら、長谷さんもメダルを受け取ったのだ。

現在の長谷さんは、やはりけわしい顔つきで、控え室のモニターに映る閉会式をじっと見つめていた。長谷さんの拳がかたく握りしめられているのを俺は見逃さなかった。

かける言葉がまったく見つからなかった。きっと、どんな励ましの言葉も長谷さんには届かないだろう。

ピッチャーの気持ちは、ピッチャーにしかわからへん。

その言葉の重みを、俺はあらためて嚙みしめていた。

夏の大会が終わった翌日だった。寮の玄関のチャイムが鳴り、威勢のいい声が部屋のなかまで聞こえてきた。

「こんちは！　宅配便です！」

その日はひさびさの休みだった。俺は昼すぎまで食事もいっさいとらず、ベッドで悶々としていた。

大会期間中は忙しさに追われて、正直、思い悩んでいる暇などなかった。傑が実の弟であることは、先輩たちみんなが知っている。いろいろな人に気をつかわせてしまう可能性があったので、必要以上に明るく振る舞った。毎朝、集合時間も早かったし、体力も日々削られていたから、夜もベッドに入るやいなや深い眠りの底に落ちていった。

しかし、こうして一人の時間が生まれると、痛恨のイレギュラーと、担架で運ばれる傑の苦悶の表情が、何度でも脳内でリピートする。傑の悔しさと、俺自身の悔しさが、シンクロするように何度でも再燃してしまう。

長谷さんの言うとおり、気持ちを切り替えていかなければならないのだが、ぐずぐずと寝返りを繰り返してなかなか起き上がることができないでいた。玄関のチャイムが鳴ったのは膀胱《ぼうこう》が限界に近づいているときだったので、立ち上がる踏ん切りがついて、少しありがたかった。

「はい！」と、玄関の扉に向かって返事をしながら、手櫛でざっと寝癖を整える。

それにしても、何か届く予定の荷物があっただろうかと考えた。ネットで買い物はしていない。あと可能性があるとしたら実家からときどき送られてくる食料品くらいだ。

母さん、元気にしているだろうかと考えながら扉を開けると、すぐ目の前に実物の母さんが立っていた。

目が合う。

俺はいったん、扉を閉めた。

「ちょっと、閉めないでよ！」母さんが扉の向こうで金切り声をあげた。

なんで、ここにいるんだ……？　自分の目が信じられなかった。まだ、夢を見ているのかもしれない。

傑が怪我をした日の夜、父さんは仕事の関係上、一人で帰ったらしい。

その翌日、徳志館高校の野球部はバスで東京に向かったのだが、鼻を骨折するほどの大怪我をした傑だけ特別に新幹線での帰京が許された。もちろん、母さんもそれに同行した。

その後、母さんの甲斐甲斐しい世話もあって、まだ本調子ではないものの、野球部の練習に徐々に復帰できるようになったらしい。

目指すは、東京都の秋季大会、そしてその先の、春のセンバツだ。

「開けてよ！」母さんの声が、寮の外廊下に響く。

よくよく考えてみたら、「宅配便です！」という声は、女性のものだった。もちろん、女性の配達員さんがいないわけではないのだろうが、その時点でおかしいと思うべきだったのだ。

「ねぇ開けてよ！　両手がふさがってるの」

玄関先で騒がれると非常に厄介だ。あわててドアを開けた。

母さんは、両手にスーパーの袋を提げていた。さらに、袋に押されて傾いたケーキの箱も持っている。

「お誕生日おめでとう！」

「へっ……？」

「えっ……？」母さんは目を丸くした。「あなた、まさか自分の誕生日、忘れてた？」

宙を見上げ、しばし考えこんだ。心のなかの日めくりカレンダーは、傑が怪我をした日で完全にとまっていたようだ。

「十九歳、おめでとう！」

母さんに言われ、一気に時間が前に進んだ。カレンダーが本来の日にち――今日、八月二十三日まで更新された。

「いちおう言っとくと、俺の誕生日、明日なんだけど」

「そんなこと、知ってます」母さんは扉を体でおさえたまま、まずケーキの箱を俺に手渡した。「明日は彼女とか、友達とか、いっしょに過ごす人がいるかもしれないって遠慮したの。サプライズ電撃訪問だから、予定聞くこともできないし」

「えっーと、彼女はできてないし、友達もこっちにはいません。一志以外……」箱を受け取りながら、言葉を濁す。

「あっ、そう……」と、母さんも同じく言葉を濁した。

「でも、ありがとう」あわてて、笑顔をとりつくろった。「このために、わざわざ新幹線乗って来たの？」

「あなた、ひどい顔なんだけど、本当に大丈夫？」

母さんに問われ、無意識に頬をさすっていた。

「傑が運ばれた病院で、あらためて大地の顔見たらね、痩せすぎててびっくり。正直ね、傑よりも、あなたのほうが心配だった」

「心配って……？」

「けっこう無理を重ねてるでしょ？　よっぽど大地もいっしょに連れて帰ろうと思ったんだけど」

「それは、ダメだって！　今さら、家に帰ることなんて、できないんだよ！」

母さんは、ため息をついた。深い、深い、ため息だった。

「そう言うと思った。だから、誕生日がいいきっかけだと思って来たわけよ。今から、ご飯作るから。食欲はあるんでしょ？」

スーパーの袋を床に置いて、奥のワンルームを見まわす。

「あんた、クーラーもかけずに閉めきって。死ぬよ、ホントに」

両手を腰にあてて、また大きくため息をつく。

「大地が生まれたのは、こんなよく晴れた真夏の朝だったんだよね」

開け放たれた扉から、外を垣間見《かいまみ》た。あきれるほど晴天の青空が広がっていた。まぶしかった。その瞬間、なぜかものすごい空腹をおぼえた。俺は腹をさすって答えた。

「ありがと。お腹《なか》、減った」

さっそく部屋に上がりこんだ母さんが料理をはじめた。キッチン狭っ！　とか、あんたシンクの排水口、掃除しなさいよと、独り言をぶつぶつつぶやきながら、下ごしらえをはじめる。俺はケーキを冷蔵庫にしまい、クーラーをかけた。

手伝おうとしたら、「あんたは座ってなさい」と一喝された。テレビもないから暇だ。大会前から読みかけになっていた本を手に取る。が、なかなか集中できない。

しかたがないから、先にできあがったタコとサーモンのマリネをつまみ食いしていると、また玄関のチャイムが鳴った。

「大地！　おめでとう！」

扉の向こうに立っていたのは、なんと一志だった。俺は、よろこびの「はぅあ！」を、高らかに叫んだ。唐揚げを揚げていた母さんが言った。

「私が呼んだの」

高校生のころ、一志は家に何度か遊びに来ていたので、母と面識がある。ただ、母のほうは連絡先を知らなかったので、わざわざ傑に聞いて今日のためにサプライズで招いたらしい。

ジュースや炭酸を控えているという一志に、カモミールティーをいれてあげる。一志はプレゼントをくれた。

デパートの包みを開けると、タオル生地の真っ白いバスローブが出てきた。

「えっ……、なんで……」ギャグなのか、本気なのか、いまいちつかみかねた。

「いやぁ、似合うかなぁって思って」一志は恥ずかしそうに、後頭部をかいた。「きっと、ダンディーになるよ」

どうやら、本気のプレゼントらしい。

「似……合うかな。ありがとう。うれしいなぁ。これ着て、風呂上がり、くつろぐよ」

母が「着て、着て」と、うるさいので、Tシャツの上から羽織ってみた。「待ち受けにすると御利益がありそう」と、一志は写真を撮った。料理を作りながらワインを飲んでいる母さんは、酔っぱらって爆笑していた。俺はあらためてお礼を言った。夏の風呂上がり、汗がひくまで着るには、案外いいかもしれない。ただし、この姿は絶対に誰にも見せない。

しばらくすると、小さい座卓が料理でうめつくされた。母さんも居間に移動して、三人で乾杯する。

湯気の立つ唐揚げを頬張ると、あまりの熱さで上顎の粘膜をやけどした。あわててコーラで冷ます。

「一志君は、そろそろいい人いないの?」母さんが、なれなれしく聞いた。「高校のときも彼女いなかったでしょ?」

あやうくコーラを噴き出すかと思った。おそるおそる一志を見た。

「いやあ、なかなか……」と、一志も唐揚げを食べながら、大人の対応をした。「恋愛っていうのは、難しいもんですね」

俺はどんな顔をしていいのかわからなかった。ただただ無言のまま、食べ、飲んだ。

「この子も、まだ彼女できないみたいなのよ」母さんは、頬に手をあて、わかりやすい憂い顔を浮かべた。「ねぇ、大地。好きな人は? いないの?」

「いや、俺のことはいいからさ」

「だって、あなたの誕生日なんだよ。ちょっとくらい、話してくれたっていいじゃない」

チャイムがまた鳴ったので、救われた思いで立ち上がった。

「まだ誰か呼んでたの？」振り返りながら、母さんに聞いた。

「一志君だけだよ」

とすると、誰だ……？　今まで客など来たためしがない。鍵のつまみに手をかけながら、扉の向こうに立つ人間の気配を探った。

静かだ。どうも嫌な予感がした。ドアスコープを、おそるおそるのぞきこむ。

「はぅあ！」今年最大のボリュームで叫んでしまった。扉を勢いよく開け放った。

そこに立っていたのは、真夏さんだった。

「どうして！　なぜ！　なんでですか！」

俺のテンションに少し戸惑った様子だったが、真夏さんはあのまぶしすぎる笑顔を俺に向けた。

「ねぇ、ナイトがいないんやけど、どこ行ったかわかる？」

「長谷さん……？」

「ちょうど近くまで来たから、借りてたCD返そうと思ったんやけど、おらんくて。コンビニに買い物くらいやったら、ちょっと待とうかなって。でも、長いこと帰って来ないんやったらまた後日でええかな」

俺がいちいち長谷さんの動向を知るわけないだろうと思ったが、玄関先に舞い降りた天使に舞い上がって、口をあわあわと動かすだけだった。

「で、ふととなり見たら、表札が知ってる名前やったから、ちょっと聞いてみようって」

「連絡先は？　あのあと、交換しなかったんですか？」

「したで。でも、返事がないねん」

母さんが、好奇心のかたまりのような下世話な笑みを浮かべながらやってきた。

「となりの人を待ってるんだったら、上がってもらいなさいよ」

「何を言ってるんだよ、母さん！」

たしかに、上がってもらいたい。夢のようなシチュエーションだ。

ただ、母さんの存在は、正直言って迷惑以外の何物でもなかった。なかなかひどい息子だ。俺一人だったら、到底「上がれば？」という一言を言えなかったにもかかわらず、ワインで上機嫌の母親を地雷扱いしている。

「えっ、大地君のお母さんですか？　めっちゃ若い！　めっちゃきれい！」

「えっ、そう？」とたんに色めき立って、なぜか内股でもじもじだす。

「めっちゃ、いいにおいですね！」

「私、いいにおい？　あっ、違う？　唐揚げがいいにおい？　お腹すいてるんなら、食べていきなさいよ。ほらほら、突っ立ってないで、上がって上がって」

相手の素性も知らないのに、とてつもない距離の縮め方で真夏さんの背中を押す。真夏さんも、素直にスニーカーを脱いだ。

俺は覚悟を決めた。家に一つしかないクッションを、一志の尻の下から断りもなく強引に引き抜いて、真夏さんにすすめた。

だるま落としのようなひどい扱いを受けた一志は、それでも笑顔で真夏さんに挨拶した。

「どうも、おひさしぶりです。大地の誕生日パーティーで集まってるんですよ」

「えっ、今日なん？」

「いや、明日なんです」と、俺は答えた。

「ウソ!?」真夏さんは口に両手をあてた。「ウチといっしょやん！」

俺も驚いた。球場の廊下で会ったとき、初対面のような気がしなかったのは、生まれた日が同じだからかもしれないと、ものすごく都合のいい解釈をした。

「運命感じちゃうけど、あなたは、となりの人の彼女さんなのよね？」母さんが、俺の聞きたかったことをさらっと聞いた。

「いえ、違いますよ。ただの友人です」

「じゃあ、大地とどう？　母親が言うのもなんだけど、思いやりのあるいい子なんだけど。ただし、運動神経皆無だけど」

「ちょっと、母さん！」

真夏さんが、反応に困ったように、視線をさまよわせた。背負っていたリュックを床に置き、クッションに腰を下ろす。

「もしかして、彼氏いるの？」母がまたしても、俺の聞きたいことをさらっと聞いた。

「いないですけど、大地君と会うのは、今日で三回目やから、どんな人かもほとんどわからへんし」

「三回目って、ほぼ他人じゃない」母があきれた顔で俺を見た。

的確なコメントである。内心はしゃいでいたのを、完全に見透かされていたようで、どうにも居心地が悪くなった。

「それじゃあ、無理言って上がってもらって悪かったかしらね」

「いや、よかったですよ。ライブのあと、大地君とお友達と中途半端な別れ方になったから、ウチ、ちょっと後悔してて。二人に会えて、よかった」

胸がはち切れそうになった。やっぱり、めちゃくちゃいい人だ。あわてて母さんに真夏さんの紹介をした。

とはいえ、「ほぼ他人」であることは間違いないので、甲子園で売り子のバイトをしていて、歌手を目指してライブをしているという情報以外、何も知らないに等しいのだったが、母さんはしきりに感心し、うなずいていた。

「真夏さん、ワインどう？」

「明日で二十歳なんやけど、ちょっとくらい大丈夫ですかね？」

「いいって、いいって。夜の十二時を基準に考えたら、あとたった六時間くらいじゃないの」

「じゃあ、いただきます。あっ、お母さん、このポテサラおいしい！」

「そう？　けっこうたっぷりマヨってるから、しつこくない？」

「全然！」

「大地の味覚が子どもだから、もう、こんな味つけでごめんなさいね。唐揚げも食べてね」

「ウチも、まだまだ子どもです。唐揚げ大好きです！」

「でも、ビールの売り子さんって大変でしょ。スケベなおじさんが、やたら親しげに話しかけたりしてさ。うまくあしらうの骨折れるんじゃない？」

「あしらうやなんて、そんな、そんな。ウチは、全然人気ないんですよ。お母さんは、きっとおモテになったんやないですか？」

「わかる？」

母さんも、真夏さんも、他人のふところにするりと何の抵抗もなく入りこみ、仲良くなれる天才的資質をもっている。

そんな二人が、会話をするとどうなるか――。ボクシングでたとえるなら、開始早々ものすごいインファイター同士の打ちあいで、俺と一志は口をはさむ隙が見つからなかった。マシンガントークがとまらず、もう親友みたいになっている。

「あの！」俺は思いきって、二人のよどみない会話をさえぎった。「雨って、すごい二面性があるものだと思うんです！」

真夏さんと母さんが、会話をとめて、きょとんとする。

「たぶん、この前言いそびれた歌の感想を言いたいんだと思いますよ、大地は」俺が前置きするべきだった言葉を、一志が冷静に補ってくれた。

ありがと、とつぶやく。となりに座る一志が、ぽんと俺の膝頭をたたいた。

いつもこうなのだ。焦るといろんな物事をすっ飛ばして、自分の言いたいことを突然話し出してしまう。

「ウチ、ちゃんと聞いてるから、焦らんで大丈夫やで、大地君」

真夏さんと一志に感謝し、あのライブ以来、心のなかにわだかまっていたもやもやを一気に吐き出した。

「雨って、恵みの雨にもなるし、すごい降れば水害をもたらす危険なものにもなるし、人間とか生き物にとって、プラスにも、マイナスにもなるもので……。真夏さんの歌は、その二つの面をまるごと受けとめてるっていうか、よろこびも、悲しみも、全部引き受けて、のみこんでしまう、力強さと覚悟みたいなものを感じて」

最後のほうは、しどろもどろになりかけたが、それでも必死につづけた。

「だから、一概に暗いわけでもなくって、雨が全部洗い流してくれる、さっぱりした面も感じられて……、だから、そういう雨の日の暗さも、悲しみもあるけど、無力だけど、前に進もうっていう意志を感じました」

おそるおそる真夏さんを見た。

真夏さんは、ぽってりした唇を噛みしめてうつむいていた。あれ？　もしかして、俺、変なこと言っちゃった？　と、思ったのもつかの間、真夏さんは雲間からのぞいた太陽のような笑みを見せた。

「ありがとう。きちんと、届いてるんやね。歌って、届くんやね」

照れをごまかすように、真夏さんはワインをほんの少し飲んだ。心なしか、もう頬が赤い気がする。

「こんな丁寧に感想くれた人、はじめてやで。しかも、的確やし。ものすごくうれしい。今までやってきてよかった」

「こいつ、クソがつくほど真面目なんです」一志が俺の肩に腕をまわして揺すぶった。やっぱり筋肉の圧がものすごい。「そんでもって、ものすごいいいヤツで、ライブ後にきちんとつたえられなかったこと、ずっと気にやんでたんですから」

一志は、きっと俺の真夏さんへの好意に気づいている。気がついた上で、必死にプッシュしてくれようとしている。

ちょっと泣きそうになってしまった。一志の思いがありがたかったし、申し訳なかった。今もカーテンの裏側の窓の桟に、一志から分けてもらった甲子園の土を置いている。捨てないでここに持ってきてよかったと、心の底から思った。

「そうやったんや……。ありがとう、大地君」

「でも……、なんで真夏さんはあんなに雨に魅了されるんですか？」

真夏さんがさっと目を伏せた。安易に質問したことをとたんに後悔した。

「あっ、話したくないなら、全然いいんですよ、本当に！　気にせず！　まだ出会って三回目の他人なんですから！」

「うーん、ちょっと暗い話になっちゃうんやけど、それでええなら話そうかな。すごく丁寧に感想もらったし」

真夏さんが語り出したのは、子ども時代の出来事だった。

「ウチな、小さいころから、外で遊ぶのが好きやったんやけど。小五のとき、脳腫瘍になって。それから、しばらく入退院繰り返すようになって。最後のほう、ほとんど小学校行けへんかったし」

「そうだったんですか」小学校の同級生だった長谷さんが心配していた理由がようやくわかった。

「外で遊べる子が、うらやましくて、うらやましくて、なんでウチだけこんな目にあわなあかんのやろって、神様うらんで。自分だけ世界に置いてきぼりにされたような感覚やった。このまま、死ぬんやろかって、めっちゃさびしくて、めっちゃ不安やった」

真夏さんは、ワインの入ったコップに手をかけ、しかし飲むことはせず、しばらくうつむいていた。

「でもな、大雨が降ると、平等やんか」

「平等？」

「そう。外で遊べへんから、みんな家で本とか漫画読んだり、ゲームしたり、テレビ観たり。ウチは病室の窓から、雨で一面濡れた世界を見て、一人ぼっちやないって思う。みんな屋根の下で、じっとしてるって安心する。晴れの日みたいに、悔しい思いせんですむ」

真夏さんは、Tシャツの胸のあたりをつかんだ。

「この歳になっても、そのときの気持ちが、胸にずっとこびりついて、はなれへん。ぎゅっと、ウチをつかんで、はなさへん。雨はウチの味方やった、さびしかったときのあの気持ち。死ぬかもしれんておびえてたときの、あの心細い気持ち」

「生きていてくれて、よかった」

「えっ？」と、真夏さんが俺に顔を向けたので、実際に声に出してしまったのだと気がついた。

「生きていてくれて、よかったです」

「そうやね」真夏さんは、丸い輪郭の顔いっぱいに笑みを浮かべた。「ホンマによかった」

「それに、その胸のなかにある気持ちを、きちんと万人につたわるかたちで表現できるって、ものすごいことだと思います」俺の言葉に、一志と母さんがうなずいた。

雨は平等。

たしかにそうだ。一度降りはじめれば、人間は、なすすべがない。まったく降らない、ということに対しても、なすすべはない。

徳志館高校も、相手校も、まったく同じ条件のグラウンドで戦っていた。同じように、日照りつづきのかわいたグラウンドで戦っていた。

平等だったのだ。紙一重だったのだ。相手校のサードが後逸《こういつ》していれば、傑が出塁していた。あるいは、二塁打になっていたかもしれない。

もしかしたら、徳志館の守備のとき、イレギュラーが起こっていたかもしれない。それで、ピンチを招いたかもしれないし、相手校の誰かが大怪我をしていたかもしれない。

試合中に雨が降っても同じだ。たとえどろどろのグラウンドだったとしても、二チームは同じ土俵で戦う。

結果は悲しいものになってしまったけれど――阪神園芸にとっても痛恨のイレギュラーになってしまったけれど、俺たちは「平等」をつくりだす職業なのだということに、真夏さんの言葉で気づかされたのだった。

もちろん降雨のときは、雨の降り具合で差が生じてしまうかもしれない。それでも、グラウンドを今できうる万全の状態に整えることによって、片方に不利益が生じないように注力しなければならないのだ。

試合の結果以外で悔しい思いをする選手が、少しでも減るように。

「ところで、ナイトのことなんやけど、最近元気がないような気がして……」真夏さんが、となりの部屋に接する壁に視線を向けた。「大地君、何か心当たりあらへん？ほぼ毎日、顔あわせてるやろ？」

たしかに、真夏さんの言うとおりだった。不気味なほどしゃべらなくなった長谷さんを、甲斐さんも島さんも心配していた。

きっかけは傑の怪我しか考えられなかった。しかし、それでなぜ関係のない長谷さんがふさぎこむのかわからない。

俺は真夏さんに弟の一件を説明した。

「ウチもあのとき見てたけど、運ばれた子、大地君の弟さんやったんや。名字がいっしょなのは、気づいてたんやけど」

「そうなんです。私の息子なんです」と、今まで黙っていた母が急に割りこんできた。「どうですか、真夏さん。将来有望。性格も抜群にいい。身長高いのに、顔ちっちゃい。いい物件だと思うんだけど、今のうちにどう?」

不動産屋みたいになった母を苦笑いで軽くいなし、真夏さんは真剣な表情に戻った。

「それを見て、頑張ってもしかたない、不条理なことには勝てへんって感じたんやったら、あいつはどうしようもないアホやで」

「でも傑は一年だし、再起ができる怪我ですけど、長谷さんの場合は……」俺は言葉を濁した。「あと、考えられるとしたら、長谷さんの母校の優勝も大きかったと思います」

「たしかに、あの監督の優勝インタビューはむかついたわぁ」と、めずらしく真夏さんは怒りをあらわにした。「あきらかにナイトの怪我を教訓にして、ピッチャー起用してるはずなのに、しれっとなかったことにして。一言もナイトのことは言わんし、記者も聞かんし。まるで、タブーみたいな扱いやんか！」

「まあ、創誠舎は超強豪校だから、大阪府を越境して、ピッチャーの駒を集めるのも容易なんだろうなぁ」と、腕組みしながら一志がうなるように言った。

「そう！　人間を駒としか、思うてへんねん！　だから、ナイトも……」

そのとき、となりの部屋の扉に鍵が差しこまれ、がちゃがちゃとシリンダーが回転する音が聞こえてきた。

「あっ、帰ってきたんちゃう？」真夏さんが、はじかれたように立ち上がった。「ここに呼んでもええ？」

まさか嫌とも言えず、曖昧にうなずいた。真夏さんが部屋を飛び出した。その背中を見送った。やっぱり、ここまで気にかけるということは、真夏さんは長谷さんのことを……。

「なんや！　お前、なんでここにおんねん」

「なんやや ないわ！　スマホ見てへんの？」

「ああ、部屋に置きっぱやったわ」

「なんのための、携帯やねん」

扉の外から二人の親しげな会話が聞こえてきた。強引に引っ張られて、長谷さんが俺の部屋に姿をあらわした。

「うわっ、本物の長谷騎士！」母さんが場違いな明るい声を出した。「握手して！私、ファンなの！」

まだ「ファンだった」と過去形で言わず、「ファンなの」と言うところに、母の配慮を感じた。戸惑う長谷さんに「僕の母です」と、紹介する。いつだったか忘れたが、母さんには隣室の同僚が長谷騎士であることをすでに電話で話していた。

「いつも大地がお世話になってます」

「こちらこそ、雨宮君と仲良くさせてもらってます。年近いし、部屋もとなり同士やし、こっちこそ世話になりっぱなしで」

よく言うよ。

「イメージと違って、めちゃくちゃ好青年じゃない。大地はいい先輩に恵まれたね」

「うん……、まあ……、そうだね」

長谷さんが当たり前のように、真夏さんの座っていたクッションに腰を下ろそうとしたので、あわてて横からかすめとった。「チッ」と、舌打ちしたものの、長谷さんはそれ以上何も言わなかった。

さすがに五人も入ると、部屋がものすごく狭苦しい。母と一志と長谷さんと真夏さんというありえない組み合わせがそろっていて、なんだか時空の裂け目に迷いこんでしまったような、目の前がゆがんでいるような感じがする。

「ナイト君、誕生日、たしか七月でしょ？　私、ファンだから知ってるの。もう、とっくに成人でしょ？」母はやはり慣れ慣れしい。「ビールあるよ。私、ワインでお腹いっぱいになっちゃったから、飲んで、飲んで」

長谷さんのほうも、満更ではない様子で「じゃあ、いただきます」と、頭を下げた。

何の乾杯かとつっこみたかったけれど、あらためて五人で乾杯する。まさか、長谷さんと杯をあわせる日が来るとは、思ってもみなかった。

母さんは、長谷さんのために、取り皿に料理をよそってやった。まるで実の息子にするような甲斐甲斐しさだった。さっき、元気のない長谷さんをめぐる会話を耳にしたからかもしれない。

ひとしきり、みんなで食べて飲んだあと、真夏さんが俺に視線を向けた。

「大地君は、なんでグラウンドキーパーになろうと思ったん？」

俺は一志とのぞんだ去年の夏の大会の話をした。一志に土を届けたグラウンドキーパーの心遣いと、裏方のカッコよさにあこがれて、阪神園芸に入社したのだ。

そういえば、大会期間中、注意深く周囲の先輩たちの姿を観察していたのだ。土を拾い集める球児たちに、またトンボを差し出す人があらわれるのではないか、と。

しかし、そんなアクションを起こす素振りは誰も見せなかった。

「もしかして、それ、ナイトなんちゃうの？　去年は、もう入社してたやろ」真夏さんが、ふざけた調子で聞いた。

「アホか。俺が、そんなクソ面倒なことするわけないやろ」

長谷さんは、俺のあこがれを「クソ面倒なこと」と、簡単に吐き捨てた。この人が球児の悲しみによりそうような行動をわざわざとるとは考えにくい。むしろ、「整備の邪魔なんやけど」と、泣いて土を集める敗戦投手を後ろから蹴りそうだ。

「真夏のおじいさんは、甲子園のグラウンドキーパーやったんやろ？」長谷さんが聞いた。

「ひいおじいさんやけど、よぉ覚えてんなぁ」

「たしか学校の作文で書いたんやなかったっけ？　それで、真夏のがコンクールに出されることになって」

「そうそう！　懐かしいな。そんなこともあったなぁ。まあ、グラウンドキーパーいうても、戦前のことらしいけどな」

「そのころって、阪神園芸は……？」俺は驚いて、半分腰を上げていた。「あったんですか？　あっ、でも社員研修で会社の創立が一九六八年って聞いたから……」

「もちろん、まだないで。身分としては、阪神電鉄の社員やったらしいわ。そのひいおじいさんの話をじいちゃんから聞いて、ウチも甲子園でどんなかたちでもいいから働きたいって思ったんやけど……」

そこで、真夏さんが、突然、ものすごい直球を投げこんできた。

「で、ナイトはなんで最近元気ないん？　何かあった？」

俺とはじめて会ったときもそうだったが、あれだけ繊細《せんさい》な歌を歌うのに、日常会話はまったく遠回りをしない。

「で……って。まったく文脈つながってへんやん」と、長谷さんは困惑したように後頭部をかいた。

遠くで犬が吠えていた。それに誘発されて、近所のほかの犬たちが、次々と連鎖して吠えはじめる。

長谷さんが、ビールをぐっと飲み干した。「もう一缶、どう？」と、立ち上がりかけた母さんを制して話しはじめた。

「俺な、何か甲子園に忘れ物をしたような気がずっとしてててん。それをたしかめるために、阪神園芸に入社したんやけど」

俺の歓迎会の日に話していたことだ。真夏さんは長谷さんの言葉にうなずいた。

「その正体が、俺、ちょっとだけわかったかもしれん。雨宮の弟見て、な」

「何だったんですか！」俺は思わず身をのりだしてたずねた。

「雨宮の弟、担架で運ばれながら、ずっとつぶやいとった。悔しい、悔しいって、ずっとな」

病室でも、あれからしばらく言いつづけていた。自分のせいで、こんな結果になって、悔しい、と。

「俺の忘れ物は、悔しさやったんや」

近所の犬たちが、まだ吠えさかっている。長谷さんは、まるで他人事のように淡々と話しつづけた。

「今年の創誠舎の優勝見て、まるで一昨年の自分、見てるようやったわ。あんときも、体は限界やったけど、訳もわからんままよろこんで、みんなでバカ騒ぎして」

いったい、どれだけの努力に裏書きされた頂点だったのだろう？　徳志館のマネージャーをつとめて、選手たちのトレーニングを間近で見てきた俺にも想像がつかない世界だった。

「けど、死ぬほどよろこんでるうちに、どんどん腕が腫れて、痛んできて、やっぱり訳もわからないまま病院直行して……」

真夏さんが、ぎゅっと目をつむる。母さんは泣きそうになっていた。

「歓喜のてっぺんから、ジェットコースターみたいにどん底や。悔しさなんか、感じる暇なんてあれへん。だから、もう野球なんてええかって思ってしまった。もう、やることやりつくしたし、ええかってな」

長谷さんの太い眉がうごめく。その無表情からは、ほとんど何の感情も読みとれなかった。

「俺、ホンマは、悔しかったはずなんや。こんな使われ方して、監督をぶん殴りたかったはずなんや。もしかして、決勝で負けて、準優勝やったら、俺は野球をつづけてたんとちゃうやろか？　適切に悔しさ感じて、俺は、まだまだこんなもんじゃ終わらへんって、今に見てろって、大学の野球部に入ってたんちゃうやろか？」

自問は自問のまま終わらず、大きくふくれあがっていく。この部屋いっぱいに広がっていく。

「やったら、ええやん！　今からでも間にあうて！」真夏さんが、こらえきれないといった様子で叫んだ。

長谷さんはしずかに首を横に振った。

「たしかに落とし物の正体には気がついたで。けど、それはもうどこにもなかったんや。試合後の無人の甲子園を探しても、探しても、どこにも落ちてへんかった。べつの誰かが、持っていってもうたんやろな。拾うことはできなかった」

あまりにも、酷な話だった。人の活躍や、涙を目の当たりにしても、もう長谷さんは何も感じないということだろうか？

「あのな、真夏。悔しさっていうのは、感じよう思って、感じられるもんやあれへん。もう、手遅れなんや。俺の心は、枯れ果てて、もう燃え上がってくれへん」

「だったら、ウチが燃やしてあげる」

真夏さんは、自信たっぷりに言った。

「お前が……？」

「ウチの好きな歌手の人が言ってるんやけど、歌ってな、追い焚き機能やねん」

「は……？　お前、何言うとんねん」

「心の追い焚きや。経験とか、感動とか、憎しみとかって、体験したそばから、刻々と過ぎていってしまうやろ？　思い出そうとしても、どんどん風化してまうやん？」

たしかに、そうだ。今抱いている、この生々しい気持ちを、熱量を、ずっと保っていくことは難しい。

「忘れたくない感動とか、感情を何度でも、何十年後でも呼び起こしてくれんのが、歌の役目やと思うねん。冷めたと思っても、聞いた瞬間、何度でも燃え上がるのが、歌のパワーや」

一瞬、プロの選手として甲子園に登場する長谷さんが見えたような気がした。登場曲は、真夏さんの歌だ。

「だから、ウチがんばるで。ナイトが、悔しい、耐えられん、もう一回野球やらな死んでも死にきれんって思うまで、歌で燃やしつづけたる」

俺はその言葉を聞いて、うつむいた。

祝福するべきはずだった。長谷さんを応援するべきはずだった。でも、真夏さんの情熱的な言葉にどうしようもなく嫉妬してしまう自分を発見して、そんなひねくれた心がどうしても嫌になる。

「なんで、そこまで……」長谷さんがつぶやいた。

「ウチが入院したとき、ナイト、あんまりウチとしゃべったこともなかったのに、クラスで率先して、千羽鶴折って、お見舞い行こうって言うてくれたんやろ？　先生に聞いたで」

「まあ……、そんなこともあったな」長谷さんは照れくさそうに、とっくに中身のなくなったビールの缶を口に運んでいた。

「そのお礼、よう言えへんまま、べつの中学になった。でも、大地君のおかげで再会できた。今度は、ウチがナイトを励ます番やで」

いつの間にか、犬たちは静かになっていた。「さぁ！」と、母さんが手をたたいて、立ち上がった。冷蔵庫を開け、ビールやら、コーラやら、ワインを運んでくる。

「仕切り直して、乾杯しましょ！」

俺たちは、やっぱり何の乾杯なのかわからないまま、母にうながされて缶やコップをあわせた。

「知ってる？　今日は大地の誕生パーティーなの」母さんが言った。

「あっ、ごめんなさい！」真夏さんがあやまる。「大地君そっちのけで、関係のない話しちゃって」

「じゃあ、私、大地の話していい？」

「ちょっと、母さん！」過保護だと思われるのが嫌だった。正直、恥ずかしい。「もういいから！　ふつうに飲んだり、食べたりしようよ。ふつうの会話でいいんだよ！」

しかし、母さんは無視して話しはじめた。

「大地って名前の由来は、なんでしょう？　なんで雨宮大地にしたと思う？」

また、クイズだ。俺も知らなかったし、今までたしかめたことなどなかったけれど、本気でどうでもいいと思った。

「考えたのは、お父さんだよ」

「えっ……？」

初耳だった。どうでもいいという気持ちが一気に吹き飛んだ。

母さんが得意気に答えを披露した。

「雨降って、地固まる、だよ。困難があったあとには、よりいっそう地盤が固まるっていう意味」

「いや、意味は知ってるんだけどさ」

「大雨が降って、絶望的な気持ちになるけどね、地面は――大地は雨の前よりもさらに強くなる」母さんは、にやりと笑った。

体中に電撃が走った。

甲子園のグラウンドとまったく同じだと気がついたのだ。土は雨を吸うからこそ、強くなる。むしろ、雨がなければ、地面は固まらないのだ。おそらく長谷さんも同じ考えに至ったのだろう。ハッとした表情で顔を上げた。

「いろいろな災難や困難があるけれどね、それを切り抜ければ、もっともっと人間として強くなれる。空を見上げると、きれいな虹がかかってる」

母さんは、大きく息を吐き出して、つづけた。

「お父さんはね、そんな願いをこめたの」

さっきまでの犬の吠えあいが嘘みたいに、周囲は静かだった。

「その願いを、ここにいる四人の若い人たちに、私はあらためて捧《ささ》げます。一志君にも、真夏さんにも、ナイト君にも」

一志が力強くうなずいた。

真夏さんは、まるで虹がかかった空を仰ぐように、天井を見上げた。

長谷さんは、奥歯を噛みしめているのか、くっきり浮き出た顎のラインが、ぎりりと動いた。

その夜、みんなが帰宅したあとだった。

低いうなり声のような音で、俺は目を覚ました。

まず、背中に鈍い痛みを感じた。左右を見まわすと、床の上に寝ていた。ベッドから落ちてしまったのかと一瞬状況がわからなくなりかけたが、一晩泊まる母さんにベッドを明け渡しているのだとようやく気がついた。

スマホで時間を確認した。十二時をまわっていた。俺は十九歳、真夏さんは二十歳になった。

あらためて今日の――正確には昨日の夜の母さんの言葉を思い出した。

名前の由来を聞いたのは、はじめてだった。雨宮大地。雨降って、地固まる。阪神園芸に入るのは、俺が生まれたときから決まっていたのだ、運命だったのだ――そう考えるのは、あまりに都合のいい解釈だろうか？

俺と真夏さんの誕生日が同じだった。

父さんから雨宮大地という名前を授かり、グラウンドキーパーになった。

そういう、幸福な運命もあっていいはずだと思えた。考え方一つで世界はかわるのだと、今ならわかる。父さんに対する負の感情が、いくぶん和らいでいくのを感じていた。

ぶぅん、ぶぅんと、大きな蜂の羽が空気を震わせるような音が、間隔をおいてかすかに響いてくる。クーラーが動いているけれど、その稼働音でもない。

「くそっ!」長谷さんの声が壁を通してつたわってくる。たぶん、素振りをしているのだ。一振り、一振り、魂をこめて、悔しさを燃焼させるように。

いてもたってもいられなくなったのだ。体を動かしたくなったのだ。その気持ちはものすごくわかる。俺だって、うずうずしている。早く甲子園に行きたい、整備がしたい。

たぶん、一志も、真夏さんも同じ思いでいる。

それぞれの持ち場を守る。俺は阪神園芸で整備のプロになりたい。

もうすぐ阪神タイガースが長いロードから戻ってくる。NPBの試合が、甲子園で再開される。毎日のハードな仕事をこなすためには、きちんと栄養のあるものを食べなければ体がもたない。夜にしっかり睡眠をとらなければならない。俺は目をつむった。

素振りの音を、まったくうるさいとは思わなかった。むしろ、心地のよい子守歌のように聞こえた。

目が覚めたのは、翌朝だった。スマホのアラームが鳴っていた。

窓の外では、雀と蟬《せみ》が互いに争うように鳴きかわしていた。オフのタイマーを設定していたクーラーは沈黙していた。滞留している冷気は感じるものの、もう昼の暑さの気配を肌に感じている。

母さんは起きていた。すでに、荷造りをすませ、朝ご飯を準備してくれていた。

「お誕生日おめでとう。私は、今から、ゆっくり大阪観光してから帰りますので」

味噌汁のいいにおいがただよってくる。鍋のなかをお玉でかき混ぜながら、母さんは言った。

「みんなの再出発の朝ですね」

なぜか丁寧な言葉で話しつづける。母さんも照れくささを感じているのかもしれない。

なんだか、永遠の別れのような気がした。けれど、正月には実家に帰らなければならない。父さんとしっかり顔をあわせたい。夏の大会のときは、ケンカ別れのようになってしまったが、グラウンドキーパーの仕事のやりがいをきちんとつたえたいと思った。

名前の由来の話も聞いてみたい。雨降って地固まるという言葉は、甲子園のグラウンドにとっても同じなのだと話したら、いったいどんな反応が返ってくるだろうか？

「いろいろ、ありがとう。本当に助かったよ」お礼の言葉が自然と口をついて出てきた。

感謝というものは、しようと思ってするものではない。自然の発露なのだ。甲斐さんの言うとおり、感謝を求めて仕事をするものではない。

一志にトンボで土を運んでくれた人は、いったい、今どこにいるのだろうと思った。せめて一言言いたいのだ。

僕をここまで導いてくれて、ありがとうございます、と。

はじめての秋

九月に入るとしっかりとした雨も降り、グラウンドは内部からの潤いを取り戻した。その雨が、季節の移りかわりの、一つの境目だったのかもしれない。

まだまだ日中は暑いものの、夜はいくぶん過ごしやすくなった。風呂上がりに窓を開けると、やさしい風が肌をなでていく。かしましい蟬とは違って、慎ましやかな、夜に鳴く秋の虫の声が聞こえるようになってきた。

プロ野球の試合は佳境に入り、タイガースはクライマックスシリーズ争いをしていた。そのかいもあって、甲子園球場は連日満員の観客がつめかけていた。

九月の終わりには、甲子園球場であるセレモニーが開催された。

「ファンのみなさん、ありがとうございました！」

マイクを通した大きな声が、甲子園球場いっぱいに響きわたった。メガホンが打ち鳴らされる。

夜だった。球場のぐるりから、フラッシュがそこかしこでまたたいている。秋風が吹き、空気が澄んでいるせいか、光がきれいに空間を透過し、俺の目を射る。

阪神タイガースの宇佐美《うさみ》選手が帽子をとり、一度大きく頭を下げた。ホームベースの後ろに立てられたマイクに向かい、ふたたび話をはじめる。

「ファンのみなさんに支えていただかなければ、私は二十一年間の選手生活をまっとうできなかったと思います」

はじめて俺に声をかけてくれた、大ベテランのレジェンド選手だ。本人は挨拶程度のつもりだったのかもしれないけれど、「がんばりなよ」という励ましにどれだけ支えられてきたことだろうかと思う。

宇佐美！　お疲れ様！　超満員のスタンドのあちこちから声援が響いた。俺は外野のフェンスの前に立っていた。

警備員さんから、阪神園芸のグラウンドキーパーまで総出でグラウンドに出ていた。フェンスの前にぐるりと立ち、客席に異常がないか見守りつづける。

興奮した観客がグラウンドまでなだれこんでくるむかしの映像を見たことがある。さすがに、今のお客さんは礼儀正しいので、まさかフェンスを乗りこえたりする人はいないと思うけれど、危険物が投げこまれたら対応できるように緊張を保っている。

巨大なバックスクリーンの映像には、帽子をとった宇佐美選手の顔が大きく映し出されていた。

「この球場は大きなあこがれでした。結局、高校時代に甲子園に出場することはかないませんでしたが、縁があってタイガースに指名していただきました」

少し涙ぐんでいるようにも見えるが、その表情はどちらかというと晴れ晴れしているようだった。ライトがあたり、彫りの深い顔に影が落ちている。

「もし、タイガースに入っていなかったら、私の野球人生はもっと短かったかもしれません。この日本一の土と天然芝の球場が、私の足元をつねにやさしく受けとめ、支えつづけてくれたからです！」

エコーのかかった声が鳴り響く。俺は自然と胸を張った。

先ほどの試合中、宇佐美選手が途中出場した。プロ野球選手としての最後の舞台だ。

七回の終わり、俺は宇佐美選手の守るセカンド付近にトンボがけをした。まだまだベテランのグラウンドキーパーの足元に及ばないけれど、だいぶコツをつかんできたつもりだ。

まず、マウンドからの傾斜を読む。土が多く移動した箇所から、低く凹《へこ》んだ箇所へと、トンボで土を引っ張ってくる。そして、戻す。その繰り返しだ。

戻すときに力をこめすぎると、その部分の土が削れてしまう。これでは元も子もない。右手で前にやさしく押し出す。

力加減も均一にしないと、自分のトンボがけのせいで、逆に凹凸をつくってしまうことになりかねない。

膝を曲げる。下半身を柔らかく保つ。俺にとっては、かなりの重労働だ。最近は、寮でスクワットを毎日している。

「私は、たまたま体が人より丈夫だった。たまたま人より上手に野球ができた。そして、トレーニングがあまり苦にならなかった。ただそれだけのことなのです。こうしてみなさんの前に立てるのも、たまたまなのだ、と言ったら、野球で夢をかなえられなかった選手たちに失礼かもしれませんが、いまだに自分がここに立たせてもらっていることが信じられない、というのが、嘘いつわりのない気持ちです」

ライトを浴び、堂々と立つ姿が、バックスクリーンに映っている。

「だから、私は本当に幸せ者です。こんな私を支えてくれた小学校から今までのチームメート、トレーナーさんやスタッフさん、球団職員、甲子園球場の方々、そしていつも最高のコンディションを整えてくれた阪神園芸のみなさんに、心からお礼を言いたいです。そして、あらためて、ファンのみなさんにも……」

宇佐美選手は帽子を持った手を振り上げた。

「ありがとうございました！」

宇佐美、宇佐美！　と、地響きのようなコールがわき起こる。相手チームのファンが陣取るレフトスタンドからも、阪神側に負けないくらいの声援がこだまする。

リリーフカーに乗りこんだ宇佐美選手が、グラウンドを一周しはじめた。一段高い座席に座った宇佐美選手が、大きく手を振っている。その道筋を示すように、まばゆいフラッシュがウェーブになってまたたく。

フェンスの前に立つ俺の足元に、色とりどりの紙テープが投げこまれた。スタンドとグラウンドをつなぐ架け橋のように、細く、長く投げ出され、幾筋ものリボンが宙を飛び交う。

これは、野球チームの宿命だ。毎年、新しい選手が入る。そして、同じ数だけプロの世界を去って行く人もいる。

宇佐美選手のような扱いを受けるのは、ほんの一握りだ。ほとんどの選手は、ファンに見送られることのないまま、戦力外通告を受ける。傑や、一志は、そんな世界にこれから挑もうとしている。

つくづくこの空間が奇跡であるような気がした。満員の四万七千人もの人々が、一人の引退を見守る。声援を送る。

チームは新陳代謝をつづける。細胞を入れかえながら、更新をつづけていく。

俺もこの球場の基盤を守っていく。足元の緑色の芝を見つめた。日々、成長する芝のにおいをたしかに感じていた。

あと、五年なのか、十年なのか、それとも三十年つづけられるのか、わからない。

俺だって、長い甲子園の歴史から見たら、ただ一瞬で通りすぎていくだけの、一つのピースに過ぎないのかもしれない。

望むところだと思った。

場内一周を終えた宇佐美選手を、チームメートが待ち構えていた。

胴上げがはじまった。七回宙に舞い、宇佐美選手は二十一年の選手生活を終えた。


プロ野球がオフシーズンに入ると、阪神園芸にとってもしばらく閑散期に入る。

夏場は休みがなかなかとれないので、この時期にまとまった休暇をとり、一年間のトータルで規定の休日に達するように調整するのだった。

「雨宮、ゴルフは興味あるか？」ベテラングラウンドキーパー、島さんに声をかけられたのは、ペナントレースを三位で終えたタイガースが、クライマックスシリーズのファイナルで惜しくも敗退した直後のことだった。

「ゴルフ……ですか？」

このときの俺は、自分の運動神経のなさもすっかり忘れて舞い上がっていた。

先輩から、ゴルフに誘われる！　これこそ、社会人の醍醐味《だいごみ》！

あこがれだった。さんざん体育の授業で笑われ、のけ者にされてきたにもかかわらず、やっぱり社会人になったからにはゴルフの一つもたしなみたい。しばらくスポーツなどやっていなかったし、むしろ日々腕立てや、スクワット、腹筋背筋をこなしていたから、俺、行けるんじゃないか、という根拠のない自信が勝っていた。

ゴルフの球は小さい。かりに踏んづけても転ぶことはないだろう。しかも停止しているボールを前に飛ばすだけだ。正直、楽勝じゃね？

「行きます！　行かせてください！」

「お……、おぉ」

俺の熱意に押されたのか、島さんはふだんのどっしりした重心を少し後ろに崩しながらも、柔らかな笑顔をよく日焼けした顔に浮かべた。

「クラブは俺のを貸すから、何にも持ってこなくてもええで」

「どんな格好がいいのでしょうか！」

「まず、打ちっぱなしに行こうと思うてんねんけど、まあコースに出るのと違って、Tシャツとかジャージでも大丈夫やろ」

これで名実ともに阪神園芸の仲間になれたと思った。そもそも「打ちっぱなし」という響きがいい。父さんや、傑に言ってやりたい。「俺、今度、打ちっぱなしに行くんだけど！」

父さんはいったい、どういう顔をするだろう？

「だから、言わんこっちゃないだろ」そんな父さんの皮肉と呆れ顔が、ありありと目の前に浮かんでくるようだった。俺の意気込みは、実際にクラブを握り、ボールを目の前にすると、粉々に打ち砕かれた。

バックスイングをとり、クラブを振り下ろす。自分のイメージではパーフェクトの軌道でボールをとらえていた。

「飛距離、五センチやな」俺と同じく島さんに誘われていた長谷さんが、ぼそりとつぶやいた。

何も言い返すことができない。

足元を見た。ボールはティーからほんのちょっとこぼれただけで停止した。これでは、打った、というより、風圧で落ちただけだ。

何度振っても、結果は同じだった。インパクトの直前で、とまっているボールが俺のクラブをするりとよけているんじゃないかとすら思えた。

「素振りやったら、わざわざこんなところに来なくてもできるやろ」

長谷さんの嫌味の切れ味が、いつの間にか復活していた。

「それとも何か？　ボールが逃げるとでも言いだすんか？　あのな、雨宮。これはゴルフにおいて、ものすごく大事なことだから覚えとけよ。ボールは逃げへんぞ、絶対」

「ぐぅ……」ほんのちょっとでも、楽勝だと考えてしまった自分がうらめしい。

実際にコースに出れば、整備の仕事の知識にも役立つことが多いのだという。芝をどう育てているか、どういう肥料が使われているのか。そして、グリーン上の傾斜を読む力も、ふだんのトンボがけの技術に生かされる。マウンドを頂点に緩やかな下りを放射状につくり、水たまりのできやすい凹凸をなくすための、たしかな目が鍛えられるのだ。

しかし、練習でこの有様では、到底コースになど出られない。いっしょにまわる人の足を引っ張るどころか、後ろの組まで大渋滞になってしまう。

そこから、島さんや、長尾《ながお》さん、田辺《たなべ》さんといった、ベテラン勢のレクチャーがはじまった。

長尾さんは、俺の膝の裏に、みずからの膝をあてて、俺の足を折った。

「なんで、膝が伸びきってんねん。もっと、膝曲げて、腰落とせ」

田辺さんは、俺の手をとって、クラブの握り方を矯正した。

「グリップは、こうや。野球とはちゃうで」

「テイクバックは、もう少し小さくとったほうがええんちゃう？」

「いや、やめたほうがええと思いますけどね。最初から変な癖つけたら、あとあと困るのは、雨宮ですよ」

「でもな、そんなこと言うたって、前に飛ばすことが先決やろ」

「というか、頭とか軸がブレとるんですわ。ここを改善しないことには」

「いや、お前に言われたないわ。お前のフォーム、ひどいで。軸、ブレブレやで」

一向に上達しない俺のせいで、最後は先輩方が口論していたので、申し訳なくなった。

よく晴れた、十月なかばの夕方だった。

まだ日中は半袖でも過ごせる気候だ。ずっとクラブを振っていると、うっすらと汗ばんでくる。様々な弾道を描いて、ひっきりなしに白いボールが、緑の人工芝に吸いこまれていく。

二階建ての練習場だった。俺のいる一階から見ると、頭上からもボールが飛んでいく。難なく打ちっぱなしている九十歳くらいのおじいさんもいて、まったく打てない俺の目にはほとんど仙人か神様のように見えた。

すると、ひときわパワフルな打撃音がした。ほとんど、小爆発と言ってもいいくらいの、短く、はじけるようなショットが炸裂し、周囲のフェンスに反響する。

とっさに振り返った。長谷さんだった。

ドライバーをかまえ、テイクバックを大きくとる。全体重をのせるように、一気に振り下ろす。細いカーボンのシャフトがしなり、空を切り裂いた。

小気味のいい音が響いた。ものすごいスピードで、みるみるうちにボールが米粒大くらいに遠ざかっていく。しかも、なかなか落下してこない。いいスピンがかかっているのだろう。

肘、壊してるんとちゃうんかい——俺の心のなかの関西弁が、うらやましげに叫んだ。

「たいして教えんでも、あれやからなぁ」俺のスイングの軌道を確認していた島さんがつぶやいた。

周囲の人たちもざわついていた。渾身《こんしん》のフルスイングと、その飛距離で、とてつもなく目立っている。

あれって、もしかしてナイトちゃう？

ホンマや、田舎侍やわ。

今って、あいつ何してんの？　すっかり消えたよな。

聞こえよがしの会話が聞こえてきた。勝手にスマホのレンズを向けてくるおじさんまでいる。それでも、長谷さんはまったく動じなかった。むしろ、見てくれと言わんばかりに、さらに堂々とスイングをつづける。

少年野球の一団に気づかれた七月のころとは、長谷さんの態度は大きく変貌をとげていた。あのときは、相手が小学生にもかかわらず、本当にびくびくしていたのだ。

おそらく、長谷さんは自分の心のなかに、ひからびた不透水層が眠っていることにようやく気がついたのだ。傑の怪我や、創誠舎高校の優勝を間近で見て、目をそむけたかった事実を、ようやく認めることができた。適切に悔しさを感じる前に、野球をあきらめてしまった――その事実に目を向けることができた。

野球にふたたび専念するかどうかはべつにしても、壊れた肘をかかえた自分自身にしっかり向きあう準備が整ったのかもしれない。日々、嫌な思い出の甲子園に通うのはつらいかもしれないけれど、べつの仕事に就いて悶々とした鬱屈を抱えつづけるよりはよっぽどよかったんじゃないかと思う。

それに、いい先輩にも恵まれている。島さんたちが、なおもこちらにスマホを向ける中年の男に近づいていった。

「おいおい、見せ物ちゃうで」

「勝手に写真撮らんでくれるか？」

「ムービーもあかんで。そっとしておいてやってや」

球場の外でも、島さんのオーラは健在だった。長尾さんは阪神園芸でいちばん恰幅《かっぷく》がいいし、田辺さんは角刈りで、眼光も鋭い。見た目としては、もっとも「職人」という言葉が似合う風貌だった。相手は「すんません」と、すごすご自分のブースに戻っていった。

「ありがとうございます」長谷さんが頭を下げた。「助かりました」

ええねん、ええねんと、島さんは右手を顔の前で振った。

「お前、今からゴルフのプロでもいけるんちゃう？」冗談なのか、本気なのか、長尾さんが言った。

「ってか、絶対、野球の外野手でもまだいけるて！　長谷は右やし、木のバットでも楽勝で甲子園スタンドインできるやろ。ホンマにもったいないわ」田辺さんも、しきりに同調した。

あんな人間離れしたスイングを見せられたら、誰でも思うことだ。しかし、長谷さんは話題を俺へとそらし、はぐらかした。

「雨宮はどうするんすか？　こんなんじゃ、一生コースなんて出られませんよ。ショートホールでも、百打くらいかかるんちゃいます？」

「全部パターで進んでったほうが、まだしも現実的やな……」

島さんが、俺の顔を見て、急に言葉をとめた。

「あれ……？」俺は手を目頭にもっていった。涙目になっていることにおくれて気がついた。

「いや、ちゃうで。からかおうと思ったわけやないで」大ベテランにもかかわらず、島さんが焦った様子で俺をなぐさめにかかった。

「いや、違うんです。大丈夫です」何が「違う」のかわからないまま、ごしごしと目をこすった。「なんか、どうにもならないことって本当にあるんだなぁって思って……」

長尾さんは、出っ張っているお腹をものともせず、スムーズにスイングして、迫力のある打球を飛ばす。角刈りの田辺さんは、グリーン上の傾斜や芝目を読む技術にたけ、パットの名人なのだそうだ。周囲の人が軽々とできてしまうことが、俺にはできない。

「まだ、はじめて三十分やろ」

口々になぐさめてくれる先輩たちと違って、長谷さんは冷やかに言った。

「それで、できんって決めつけるのは早計ちゃうんか」来いよと手招きして、長谷さんが打席に誘う。「まず、素振りしてみぃ」

俺は言われるまま、クラブを振った。長谷さんは、一度大きくうなずいた。

「当てよう、当てよう、思いすぎなんやて。素振りは問題ないんやから」長谷さんが俺の前にボールをセットする。「素振りをする軌道上に、たまたまボールがあるだけや。そう考えろ。ボールのことはいったん頭からはずせ。正しいスイングをすることだけ心がけろ」

俺もうなずいた。肩を何度か上下させて、リラックスする。

スタンスを肩幅にとり、軽く膝を曲げ、腰をどっしり落とす。ゆっくりとテイクバックをとった。

足元を見つめる。ボールを見ているが、それはクラブが通る軌道上だからただ視線を落としているにすぎない——そう考える。

「おぉ！」長尾さんが叫んだ。

グリップに気持ちのいい感触と手応えが走った。

「飛んだで！」

腰をひねり、クラブを送り出す。顔を振り上げる。自分が打ったとは思えない球が、きれいな弧《こ》を描いて飛んでいった。

「百ヤードはいったんちゃうか？　最初としたら、上出来やろ」島さんが手でひさしをつくりながら言った。「俺らが束になってもうまく打たせられへんかったのに、長谷はアドバイスまで一流か」

「いやいや、お三方が、しっかり良いフォームを最初にたたきこんでくれた結果やと思いますよ。俺はこいつの凝り固まった頭をちょっとほぐしただけですから」長谷さんは先輩たちの前では謙遜《けんそん》とヨイショを忘れなかった。

俺は人工芝の上を転がっていくボールを見つめていた。あの球、記念に持って帰りたい。あまりの感動で手が震えていた。スポーツでこんな快感を味わったのははじめてだった。

「ありがとうございます！」俺は長谷さんの手をとった。「やっぱ、長谷さんはすごいです！」

長谷さんは、気持ち悪そうに自分の手を引き抜いた。ご丁寧にTシャツの裾で甲と手のひらをごしごしとぬぐっている。

「たまたまやし」

しかし、長谷さんの太い眉は、得意そうに、上がったり下がったりしていた。

「こんなん、ふつうやし」

口角も上がりそうになって、しかし長谷さんの鉄の意志で、表情筋を必死に引き締めているのがよくわかる。

「ってか、お前が異常なだけやし」

素直になればいいのに——とは思うのだが、口に出すとさらに面倒くさいことになるのでひかえておいた。

プロ野球の試合がなくなっても、もちろんずっと休んでいられるわけではない。

甲子園では大事な仕事が、つねに控えている。試合やイベントの予定がなく、かつ晴れの日をねらって、夏芝から冬芝に切り替える作業が行われた。

甲子園の芝は一年中、濃い緑色を保っている。阪神園芸に入社する前から、その事実を認識してはいたのだが、どういう方法で青々とした見栄えのいい外野をつねに保っているかなど考えたこともなかった。

暑いときに元気な芝は、ティフトンと呼ばれる夏芝だ。しかし、涼しくなってくると徐々に成長がとまってくる。そのまま放置していたら、当然、冬場は一面茶色い外野になってしまう。なんともさびしいかぎりだ。

そこで、オーバーシードという、夏と冬、それぞれの季節に適した芝の二毛作を行うのだ。夏芝は枯れても根はそのままで、気候が暖かくなってくると、また生えてくる。一方、冬芝は一年かぎりだ。だから、年に一回、秋口に種をまく必要がある。

「まず、夏芝を鋤《す》きとっていくで」

芝刈り機に乗りこんだ田辺さんや、種の準備をはじめた長尾さんが丁寧に手順を説明してくれた。

「こうして、ちゃんとティフトンを刈り取っておかんと、冬芝が生えはじめたときに、陽《ひ》がしっかり満遍なくあたらんからな」

あの打ちっぱなしの日以来、年の離れたベテランの先輩とも、距離がかなり縮まった気がする。入社直後は作業のやり方や、それぞれの仕事の意味をたずねようと思っても、なかなか話しかけることができなかった。最近はメモとペンを手に、わからないことは積極的に質問するようにしていた。

たとえ、その場では作業のテンポの速さにのまれて聞けなかったとしても、わからないところをメモしておいて、後ほど控え室でたずねればいい。

夏芝が鋤かれ、密度がすっかり落ちると、外野は枯れた野原みたいな、さびしい色合いになった。こぼれ落ちた芝を集積する作業の途中で、昼の休憩になった。

控え室で手作りの弁当を食べていると、甲斐さんが中身をのぞきこんできた。

「それ、魚か？」

「はい、サワラです。西京焼《さいきようや》きにしてます」

「サワラの西京焼きって……。お前、まだ十九やろ。渋すぎちゃう？」

「そうですかね？　でも、なんとなく秋って感じがしておいしいですよ」

西京味噌の風味をあじわいながら、ご飯をかきこんだ。涼しくなってきて、食欲も復活しつつある。

「スーパーで売ってる切り身か？」

「サワラ自体はそうですけど、味噌は自分で漬けてますよ」

「は？　お前、自分で西京漬けしてんの？」甲斐さんは、目を丸くした。「おそるべき十九歳男子やな」

そんなに驚くところだろうか？　俺は首をひねった。

「聞いてくださいよ、田辺さん、長尾さん、こいつ自分で魚を味噌漬けしてるんすよ！」

甲斐さんが、大声で吹聴した。みんながざわついたので、どうやら一般の十代男子の生態から著《いちじる》しくはずれているらしいことがわかった。

「俺のツレなんて、冷凍食品ばっかやぞ」甲斐さんは、同棲している彼女の作ったお弁当を見せてくれた。シュウマイやメンチカツが入っているが、チンするだけらしい。「料理のやり方、教えてやってほしいわ」

「いや、案外、簡単なんですよ、実は。味噌と酒とみりんと砂糖を混ぜるだけだし、切り身は漬けたらあとは焼くだけですし」

「しかし、男の独り暮らしで、まず味噌なんて買わんよな。しかも、西京味噌って」と、田辺さんは自慢の角刈りを撫でながら長谷さんのご飯をのぞきこんだ。「しかし、長谷は、またコンビニ弁当か。あかんで、ホンマ」

「いや、ウマいですよ、これ」長谷さんは、脂でてらに光った豚カルビ丼を頬張った。

「ウマいとかやなくて、栄養大丈夫か？　お前も、雨宮に弁当作ってもらったらどうや」

するると、長谷さんの顔が、口に泥団子をつめこまれたような、苦々しいものになった。

「こいつの手料理食うくらいやったら、死んだほうがマシっすわ」

ろくに嚙まずに、ペットボトルのお茶でご飯を流しこんだ長谷さんは、まだ顔中にしわをよせていた。

「こいつ、マジでキモいんすよ。男のくせに、変な草、育ててるし」

「変な草じゃないです。ローズマリーとか、レモングラス、バジルなどです」

やはり、控え室がざわついた。まるで宇宙人を見る目で、俺を眺めてくる。

「いや、芝を育ててるんだから、ハーブを育てても、何にもおかしくないですよね？」

「まあ……、言われてみればそうやな」甲斐さんがしきりにうなずいた。「阪神園芸だって、そもそも植栽とか造園の会社やしな」

「実は、これも案外簡単で、育てやすいんですよ。プランターでいいし、料理にも使えるし、ベランダに置いといたら蚊よけにもなるし」

「おい！」長谷さんが米粒を飛ばして怒鳴った。「今年はやけに蚊が多いと思ったんや！　去年は全然やったのに。お前の部屋に侵入するはずの蚊が、全部俺の部屋に来とんねん！」

「蚊はおいしそうなほうに行くんです。長谷さんはあきらかにおいしそうですから！」

「俺がおいしいってどういうことや」

「だって、見るからにぶりぶりぶりじゃないですか」

「誰がぶりぶりやねん！　ってか、そもそも、ぶりぶりってなんやねん！」

笑い声が控え室にどっと響いた。仕事は厳しい。でも、楽しい。

体を動かして、汗をかく。ご飯がおいしい。信頼できる人たちと、球場をきれいに維持しつづけていく。

午後に、いよいよ冬芝の種まきをはじめた。種類はペレニアル・ライグラスという。人の手でまくのではなく、スプレッダーという機械を使用する。

機械といっても、手押し車のような形状で、人力で押していく。受け皿のような部分に種を入れ、車輪が回転するごとに、三百六十度、満遍なく種を落とせる仕組みになっている。種は籾殻《もみがら》みたいに、軽くて頼りないのだが、しっかり中身が入っているらしい。

鋤きとられた夏芝の、香ばしいにおいを感じながら、手分けをして広大な外野にスプレッダーを走らせる。種が散らばり、落ちていく。

なんだか農家になったような気分だった。

空を見上げた。甲子園球場の円形に切り取られた、秋晴れの青空だった。雲がゆっくりと流れていく。さわやかな風が、汗をかわかしていく。

自然の絶え間ない営為を感じていた。けれど、ここは球場という人工物の内部。誰もいないスタンドの座席が、ぐるりと周囲を取り囲んでいる。そのど真ん中に、土があり、芝が生えている。

なんだか、つくづく野球って不思議な競技だなと思った。

種をまきおえ、外野の散水作業に入る。甲斐さんと協力して、スプリンクラーの準備をした。無事に生えてくれと願った。

「今まで、きれいな公園の芝生を見ても、それは当たり前で、とくに放っておいてもこうなってるのかと思ってましたけど……」

「たしかに、そうやな。俺もここに入る前はそうやったわ」

「それぞれの場所に、我々みたいに芝とか植栽を管理している人がいて、日々同じように、慈しみをもって仕事に取り組んでるんですよね」

「親近感わくよな。逆に、全然手入れされてへん芝生とか見ると、何やってんねん、俺が肥料まいてやろかって思うようになるよな」

「職業病ですね」

まだ秋口なのに、春のセンバツやプロ野球の開幕が心の底から待ち遠しかった。

野球が観たい。そう思っていた矢先、一志から誘いがあった。

今、関西の大学で秋季リーグ戦が行われているのだが、一年生で初先発をさせてもらえることになったというのだ。

「真夏さんも誘ったからね。二人で待ちあわせして、来るんだよ」一志は電話で言った。

あの誕生パーティーの日、俺と一志は真夏さんと連絡先を交換していた。

「えっ、長谷さんは……？」俺はスマホを耳にあて、聞き返した。

「呼ぶわけないじゃん」と、一志はこともなげに言い放った。「真夏さんと二人きりで出かけるのは、はじめてだろ。大地、頑張るんだよ」

「ありがとう！　いや……、だけど、頑張るのは一志だから！　マジで応援してるから！」

場所はプロ野球の試合でも使われる、ほっともっとフィールド神戸《こうべ》だった。

試合当日は、台風が東日本を通りすぎた直後で、すっきりした秋晴れだった。一志の所属する大学は、第二試合だ。俺と真夏さんは、少し早めに最寄りの総合運動公園駅で待ちあわせをした。

「ほっともっとフィールドって、運動公園のなかにあるんやけど、今、コスモスがきれいなんやって」真夏さんが、昨日、電話で教えてくれたのだ。「試合の前に、ちょっと歩かへん？」

「コスモス……！」なんと、素敵な響きだろう。「よろこんで！」

秋である。散策の季節である。そして、となりには真夏さんがいる。

俺は張り切りすぎて、待ちあわせの二十分前に来てしまった。甲子園駅からは、一度乗りかえをして、一時間弱ほどの移動だった。

園内マップを先に入手して、いざ真夏さんと落ちあったとき、迷わないように準備しておこうと思った。

改札を通り抜けて、俺は絶叫した。

「なんでですか！」

そこには真夏さんが立っていた。

「ウチもちょっと、張り切り過ぎちゃったかも……」

秋らしい、落ちついた色合いの、小花柄のワンピースにカーディガンを羽織った真夏さんは、恥ずかしそうに下を向いた。なんと、三十分前に到着してしまったそうである。

あやうく、「好きです！」と、叫びそうになってしまった。もちろん、なんとか自制した。二人で連れ立って、ゆっくりと歩きはじめる。

「ウチ、この公園の春の菜の花は見たことあるんやけど、コスモスははじめてやねん」

「そうなんですか。菜の花もきれいそうですね」

来年、誘ったら来てくれるかなと思ったが、大事なのは今だ！　きちんと真夏さんと会話を交わし、コスモスを楽しみ、一志を全力で応援する。

それにしても、なかなかとなりの真夏さんを見られない。膝がきちんと曲がっているかどうか確認しながら、前だけを向いて歩く。休日ということもあって、家族連れが多かった。前の試合の真っ最中らしく、ほっともっとフィールドからは、大きな声援とブラスバンド、大太鼓の音がもれ聞こえてくる。

コスモスの丘は、球場とは反対方面だった。

「うわぁ！」思わず感嘆の声がもれてしまった。

もともとの丘陵の地形が生かされているらしく、そこはかなりの急斜面だった。段々畑の丘一面に、ピンクや赤、白のコスモスが咲き乱れている。一つ一つの花は小さいのだが、十万本も集まると、さすがに圧巻だった。

雨の翌日で、花弁が濡れて、光っていた。濃い土のにおいもした。この広大な花畑を、やはり公園の植栽を担当している人たちは、毎日手塩にかけて世話をしているのだ。

コスモスの丘だけではない。なんてことはない小さい花壇一つとっても、見る人をなごませられるように、きちんと手入れされていることがよくうかがえる。

「ひまわりみたいな大輪の花もええけど、こういう秋の可憐な花も、かわいくてええよなぁ」

真夏さんは、両手をあげ、気持ちよさそうに大きく伸びをしながら言った。花を愛《め》でる心を、この人の内側にきちんと感じるからこそ、俺は真夏さんを好きになったのかもしれないと思う。

周囲の人たちは、みんな写真を撮っていた。スマホがほとんどだが、一眼レフを首からさげている人も多い。台風の影響か、まだ少し風が強く、ピンク色がざわざわと揺れている。よく見ると、花びらにかこまれた真ん中の部分は、鮮やかな黄色で、ピンクとのコントラストもきれいだった。

俺たちは球場へと移動した。入場料を払って、内野席に足を踏み入れる。薄暗い通路から、一気に光の世界に引きこまれた。

「めちゃくちゃきれいだ！」コスモスを目の前にしたときと同じく、思いきり叫んでしまった。

この球場は、外野はもちろんのこと、内野にも天然芝がはられていた。マウンドと、ランナーの走路、そして内野手の守るゾーンだけ、土が使われている。

芝生が、やはり昨日の雨の水分をのせ、きらきらと輝いていた。目を細めなければ直視できないほど、まぶしかった。

目が光に慣れてくると、フィールドの全景が見えてきた。アメリカの球場で一般的な、内外野天然芝の球場は、日本では数えるほどしか存在しない。プロ野球の本拠地としては、広島のマツダスタジアム、宮城の楽天《らくてん》生命パーク、そしてここ、ほっともっとフィールド神戸の三つだけだ。ちなみに、楽天生命パークは、阪神園芸のグラウンドキーパーが数名常駐している。

管理はべつの会社が請け負っているのだが、阪神園芸はそこから要請を受けて、技術指導というかたちで社員を派遣しているのだ。

今年、宮城に出張している先輩グラウンドキーパーは、名前だけしか知らない。一年ごとに配置が変わる可能性もあるというから、もしかしたら去年の甲子園で一志に土を差し出した人は、今、宮城にいるのかもしれない。もし甲斐さんでないとしたら、その可能性が高いだろう。

あいている席についた。フィールドでは、一志の所属する大学のシートノックが行われていた。威勢のいいかけ声や、グラブの捕球音がひっきりなしにグラウンドを飛び交う。さすがに強豪大学だけあって、そつのない、ハイスピードのノックだった。

「これ、どうぞ」俺はリュックからブランケットを取り出した。「ちょっと肌寒いですし、冷えたら大変ですから」

「ありがとう。やさしいな、大地君は」真夏さんは、膝の上にブランケットをかけた。「大地君とつきあえる人は幸せ者やな」

「あふぅ」と、変な声が出てしまった。あわててごまかす。「よかったら、ハーブティーもあります！　これは自家製ではないんですが、ただの市販のティーバッグのお茶ですが！」

真夏さんがお茶を飲んでいるあいだ、調べものをすると断ってスマホを出した。ネットに接続し、調べてみると、この球場の整備はゴルフ場などの施設管理をおもに行っている会社が請け負っているということがわかった。京セラドームも、同じ会社の管理、整備だ。また、阪神園芸と同じように、園芸・造園部門があり、緑化事業も行っているようだ。

なるほど、ゴルフ場のグリーンキーパーや施設管理がおもな業務なら、芝の養生も得意技というわけだ。やっぱり、もっとゴルフを上達して、一度コースの芝をじっくり見てみたい。

「大地君、目線がすっかりグラウンドキーパーやな」真夏さんが、俺のスマホを横からのぞきこみながら言った。

「考えてみれば、東京に住んでて気軽に行ける球場って、ほとんど人工芝なんですよ。東京ドーム、神宮球場に横浜スタジアム、あと千葉マリンも。人工芝がいけないってわけじゃないけど、でも、甲子園とか、こういう内野も天然芝の球場を目の当たりにすると、やっぱりめちゃくちゃきれいだなって思いますね」

「野の球って、書くわけやしね。たぶん、原っぱとか、芝とか、アメリカ人は最初、そういうところでやってたんやろな。まあ、野球は日本の訳語やけど。やっぱ、子規《しき》は天才やな」

「誰ですか、シキって」

「正岡《まさおか》子規やで」

「ええっと……、誰でしたっけ？　日本人で最初のメジャーリーガーみたいな感じでしたっけ？」

ハーブティーを飲んでいた真夏さんの手がとまった。

「ん……、まあ、ベーブ・ルースなみのスラッガーやったかな……」

俺はマサオカシキを調べるべく、ふたたびスマホを手に取った。そして、絶句した。

「え……」出てきた人物は、メジャーリーガーのイメージとはだいぶかけ離れていた。「俳人……？」

横顔の写真にぴんときた。すぐに高校時代の国語の時間の記憶がよみがえってきた。「調子悪くて、ずっと寝ていた人」という病気のイメージがこびりついていたので、まったく野球とつながらなかったのだ。

顔が熱くなった。たぶん、空前絶後の大バカだと思われたに違いない。

「ごめんなさい！　俺、すごいアホなんです。勉強もできなくって……」

真夏さんもスマホを手に、苦笑いで答えた。

「ウチもアホやったわ。今調べてみたら、野球って名前の考案者は、子規やなかったみたい。中馬庚《ちゅうまんかなえ》って人らしいで」

二人して、見つめあい、笑いあう。

どちらにしろ、明治時代のこうした人たちが夢中になって野球に没頭したからこそ、今があるのだと思った。何か日本人の感覚にマッチするような部分がこの競技にはあるのだろうか？

夏の高校野球の満員の甲子園を正岡子規が目の当たりにしたら、きっと腰を抜かすだろう。びっくりしすぎて病気が治ってしまうかもしれない。とてもよろこんでくれるのは、たぶん間違いないはずだ。

シートノックが終わり、グラウンドキーパーがトンボを手にグラウンドへ出る。やはり動きはきびきびしている。土の部分を手際よく均していく。俺は身をのりだして、その一挙手一投足を目に焼きつけた。

マウンドに立ったのは、もちろん一志だった。自分の踏み出す左足の位置を確認し、スパイクで掘り起こしていく。

高校野球のように、応援団とチアリーダーがいて、ブラスバンドの演奏が鳴り響く。スタジアム全体が、活気のある声援に満ちていった。

一志が振りかぶって、豪快なフォームで投げこんだ。

糸を引くように、ボールがキャッチャーミットに吸いこまれ、相手のバットが大きく空を切る。

「すごい！」真夏さんが、勢いよく立ち上がり、拍手した。

膝の上にのせていたブランケットがひらりと落ちた。「あっ、ごめん」と、真夏さんは手のひらで汚れを払いながら拾い上げた。

「全然気にしなくていいですよ」真夏さんの見せた素直な反応が何よりうれしかった。「やっぱりすごいですよね、一志のピッチングは」

少し離れたこの席からでも、球速と球威が段違いに増しているのがわかる。甲子園の土を泣きながら拾い集めていたのが、つい一年前とは到底思えない。最後はファウルでねばられたものの、先頭バッターを三振に切ってとった。

「全然別人やん、ふだんと」ふたたび座席に腰をかけながら、真夏さんは興奮を隠しきれない様子でつぶやいた。「一志君って、物腰がすごく柔らかくて、やさしいのに、マウンド立ったらめっちゃ闘志がみなぎってる感じやな」

キャッチャーからの返球を受け取り、一志は帽子をかぶり直した。ほんの少し空を見上げ、息を吐き出す。

たぶん、その目には、キャッチャーミットと相手バッターしか映っていない。完全に戦闘モードに入っていることがうかがえる。

二番、三番と、難なく内野ゴロにうちとり、一志は小走りでマウンドを降りた。ベンチに帰るところで、先輩らしきキャッチャーがマスクをとりながら近づき、ぽんと一志の尻をたたいた。そこで、ようやく一志が笑みをこぼした。

「一志!」立ち上がって、両手を頭上で振った。「ナイスピッチ!」

ベンチに入る直前、一志がこちらを見た。グラブを少しあげてこたえてくれる。

「カッコええなぁ。ナイトと大違いのさわやかさやな」

なんと答えていいのかわからず沈黙していると、真夏さんがこちらに視線を向けた。

「大地君は、うらやましいとか思うん?」

「うらやましいって、一志のことを……ですか?」

グラウンドでは攻守交代が行われていた。相手校の投手がマウンドにのぼる。

「こんなこと聞くの、失礼やんな。でも、ちょっと聞いてみたくなって」

「もちろん、うらやましいですよ」それが嘘いつわりのない気持ちだった。「でも、日々めちゃくちゃ努力してるだろうし、そう簡単にはうらやましいなんて言えないですけど」

俺だって、あんなふうに、とんでもないスピードのボールを投げてみたい。年上のバッターをものともせず、三振にとってみたい。心の底から、歓喜のガッツポーズをしてみたい。

真夏さんは、膝元のブランケットを握りしめた。

「ウチは……、大地君のことがうらやましいで」

「え……？」

「大地君は、周りの人を幸せにできる素質があんねん」

周囲の応援団が、演奏をはじめた。その音にまぎれて、よく聞き取れなかった。俺はもう一度聞き返した。相手の言葉が信じられなかったこともある。

「大地君は、一人前のグラウンドキーパーになりたいっていう自分の夢に真っ直ぐ向かって。周りの人を笑顔にさせて。それでその笑顔を見た人も頑張ろうって気持ちになれる」

「いや、ただ笑われてるだけじゃないですかね」

「ちゃうで」真夏さんは真剣な顔で首を横に振った。「大地君はすごいで。そんなに自分をおとしめるもんやないって」

やはり、なんと答えていいのかわからない。

一回裏がはじまった。相手ピッチャーの立ち上がりも上々だった。平凡な内野ゴロが芝を這う。

「ウチは不幸な歌を垂れ流してるだけやん」

「全然不幸じゃないですよ！　それに、長谷さんの心を燃え立たせたいって、言ってたじゃないですか」

「それって悔しさとか、やりきれなさとか、憎しみを助長させてるだけやん。そういう感情だけやなくて、もっとナイトが正しく野球と向きあえるような気持ちにさせてやれへんのかなぁって……」

陽が高くなってきた。芝が新鮮な青の度合いを増して、輝く。ここから見ても、においたつようだった。美しかった。

「ウチ、大学生なんやけど、そろそろ将来の進路を決めなあかんくて」

「でも、歌はつづけたいんですよね？」

二回に入る。ふたたび、一志がマウンドにのぼる。

渾身のストレートだった。バットの芯をはずした、つまった音がして、飛球が上がる。

俺と真夏さんは、同時に上空をあおいだ。そして、同時に右手で額の上にひさしをつくった。

地球の重力にしたがって、力のないフライが落ちてくる。センターががっちりそのボールをつかんだ。

しばらく黙っていた真夏さんが、ふたたび話しだした。

「両親に進路のこと、相談してん、この前」

「どうでした？」

「歌をつづけたい、プロになりたいって言うたら、大賛成された。真夏のやりたいこと、やったらええやんって」

俺は言葉を差し挟まなかった。つづきを待った。

一志が右腕をムチのようにしならせる。全力投球に見えた刹那、そのボールは大きく浮き上がった。

バッターの上半身が前に突っこむ。

カーブだった。ゆるやかに曲がって落ちていく。ストレートとかわりのない腕の振りから繰り出されるカーブに、打者はこらえきれずバットを振った。ボテボテの内野ゴロが転がる。

ツーアウトランナーなし。

一志が落ちついた様子で、ロージンバッグを拾い上げた。手のひらの上で、数回バウンドさせ、滑り止めをなじませる。白い粉が舞い上がり、強い風に流されてすぐに消えた。

「ウチは小学生のときに、あんなことになったから、めっちゃ甘やかされて育って。なんでも買い与えられたし、好きなことやってええって」

こんなにかわいい娘が、小学生のときに大病をわずらったのだ。生きていてくれるだけでいい、好きなことをとことんやってほしいと思うのは、ご両親の気持ちを考えたら当然のことだと思う。

「甘やかされたわりには、ものすごくいい子になりましたよね……」少し冗談めかして言った。「ご両親は、ちゃんと育てられたと思います」

息をもらすように真夏さんは笑った。「ありがと」と、つぶやく。

「あんたの好きなことやり。あんたが幸せなのがいちばんやって、ずっと言われてきたんやけど……、ウチの幸せってなんやろうな？」

そのとき、木製バットの芯を食った音が鳴り響いた。かわいているけれど、カツンと、強烈な打撃音だ。

ボールが高々と舞い上がった。一志がとっさにセンター方向を振り向いた。

バックスクリーンに吸いこまれていく球を、俺と真夏さんは呆然と見送った。周囲の観客たちが「あぁあ」と、ため息をつく。反対に、向かい側のスタンドは大きな歓声に包まれた。

しかし、一志は動揺したそぶりをいっさい見せなかった。後続をうちとり、ベンチに引きあげていく。

「ウチはな、ウチ本人を見られてるような気がどうしてもせぇへん。脳腫瘍になったウチ。一度死んだウチ。思いを果たせなかったウチ。それがみんな幻影になって背後につきまとってくる」

俺と真夏さんは立ち上がり、一志の頭上から口々に声をかけた。「ドンマイ！」一志がやはり笑顔で手を振ってくる。まだまだ投げられそうだ。席についた真夏さんは、俺の貸したブランケットを胸元まで引きあげた。

「お前なんか、プロになれるか。ちゃんと就職して、結婚して、子ども産んで、まっとうに生きろって言われたほうがまだマシやと思ってしまう」

秋口だからか、太陽の進行するスピードが速い。内野に落ちる照明灯の影が長く、大きくなっていく。

「ウチって、ものすごい贅沢《ぜいたく》やんな？　こうして、生きていられるのに。やりたいことに賛成してくれるのに」

「そんなことないです」

「ものすごく、ひねくれてるやんな？　ウチ、自分がものすごく嫌い」

「そんなことないですよ！　僕だって、運動神経のない自分をどれだけ呪ったかわかりません」

俺は魔法瓶のハーブティーを、ふたたびフタにそそいだ。真夏さんに差し出す。

「身近な人から幸せにしましょうよ」

うなずいて、真夏さんが受け取る。真夏さんは、バッグからチョコレートを出した。ビターだけどほんのり甘いチョコに、ハーブティーはよくあった。

「まず、長谷さんですよ」

本意ではないことを口にしてしまった。でも、それが真夏さんの歌の真価を引き出すいちばんの近道なのだと思う。

「とりあえず、長谷さんを野球の道に引きずり戻さないと」

真夏さんが、いくぶん冷めかけていたとはいえ、ホットのハーブティーを一気飲みした。「熱っ！」と、叫びながら立ち上がる。「ああ、もう！　ウチ、最悪や！　楽しもう！」

ブランケットを振りまわしはじめる。タオルを頭上でまわす巨人やロッテの応援のようだ。俺はあわてて、魔法瓶のフタを真夏さんから受け取った。

その声援が通じたわけではないのだろうが、一志のチームが連打で二点を返した。徐々にほっともっとフィールドの応援のボルテージも上がりつつあった。

「頑張れ！　逆転しろ！」

「友達といっしょに、友達の応援しに来てるんやし。こんなしけた話してる場合ちゃうよな」

攻守交代でマウンドに走る一志の背中に、真夏さんは叫んだ。

「この回、大事やで！　がんばれ！　一志君！」

体の内側から、力がみなぎってくるのを感じていた。

「僕たちって、友達ですか？　他人じゃないですか？」

「もう、会うのは四回目やろ、ウチら」

「四回目ですね」

「それやったら、他人から友達に格上げやで」

真夏さんが笑って答えた。

「あっ、ちょっとえらそうやったかな？　友達になれて、ウチもうれしいで」

一志は六回に相手校打線につかまった。ヒットとフォアボールで、一、二塁にランナーを背負うピンチをむかえた。

マウンドに仲間たちが集まる。監督が交代を告げた。点数は、五対一で勝っている。あのホームランの一点以外、一志は得点を許さなかった。

勝ち投手の権利を有しての降板だ。一年生の公式戦初登板としては、ほとんどパーフェクトの出来と言えるだろう。

キャッチャーの先輩が、一志の頭を帽子の上からくしゃくしゃとなでる。一志は一礼して、マウンドを降りた。

スタンドからねぎらいの拍手がいっせいにわき起こる。俺と真夏さんも、最大限の声援で一志を迎え入れた。

三日後、俺の家で祝勝会を開くことになった。

メニューは、鳥の胸肉の香草焼きだ。自家製のバジルとローズマリーを収穫し、レモン果汁とともに味付けをする。たっぷりのオリーブオイルをひいたフライパンで焼いていく。

この前、真夏さんは母さんのポテトサラダを気に入っていたので、つけあわせで作る。一志のために、ご飯をたくさん炊いた。

駅で誘いあわせたらしく、一志と真夏さんは、六時ぴったりにそろってあらわれた。部屋に入った瞬間、「いいにおい！」と、目を輝かせる。

自分で稼いだお金でご飯を作り、寮とはいえ、自分の部屋に友達を迎える。思いきって社会人になってよかった、思いきって関西まで引っ越してよかったと心から思える瞬間だ。

クッションをもう一つ買っていたので、今日は一志をだるま落としにする必要がなかった。着々と生活のにおいが染みつきはじめたワンルームに、真夏さんの明るい笑い声が響く。

香草焼きを、二人は「おいしい、おいしい」と、言ってたいらげてくれた。この笑顔を見られるのも、料理を作る醍醐味だ。

食事が一段落すると、一志があぐらから正座に座り直した。

「実は、お二人に相談があって……」

一志がオリーブオイルで光った唇をすぼめながら、あらたまった調子で話しはじめた。

「実は、仲良くなった部の先輩に、ずっと嘘をつきつづけるのが、つらくなって。それで、その人にだけは本当のことを言おうかなって思って。お二人の意見をうかがいたいんです」

「もしかして……」俺はこの場に三人だけしかいないにもかかわらず、自然と声をひそめていた。「一志、その人のこと、好きになったの……?」

「実は……、ね」一志がうなずく。「でも、告白しようなんて気はもちろんさらさらないよ。ただただ、心から信頼している人に自分を偽りつづけてるのが、つらくなっちゃって。本当の自分を受け入れてくれれば、それだけでいいんだ」

話が見えないらしく、真夏さんが俺と一志を何度も見くらべていた。

「二年生のキャッチャーなんだけど」

「もしかして、あの試合のとき、一志の球を受けてた人？」

「そう！　そうなんだよ！」

一志は正座から腰を浮かせて、座卓に両手をつき、膝立ちの姿勢になった。真夏さんだけが、「キャ、キャッチャー？　好き？」と、声を上ずらせた。

食後にお茶をいれた。今日はハーブティーではなく、この前京都に行ったときに買った宇治《うじ》茶にした。そのあいだ、一志は去年俺に告白したことをふくめて、すべてを真夏さんに打ち明けたのだった。

真夏さんの目がなんだかきらきらしていた。

「大地君と一志君の仲って、めっちゃ理想的やない？」

三人分のお茶を持って、食卓についた。湯飲みはこの部屋にはないので、すべてマグカップである。

「だって、そういうことが過去にあっても、友達でいつづけられるんやろ？　信頼とか、つながりが強いんやなぁって思って」

「僕は一時期、勝手に気まずくなって、一志のことをさけまくっちゃったんですけど……」正直に告げた。「一志のほうが大人の対応をしてくれて、こうしてもとどおりになって」

となりの長谷さんの部屋は静かだった。今日は野球に関するお祝いなので、長谷さんは呼ばないほうがいいだろうと真夏さんが主張した。たしかにそうだ。満足に投げられない長谷さんには、歯がゆい思いをさせてしまうだけだろう。

秋の虫のかすかな鳴き声が聞こえてくる。食事中、部屋が暑くなって窓を開けていたのだが、入りこんでくる風が少し涼しくなってきた。

立ち上がり、窓をしめた。桟のところに置いてある、甲子園の土が入ったジャムの空き瓶をそっとなで、カーテンもぴたりと閉じた。

一志が事の経緯を話しはじめた。

「最初はね、先輩と二人でご飯に行って、その人のつきあってる彼女の話になったんだ。で、お前、一度も彼女ができたことないんなら、ツレに紹介してもらえるように頼んでみるよって言われてさ」

よくあるシチュエーションだと思う。先輩は当然、よかれと思って、後輩に女の子を紹介しようとしているのだ。

「俺、その場では、適当にお茶を濁すことしかできなかったんだけど。でも、その人とのバッテリーの相性が、いまだかつてないほど抜群で、ものすごい投げやすくて。しかも、プライベートでもいろいろお世話になってるんだ」

試合のときのバッテリーの様子を思い出した。キャッチャーの先輩は、一志の尻をたたいたり、頭をわしゃわしゃなでまわしたりしていた。目をかけてかわいがっているのが、スタンドから見ていてもよくわかった。

「だから、罪悪感がものすごくて。向こうは全幅の信頼をよせて、俺の球を受けてくれているのに、俺のほうはそれに応えられているのかなぁって」

「そこまで悩むんやったら、ウチはきちんと言ったほうがええと思うな」真夏さんが俺のほうを見た。

同意の言葉が喉元まで出かかった。が、俺は躊躇していた。

ずっと前、大学野球部は高校よりも強固な男社会だと、一志は話していた。それに、高校といちばん違う点は、一志が今、寮生活をしていることだ。

チームメートと共同生活をしているから、いっしょにいる時間も自然と長くなる。でも、俺は慎重になるべきだと感じた。ドライだと言われるかもしれないけれど、野球の信頼と私生活での信頼は、きちんとわけて考えるべきじゃないだろうか。

「なぁ、大地君もそう思うよな？　なっ？」

「うん……」俺は真夏さんの熱意におされてうなずいてしまった。

「ずっともやもやするよりは、打ち明けちゃったほうがすっきりするような気がするけどな。とくに、いちばん信頼をおいてるキャッチャーなら、なおさら。いつ女の子紹介されるかもわからんわけやし」

真夏さんは、両腕を折り曲げ、何度も上下させ、ファイトをうながすポーズをした。

「話聞いたかぎりは、ええ人そうやし、野球っていうリスペクトできるつながりもあるんやし、絶対、大丈夫やって」

俺は箸を取って、食べ終えた皿のオリーブオイルの水溜まりにつけ、線を引くように、無意味に幾何学《きかがく》模様を描いていた。黄色がかった油は、天井のＬＥＤの光を受けて、ぬらぬらとぬめっていた。

「大地はどう思う？」一志が真っ直ぐ見つめてくる。

その真っ直ぐの度合いが強烈で、俺は目をそらした。言いにくいことって、この世の中にはたくさんあるのだ。

「うーん……」腕を組んで考えた。

キャッチャーの先輩と、その彼女、そして一志と、紹介された女の子の四人で、食事にいくとする。一志は、終始まわりに気をつかって、笑顔を絶やさないだろう。紹介してくれた先輩カップルの顔をつぶさないように、初対面の女の子にも紳士的に接するだろう。

本当は、先輩のキャッチャーのことが好きなのだ。それを押し隠し、自分を偽って、その場を必死に盛り上げる一志の姿がありありと目に浮かぶ。

シチュエーションはちょっと違うかもしれないけれど、自分のつらく、苦しい経験とどうしても重ねて考えてしまう。

体育の授業や、体育祭。サッカーやバスケのチームスポーツは、高校時代まで避けて通ることができなかった。

悪目立ちしないように、無難な位置をキープし、自分を滅しつづけた。運動神経抜群の男子たちの盛り上がりを壊さないように——周囲に迷惑をかけないように、ボールへの接触をさけて、影のようにひたすら右に左に走りつづけた。

ただただみじめで、つらかった。

俺は箸を置いた。皿の上に描いたオリーブオイルの線は、また一つに集合し、あっけなく消えた。

「まあ、そうだなぁ。その人だけになら、言うべきか……」

もし、その先輩からの紹介が一回ですめばいいけれど、何度も断らなければならなかった場合、一志の心証がどんどん悪くなりかねない。野球のプレーの信頼にもかかわるかもしれない。

一志が何の憂いも心配もなく、野球に打ちこめる環境を維持していくのがいちばんなのだ。これから、二勝、三勝と勝ち星を積み上げていった先に、きっとプロへの道が開けていく。

「打ち明けても、大丈夫だと思う」そう言ったのは、俺自身が、そう信じたかったからかもしれない。意識して笑顔を浮かべた。ぎこちない表情になっていないか、少し心配だった。

十一月の中頃に、有名なミュージシャンのコンサートが行われた。ステージが撤収され、グラウンドの復旧作業を終えると、甲子園球場の一般開放が約一ヵ月間行われた。主な用途はもちろん草野球だ。

今日は、俺も名前を知っている銀行対、地元の商店街のチームの戦いらしい。

「あっ、雨宮！」ホースを準備した島さんが、俺を呼びとめた。「今からやる内野の散水、お前、一番手やってみ」

九時四十五分だった。

午前のレンタルは十時からである。そろいのユニフォームに身を包んだおじさんたちが、ぞろぞろと両ベンチに集まりつつあった。

「えっ、僕ですか？」焦って聞いた。「僕、まだ入社して一年もたってないんですけど」

「そんなもん、知ってるわ。こういうとこで経験つんどかんと、あとで苦労するで」

消防官が使うような巨大なホースで、試合の前に内野グラウンドの土を満遍なく湿らせる。しかし、たかが水まきとあなどってはならない。

グラウンドの出来を直接左右する大事な作業だ。まきすぎると、土はべちょべちょになり、水が浮いてしまう。かといって、躊躇するとすぐに表面はかわききってしまう。

が、これも季節、時間帯、天候、湿度、風に大きく左右される。デーゲームなのかナイトゲームなのか。晴れなのか、曇りなのか。空気はからっと乾いているのか、それとも、じめじめと湿っているのか。

そして、もともと土のなかに、今、どれだけの水分量が保持されているのか――。

だからこそ、ホースの先端を担う一番手をつとめるには三年以上の経験が必要だと言われている。土の水分量と柔らかさ、温度と湿度、風の強さと向き。すべては言葉で説明しきれない。感覚で覚えるしかない。

「聞こえは悪いかもしれへんけど、草野球で練習させてもらうんや。新人のウグイス嬢もここで経験をつむわけやしな」

う。


「えっ、ウグイス嬢もですか？」

「そうやで。事前に提出したオーダー表にしたがって、草野球でもきちんと名前をコールしてくれるんや。わくわくするやろ」

甲子園のウグイス嬢に、自分の名前を呼ばれる。たしかに、いい思い出になるだろう。

おじさんたちが、それぞれのベンチの前で準備運動をはじめる。アキレス腱を伸ばしながら、「やっぱり、きれいやなぁ」と、口々にささやきかわしている。

「でも、失敗は許されへんで。甲子園にあこがれをもって来とる人がほとんどや。たとえはちゃうかもしれんけど、富士山に登るようなもんやな。抽選の倍率も、レンタル代も高いけど、一生に一回はここでプレーしたい、甲子園の土を踏みたい──そういう気持ちで、ここに来とるわけや」

「その気持ち、よくわかります」

「じゃあ、心していこか。俺が二番手でサポートにつくからな。基本的なやり方は、外野の散水とかわらへん」

外野の芝には、日々、水を与える必要がある。スプリンクラーが届かない場所には、内野と同じようにホースで水をまく。

冬芝はあれから順調に育っていた。十一月もなかばに入り、だいぶ肌寒くなってきたのだが、今も外野は青々と輝いている。

俺と島さんは、マウンドへ走った。

ピッチャーの立つマウンドの後ろ――二塁側の足下には蓋《ふた》があって、そこを開けるとホースの接続部分がある。甲斐さんや、長谷さんたち、先輩数人が等間隔でならび、ホースを引きずらないようにしっかりと持つ。

背後から見られている。めちゃくちゃ緊張する。深呼吸をして、頭上を見上げた。一羽の鳥が球場の上空を飛んでいく。すると、グラウンドの上を、とてつもなく大きい影がすべるように横切っていった。

「一塁側から、時計回りや」自身は二番手についた島さんが、片手をあげ、裏手へ合図を送った。

バルブが開く。

手のなかで力なく垂れ下がっていたホースに水がかよい、うねる。意志を持った大蛇のように、暴れようとする。

下半身に力をこめて、腰だめにホースをかまえた。

「散水、はじまるで！」ユニフォーム姿のおじさんたちが、スマホのレンズをこちらに向けた。阪神園芸のお家芸といえば、この散水作業をあげる人も多いと聞く。

やめて！　撮らないで！　そう叫びたい。「僕、これやるの、はじめてなんです」

とは、まさか言えるわけがない。手術するの実ははじめてなんですと、医者に言われたら誰だって不安になるだろう。

必死にホースの角度をつけた。水圧が強い。

つねに左右にホースを振りつづけた。一ヵ所に集中しすぎると、すぐに水が浮いてしまう。後ろ歩きで自身の立ち位置をかえながらまいていく。

「腕の力でなんとかしようとするんやない！　前傾姿勢を保て！」島さんの指示が飛ぶ。

返事をする余裕はない。アーチを描いて、細かくなった水の粒が落ちていく。かわいた焦げ茶色の土は、潤いを得て黒くなっていく。

「今日は空気が乾燥しとる。ここしばらく晴れとるし、もっとまいてええで」

そこまで計算しないといけないのだ。ホースの角度をかえつつ、右に左に振りながら、ベンチの手前ぎりぎりのところまで水を届かせた。

三塁側にさしかかったところで、握力と腕力がにぶってきた。少し手元がくるってしまった。

ベンチの前でスマホをかまえている男性の足元に、あやうく水がかかるところだった。おじさんは、器用に後ろに飛びすさって、水しぶきをよけた。人工芝の部分が濡れて光った。

「何してんねん、アホ！」背後で長谷さんが怒鳴る。「スマホにかかったら、どうすんねん！」

体が萎縮しかける。「すみません！」と叫びはしたが、意識はそらさない。

白く、太い水の柱は、落下するころには細かいしぶきになって、風にたえず流されていく。風向きも念頭に入れて、うねるホースを全身で制御した。

しっとりと湿った土のにおいが、鼻をくすぐった。よくワインのソムリエが、「土のかおり」とたとえているのを聞くけれど、たしかに豊潤ないいにおいがするのだ。

一塁側から、ホームをへて、三塁側へ。ホースの角度をあやつり、遠い場所へも水を飛ばしていく。

「仕上げや！」島さんが、指をさした。

ホースに急角度をつけて、マウンド付近に水を降らせる。内野に満遍なく潤いを与えたところで、バルブが閉められた。うなるようなモーター音がしずまり、水圧が弱まっていく。

ちょろちょろと勢いのなくなった水を、左右に分散してまききった。

「おぉ！」草野球のおじさんたちから、拍手が起こった。「さすがやな！」

照れを隠し、無表情でホースをたたんだ。当たり前です、毎日やってますから、という雰囲気をかもしだした。島さんがマウンドの足元の蓋を閉める。

十時になった。おじさんたちが、いっせいにグラウンドに駆け出した。

「俺がいちばんのりや！」

「あっ、ズルいで！」

「これが、甲子園の土かぁ！」

高校生、というよりは、むしろ小学生に戻ったような、きらきらした目でキャッチボールをはじめる。たぶん、このなかには実際に甲子園を目指していた人たちもいるのだろう。大人になって、あこがれの場所で野球ができるよろこびを嚙みしめているようだ。

「あの、すいません」

背後から話しかけられた。振り返ると、ユニフォーム姿の若い女性が立っていた。まだ二十代前半だろう。中年男性ばかりの商店街チームのなかで一人だけ浮いていた。

「そこのブルペンって使わせてもらってもかまいませんか？」

彼女が指さしたのは、外野のファウルグラウンドに設けられている、投球練習用のブルペンだった。

ちなみに、プロ野球のブルペンは屋内にある。リリーフピッチャーは、球場の内部から、外野にあるフェンスを通り、リリーフカーに乗ってグラウンドにあらわれる。

客席から近いこの屋外ブルペンが使われるのは、おもに高校野球だ。

「もちろんですよ」笑顔で答えた。

「私たちのために、わざわざ整備していただいて、ありがとうございます」律儀に一礼すると、キャップから出たポニーテールが跳ねた。

「いやいや、これが仕事ですから」と、まだたいした仕事もできないのに答えた。ちょっと気恥ずかしい。

キャッチャーの防具をつけた男性を誘い、グラブをたずさえた女性がブルペンに遠ざかっていく。

「あの……！」俺は思いきって、その背中に声をかけた。「ピッチャーなんですか？」

「はい！」こちらを振り返り、またちょこんと頭を下げる。「実は私、高校時代は、硬式野球部で選手だったんです。男子にまじって」

「そうだったんですか」

「一度、甲子園に出場したこともあるんですけど、私は制服を着て、記録員としてしかベンチ入りできませんでした。みんなと同じユニフォームを着ることも、内野の土を踏むことも許されませんでした」

言葉の内容とは裏腹に、女性の笑顔は透き通っていた。

きっと、悔しかっただろうと思う。記録員は試合前のシートノックの補助をすることさえ許されないのだ。理由は危険だから、らしい。

「僕も同じです！　僕も記録員で、ベンチ入りをしました。徳志館っていう高校で」

「じゃあ、東京の人？」

「そうです。三年のとき、念願だった甲子園に行けたんですけど、やっぱりグラウンドには入れなくて、でも、今はあこがれだったこの場所で働いています！」

「素敵ですね」

左手で右肩をおさえ、腕をぐるぐるとまわす。腕が鳴る、というような仕草だった。

「私も、ようやく、五年越しで夢がかないます」

試合がはじまった。商店街チームのピッチャーの女性がマウンドに立った。グラブを小脇に抱え、目頭をおさえる。

しゃがんでいたキャッチャーのおじさんが、マスクを取って立ち上がった。

「どうした、ユミちゃん！　まだ、はじまってへんぞ！　泣くのは早いんちゃうか」

「だって、ようやく立てたんですよ。このマウンドに！」

ユミと呼ばれた女性は、長袖のアンダーシャツでごしごしと目のあたりをぬぐった。

「私、高校時代は、ずっとバッティングピッチャーだったんです。ようやくこの場所で投げられるんです」

するとa、内野の守備陣とベンチから温かい声がかかった。

「しばらく、感慨にひたらせてやれよ！」

「そうや！　ユミちゃんの念願やぞ！」

「今日はユミちゃんが主役やで！　存分に暴れまわれ！」

ユミさんは、空を見上げ、うなずいた。

ウグイス嬢のアナウンスが、一番バッターの名前を告げる。球場中に自分の名前がコールされたバッターは少し興奮しているように見えた。

ユミさんはサイドスローのフォームから、伸びのあるストレートをばしばし投げこんでいく。相手の銀行員チームも、躊躇せずに振っていく。

観客が一人もいない、がらんどうの甲子園に、まるで少年野球のような元気なかけ声が響きわたった。仲間がファインプレーをすると、いっせいにほめたたえ、エラーをすると「ヘイ、しっかり！」と、はやしたてる。

お腹の出ているおじさんたちが、躍動する。

ユミさんはもちろんだが、今日はあなたたちも立派な主役なのだと俺は思った。

はじめての冬

「ええ！　マウンドを削っちゃうんですか？」

甲子園ボウルの設営の打ち合わせ中、ペンとメモ帳を手に、思わず叫んでしまった。先輩方の冷たい視線が突き刺さる。

「平らやなかったら、アメフトでけへんやろ」事務所のいちばん奥まった長の席から、島さんの声が飛んできた。

甲子園で、アメフトの試合が行われる。内野から外野へと球場の縦方向にフィールドがとられるので、当然、マウンドの傾斜は邪魔以外の何物でもないのである。ゆえに、撤去する。

「で、たった一試合が終わったら、またもとに戻すんですよね」

「当たり前やろ」

「アメフトのために」

「だから、そうやって言うてるやろ。一九四七年から行われとる、東日本と西日本の王者を決める伝統の一戦や」

「せ……一九四七年！　アメフトってそんなむかしから日本でやってたんですか！」

「お前、アメフトにだいぶ失礼やぞ。アメフト自体は、戦前からやっとるやろ」

島さんの頬がぴくぴくと動いた。危険を察知した俺は、おとなしく黙りこんだ。これ以上朝礼をとめると確実に怒鳴られる。「お前を作業からはずす」と、言われかねない。

甲子園ボウルとは、一年に一度、十二月に行われる大学アメフトの日本一を決める試合だ。まず、西日本と東日本にわかれた地方大会が、ブロックごとに行われる。そこで勝ち残った東西の大学が、甲子園球場で決勝を戦うのだ。

一週間前から本格的な設営がはじまった。

まず、マウンドに埋まっているピッチャーのプレートを取り出した。周辺の土をシャベルやツルハシで掘り起こしていく。すると、巨大な豆腐のような細長い直方体が、姿をあらわした。俺はまるで我が子をとりあげるような気持ちで、露出したプレートを胸に抱いた。

「また、無事で帰ってくるんだぞ」プレートは思ったよりも大きく、ずっしりと重かった。本当に赤ちゃんくらいの重量はあるかもしれない。

「プレートは新しいものに取り替えるから、そいつはもう二度と帰って来ないで」長谷さんが意地悪く言った。「二度とな」

いちいち反応していると、身がもたない。俺は長谷さんの言葉を、右から左に受け流すという技を最近習得した。

そのあとは、ユンボで一気にマウンドの土をすくいとった。まるで、我が身を削られているような感覚だった。内野が平らにされただけで、グラウンドがまったく違う場所のように見えるから不思議だ。

「で、どうやってここに芝生を生やすんですか？」近くにいた甲斐さんに聞いた。アメフトが、まさか土の上で行われるはずがない。やはり、サッカーやラグビーと同じく芝のイメージがある。

「今から生やせるわけないやろ。ここ、内野やぞ」甲斐さんが腰に手をあて、あきれた様子で言った。「朝礼をちゃんと聞いとけよ。これから、お前も毎年、経験することやぞ」

午後に入ると、ダンプにのせられた芝生が大量に搬入された。

芝は根が張った土の部分からスライスされるように切り取られ、シート状になっている。約三センチの厚さだ。しかも、ぐるぐる巻きにされているので、さながら巨大ロールケーキか伊達《だて》巻きのようだった。

一ロールあたり、約五百キロの重さがあるらしい。芝のビッグロールだ。まさか、人力で運べるわけもなく、重機を使ってグラウンドに下ろされた。

「いったい、この大量の芝はどこからやってくるんですか？」

「まあ、言うてみれば、芝生の畑みたいなものがあるんや。芝を売っとる会社があって、めっちゃ広大な砂地に芝生を育ててんねん」甲斐さんが答えた。

世の中、知らないことだらけだ。ちょっと目まいがした。芝を売っている会社に、一面緑色の広大な芝の畑、そして、そこから切り出されてくる伊達巻き状のビッグロール。

俺に与えられた仕事は、内野に敷きつめた芝生と芝生のあいだの隙間をなくす作業だった。

まるでカーペットのように、巻かれていた状態の縦長の巨大芝生を広げ、敷きつめていく。その際、となりのロールとの隙間ができると、もちろん大問題である。

先が湾曲した、巨大なフォークのような器具で、芝生のシートを突き刺し、引っ張る。ぴったりとなりによせ、隙間をなくす。ただそれだけの単純な作業だ。

けれど、これがかなりの重労働だった。

一つのロールが約五百キロである。数人がかりでやるのだが、足腰の負担がものすごい。膝を曲げ、腰を落として、懸命にフォークの柄を握りしめ、引きよせる。

「なんで……、長谷さん……、いないんですか？」息を切らしながら、甲斐さんに聞いた。

姿を見かけたのは、甲子園ボウル準備の初日だけだった。こういうパワー系の作業にいちばんいてほしい人なのに、いざというときに頼りにならないと思った。

「なんや知らんけど、有給とってるみたいやな。でも、あいつがこんな休むのなんて、はじめてやで」

数日にわたる作業で、全身筋肉痛になっていた。もはや、おじいさんのような、よちよちした歩き方しかできない。杖がほしい。寮の部屋は二階なのだが、階段の上り下りにも苦労するありさまだ。

十二月に入って、かなり寒くなってきた。作業中は阪神園芸のジャンパーを着ているのだが、インナーで着ていたヒートテックの内側がかなり汗をかいている。荒くなった息が、白く空中に盛り上がって消えていく。

「俺が入る前やけど、もっと小さいロールでやったときに、芝が動いたり、浮いたりして、大変だったそうや」

甲斐さんは、フォークの柄に上半身をもたせかけ、冬の空を見上げた。風が強いせいで、雲のかたまりが流れていくスピードが速い。

「ふつうはな、こうして芝のシートを敷きつめて養生するとそこに根づくわけやけど、短期間の甲子園ボウルの場合は、ただ土の上に敷いとるだけやからな」

「じゃあ、これが終わったら、はがされた芝のロールはどこへ行くんですか？」

「言われてみれば、どうなるんやろ……」甲斐さんは首をかしげた。「これだけ大量やからな。ふつうに考えたら、またもとのところに戻して、養生し直すんやろ。芝は生きてるわけやし」

ずれることもあると聞いて、よりいっそう緊張感が高まった。アメフトの選手だって、試合の展開とは関係ないところで、転んだり、怪我をしたら、絶対に悔しいはずだ。

だからこそ、気は抜けない。球児のあこがれが甲子園であるように、大学生のアメフト選手にとっても、また、ここが日本一を決める聖地なのだ。


甲子園ボウル当日、球場は異様な緊張感に包まれていた。

すべてが緑だ。内野と外野では多少色の違いはあるものの、一面が見渡すかぎり芝生に覆われた。土が露出しているのは、ファウルグラウンドのわずかな面積だけだ。

天気は曇りで、じっとしているとかなり寒い。しかし、そのぴりっと締まった冬の空気をものともしない熱気が、気合いの入った表情の選手たちの全身から、目に見える湯気となって立ちのぼっているかのようだった。

「いつ見ても、イカツイな……」阪神園芸一、恰幅のいい長尾さんがうなり声をあげた。「ホンマに、みんな大学生か」

審判と両校の代表者数人ずつが、フィールドの中央に進み出て、コイントスを行う。

おそらく、キャプテンと副キャプテンたちだろう。ヘルメットをとった両校の選手は、みんなスキンヘッドに近いボウズ頭で、体が大きく、こんな男たちにぶつかられた時点で、俺は即死だと思った。

いよいよ、ゲームがはじまる。東日本代表の臙脂《えんじ》色と、西日本代表の青のユニフォームがフィールド上で向かいあい、激しくぶつかりあう。

控え室で、モニターを確認していた。

試合が開始すれば、高校野球と違ってやることはない。試合途中の整備は必要ないし、選手の負傷も緊急性のある場合をのぞいて、自チームで担架を出すなど、対処をするらしい。試合後の撤収作業まで待機がつづく。

「それにしても、いったい何人いるんでしょう?」アメフトにくわしそうな甲斐さんに聞いてみた。

何より俺が度肝を抜かれたのは、一チームの多さだ。一見すると、「1」から「99」までの背番号をつけた選手たちが、フィールドに出たり、交代にそなえて脇でアップをしていたり、声援や指示を飛ばしたりしている。

甲斐さんは、どうやらアメフトのファンらしく、ほとんどテーブルに身をのりだすようにして、モニターを見つめていた。

「強豪校なら、選手だけで二百人くらいいるチームもざらにあるで。しかも、ベンチ入りの人数も無制限にできるし、試合中の交代も無制限や」

「はい!?　無制限？」

二百人もいたら、まず名前を覚えるだけでも一苦労だ。そのうえ、各ポジションがあって、それぞれの得意とするプレーがあり、チームのカラーや戦術があり、その作戦ももちろん試合展開によって目まぐるしくかわっていく。それにあわせて、無制限に交代可能な人員のなかから最適解を出し、選手全員に作戦を周知させるのだ。

激しいコンタクトだけではなく、かなり緻密な戦略が要求されるスポーツらしい。

日本一を決める戦いとなると、実力がかなり拮抗《きっこう》しているので、押したり、戻されたり、なかなかタッチダウンを奪うところまで到達しない。

じりじりと、地味な陣地の奪いあいがつづき、ためこまれたフラストレーションが、華麗なロングパスや、タッチダウンで一気に爆発する。両校の応援がしだいに熱を帯びていく。高校野球のようにチアリーダーが踊り、吹奏楽部が耳になじみのある曲を演奏する。

ただの迫力のある肉弾戦だけではなかった。針の穴を通すようなパスの高揚感もあり、小さい選手が大きい選手をかわして潜り、ジャンプし、フィールドを走り抜ける小気味の良さもある。細かい作戦とフォーメーションがあり、それを阻止するディフェンスのチームワークにあふれた組織的な動きもある。

一気に魅了された。気がつけば、甲斐さんといっしょになって応援をしていた。

アメフトはメジャーなスポーツで、ただ俺が無知だっただけなのだが、こんなにおもしろい競技がまだまだ世界にはたくさんあるのだ。知らなかったことが、本当にもったいないと思った。

甲子園でアメフトが観られる。プロ野球や高校野球でなく、草野球、コンサート、アメフトを楽しみに多くの人がこの場所に集まってくる。これって球場として、ものすごく幸せなことなんだと、今さらながら気づかされたのだった。

甲子園ボウルの撤収が終わると、いよいよ年の瀬が近づいてきた。クリスマスを過ぎたころ、実家に帰省した。

新幹線が品川《しながわ》駅に近づいてくると、俺の緊張も徐々に高まっていった。傑と父さんに顔をあわせるのは、もちろんあの夏の甲子園以来のことである。

傑の所属する徳志館高校は、東京都の秋季大会で準優勝を果たしていた。優勝なら文句なく春のセンバツに出場が決定していたのだが、準優勝だと、他の関東の学校の戦績との兼ねあいで左右されるらしい。

出場校は一月の下旬に発表されるそうだ。

一方の父さんの近況は、まったく把握していない。傑や母さんとの仲は、無事に修復されたのだろうか。人間関係については、まったく不器用な人なので、少なくとも父さんのほうから折れたり、あやまったりすることはあまり考えられなかった。

たぶん、なあなあで元に戻っていくのだろう。家族とはそういうものだと思う。

最寄り駅に到着すると、ＴＳＵＴＡＹＡに入った。映画を借りるつもりはなかったのだが、家に直行する気がどうしても起きなかった。物理的な距離は近いのに、精神的な距離が果てしなく遠い気がする。

《あんた、新幹線の時間からして、もう着いてるんでしょ。ご飯できてるよ》という母さんからの連絡で、ようやく踏ん切りがついた。ＴＳＵＴＡＹＡを出て、キャリーを引きながら、商店街を歩いていく。

しばらく使っていなかった鍵を、カバンから取り出した。すでに、夜の七時をまわっていた。あたりはすっかり暗い。門柱の明かりがぼんやりと、俺の吐く息を白く浮かび上がらせる。

玄関の扉を開けると、全身がものすごい湿気に包まれた。刺激的なにおいもただよってきて、母さんに言われるまでもなく、今日はチゲ鍋だと察した。

自室に荷物を置く暇すら与えられず、母さんに食卓に座らされる。さっそく、絶え間のない質問攻撃にさらされた。

「で、真夏さんとは？　つきあえた？」

「で、って、おかしいでしょ。まだ着いたばっかりで、何にも言ってないうちから」

「告白は？　してないの？」

「だから、するわけないだろ！」

「何してんの！　ナイト君にとられちゃったらどうするの！」

鍋を囲みながらの団らんなのだが、ちっとも気が休まらない。俺は半分に割られたしいたけを箸でつかみ、ふーふーと息でさました。ちょっと猫舌なのである。

「デートは？　行った？」

「……行ったよ」

「どこどこ？」

「一志の野球の応援」

「それもいいけど、もうちょっと気のきいたとこ行きなさいよ」

「いや、一志にひどいでしょ」

もちろん、母さんがいるから救われているのだと、しっかりわかっている。俺はさっきから黙りこんでいる父さんをちらっとうかがった。

母さんの速射砲が沈黙したら、我が家はおそらく冷蔵庫のモーター音が絶え間なく聞こえる、気づまりな家庭になってしまうことだろう。

「えっ、誰、誰？　真夏さんって」大量の肉を一気に鍋からすくいながら、傑が目を見開いた。「えっ、もしかして兄ちゃん、恋しちゃったの？」

あんまり弟に知られたくない話題だったので、あわてて話題をそらした。

「傑、鼻が真っ直ぐになってよかったな」

傑が鼻をなでて笑った。鼻骨骨折の名残は、まったく感じられない。それよりも、チゲ鍋のせいで、傑はものすごい汗をかいていた。ぬぐってもぬぐっても、垂れ落ちてくる。たぶん、代謝がいいのだろう。

一方の俺は、辛いものを食べてもあまり汗をかかない。その点も、兄弟でまったく似ていない。

「そういえば、同僚に長谷騎士がいるって、母さんに聞いたよ。すごいね」

「まあ、あらゆる意味ですごいよ、あの人は」それが嘘いつわりのない本音だった。

「すごい以上の言葉が思い浮かばない」

「また、野球に戻らないのかな？」

「俺も絶対そのほうがいいと思ってるんだけど」

鍋から立つ湯気の向こうに、父さんの不機嫌そうな顔がかすんで見える。しきりにビールを飲んでいる。父さんが食いつきそうな、甲子園のスター、長谷さんの話題にも、ぶすっと黙りこんでいる。

俺が不在のときは、いったいどんな顔をしているのだろうか？　たぶん、母さんと傑の話を黙って聞いているのだろう。それでも、きっと笑ったり、たまに質問をさしはさんだりくらいはするはずだ。

俺の仕事やプライベートには、本当に興味がないのだと思う。

「ライバルは、案外、長谷騎士よりは、一志君かもね」一方の母さんは、まだまだ恋の話題を引っ張りたいようだった。「あの子、しれっと真夏さんを横から奪っちゃいそうじゃない？　けっこうカッコいいし、野球も有望株だし」

「そんなひどいヤツじゃないから！」

母さんが、傑のために肉をトレーから鍋へ大量に投下する。灰汁《あく》が一気に鍋の周囲に浮き上がった。俺はお玉を持ち、ぶくぶくと泡立つ灰汁を丁寧にすくっていった。

子どものころから、家で鍋をするときは俺が灰汁係りをつとめていた。こんな些細《ささい》なことでも、小学生のときは、自分に役目が与えられるのがうれしかった。その名残で、こうして今もせっせとお玉を動かしている。

「そういえばさ、傑、一志から連絡ない？」母さんが一志の名前を口にしたおかげで、重要なことを思い出した。

甲子園ボウルのあたりから、一志とまったく連絡がとれなくなっていた。律儀でマメなあいつの性格からして、ちょっと異常だった。メッセージは既読になるのだが、返信がいっさい来ない。電話をかけても出ないし、折り返しもない。

「いや、ないけど……。なんで？」傑が聞く。

「もう東京に帰ってるかどうか連絡したんだけどさ、全然返信がなくて」本当は半月以上、音信不通の状態なのだが、なんとなくお茶を濁した。この場で一志のくわしい事情をぺらぺら話すわけにはいかなかった。

真夏さんも、何度か連絡をこころみたそうなのだが、やはり返信はないそうだ。

メッセージが来た。腕組みをして、「うーん」となっているコアラのスタンプも送られてくる。

《心配やね》

《年明けにでも、そっちに戻ったら寮を訪ねてみます》すぐに返信をした。

「おい、食事中だぞ」冷やかな声が飛んできた。「スマホ、やめろ」

父さんがビール缶を握りつぶした。バキバキと金属的な音が響いた。

「ごめん……なさい」あわててスマホを裏返してテーブルに置く。

父さんはマナーや礼儀、挨拶にはとことん厳しかった。その点は、ものすごく感謝している。社会人になっても、礼儀に関しては戸惑いも苦労も感じなかった。

しかし、独り暮らしをしていると、誰にも見られていないからどうしても生活がルーズになってしまう。トイレの扉を開け放っての放尿、服を脱ぎっぱなしにしたうえ、風呂上がりの真っ裸、食事中のスマホ、使い終わったティッシュを捨てずに散乱……と、あげればキリがない。

一月から気を引き締め直そうと思った。しかし、大晦日まではちょっと気を抜きたい。父さんの見ていないところで存分だらけてやろうと、心に決めていた。

夕食後、一志の実家に思いきって電話をかけてみた。野球部時代の、保護者間の連絡網が役に立った。

「夜分にすみません。高校のとき、一志君と同じ野球部だった雨宮と申しますが……」

「ああ、雨宮君。こんばんは」

電話に出たのは、一志のお母さんだった。いくぶん、相手の声のトーンが低いのが気にかかった。

「なかなか一志君の携帯につながらないもので、こちらにお電話したんですが、一志君って、今、そちらに帰省してたりは……」

「それが、今年は……」と言ったきり、一志のお母さんは黙りこんだ。受話器の向こうから、かすかにテレビの音が聞こえてくる。

「じゃあ、来年にかけては、ずっと向こうにいるってことですよね？」

「そうみたいなんですけどねぇ、帰るか帰らないかの連絡以来、まったく音沙汰がなくなって、心配してたんですよ」

不穏な予感が的中した。俺はスマホを握りしめた。

家の電話を使わず、自室でかけていた。母さんが定期的に掃除しているのか、部屋はきれいに保たれているようだった。スマホを持ちながら、電気ストーブのスイッチを入れた。

「雨宮君。何か、心当たりありますか？」

つばをのみこむ。当然、想定しておかなければならなかった質問に対して、まったく心の準備ができていなかった。

「さぁ……？」声が裏返っていないか心配だった。「十月には、公式戦で初勝利して、順調だったと思うんですけどね」

「あの子、本当に親には何も言わないから……。公式戦のことも、あとから知ったくらいなの」

「そうなんですか。なんでだろ」白々しすぎる。自分が嫌になる。

けれど、まさか俺の口から言えるわけがない。ごにょごにょと、不明瞭なことをつぶやいて、この場をごまかすしかなかった。

一志の近況がわかりしだい、お互い連絡しあうことを約束した。自身の携帯番号をつたえ、電話を切った。

プロ野球選手になって、カミングアウトしたいと一志は語った。素晴らしい夢だと、安易に同調してしまった自分が腹立たしかった。

あの祝勝会のときも、「大丈夫だと思う」などと、口当たりのいい誰も傷つかない励ましの言葉なんて、言うんじゃなかった。たとえケンカになっても、とめるべきだったのかもしれない。

それから大晦日にかけて、何度か連絡をこころみたのだが、結果は同じだった。いちおう元日の朝にも《明けましておめでとう》とメッセージを送ってみたのだが、なかなか既読にならない。一志とのトークのページは、こちら側の吹き出しだけが累々と積み重なっていった。

予定を切り上げて、早めに帰ることも考えはじめていた。ひとまず、気持ちを切り替えて、元旦の食卓についた。

餅《もち》何個？　というおなじみの会話が繰り広げられ、お雑煮の出汁《だし》のいいにおいがただよってくる。傑は家族に来た年賀状の束を宛先別に振り分けていた。

テレビからは、毎年かわりばえのしないバラエティー番組が流れていた。なんだか、年々お正月という特別な日のありがたみが薄れていくような気がした。

俺はかねてから用意していたものを、傑に差し出した。

「はい、お年玉。少ないけどね」

傑が年賀状を持った手をとめ、目を丸くしてポチ袋と俺を見くらべた。

「兄ちゃん、大丈夫？」

「大丈夫って……？　どういうこと？」

「インフルエンザとかにかかってない？　熱、ない？」

「あるわけないだろ。俺はきわめて正常だよ」

傑はポチ袋を頭上にかかげ、わざと恭《うやうや》しい態度で受け取った。ありがたがられているのか、バカにされているのか、よくわからない。が、お互いに照れくさいのはたしかだ。

「もう、社会人だし、お給料ももらってるし、少しは兄貴らしいことをしないとね」

餅を焼いていた母さんが、なぜか涙ぐんでいた。しきりにエプロンの裾で目元をぬぐっている。

「餅が目にしみるわ」

「いや、玉ねぎみたいに言わないでよ」

「今、大地の成長をひしひしと噛みしめてるところだから、大地は黙っててちょうだい」

当の本人を前にひどい言いようだと思ったが、今度は椅子の背もたれのほうに隠していた包み紙を食卓の上に置いた。

「これ、父さんと母さんにも」

父さんには、ネクタイ。母さんには、最近はじめたというジョギングのウェア上下をプレゼントした。冬仕様の温かいウェアだ。

「本当は初任給で何か二人にプレゼントしようと思ってたんだけど、あっという間に半年以上たっちゃって……」

「ちょっと、何！　もう、何！　嫌だ、何よ！」母さんは、一人で騒いでいた。「もったいなくて、着られないんですけど！」

父さんは、包みを開け、「おぉ……」と、一回、うなり声をあげただけだった。

「もうちょっと、何か言えないものなの？」母さんが冷たい視線を向ける。

「お……、おぉ」

「ちょっと、つけてみてよ、ネクタイ」

「おい、母さん、餅が焦げるぞ」

べつに、プレゼントで籠絡《ろうらく》しようなんて思っていない。父さんと向きあう、ちょっとしたきっかけになればと思ったのだ。

チャンスは、意外と早く訪れた。三時をまわったころ、父さんと二人きりになった。

傑は友達と初詣に出かけた。母さんはさっそく俺のプレゼントしたウェアを着て、「新年、初走り」と飛び出していった。

俺と同じく、まったく運動ができない母さんがジョギングなんかできるのかと、最初は驚いたのだが、傑いわく、「ちょっと速いウォーキング程度」なのだそうである。

父さんは、ソファーに腰をかけ、新聞を読んでいた。

静かだった。やっぱり母さんが不在だと、冷蔵庫の音しか聞こえてこない。たまに、父さんが紙面をめくる音が居間に響く。

「やっぱり、新聞って読んだほうがいいのかな？」何気ない態度をよそおって、話しかけた。

「ん……。まあ、な。読まないよりは、読んだほうがいいだろうな」

そりゃ、そうだ。読まないよりは、読んだほうがいい。会話のすべり出しは最悪だ。

父さんの目が、新聞の上からのぞく。顔が半分隠れているので、よく感情が読めない。となりに座る勇気はなかった。食卓の椅子に座って、頬杖をついた。

頭が圧迫されるように痛くなってきた。

今、雨は降っていない。自分に言い聞かせる。冬晴れだ。母さんが気持ちよく走れるほど、うららかな陽気だ。

俺は六歳のずぶ濡れの少年ではない。成長した。父さんに引け目を感じる必要は、これっぽっちもないのだ。

「あのさ、母さんに聞いたんだけど」

意を決して、聞いてみる。

「俺の大地って名前の由来なんだけどさ」

父さんの反応をちらっとうかがった。

「雨降って、地固まるって……」

紙面に視線を落としていた父さんの目が、ふたたびこちらを見すえる。

「ああ、そうだな」

「俺と父さんのあいだも、そうなのかなぁって」

「そうなのかなっていうのは？　どういう意味だ？」

父さんが、新聞を膝の上に下ろした。

わからないふりをしてとぼけているのか、それとも本当に見当がついていないのか……。まったくうかがい知れない。

「あっ、ほら。あのさっ、雨降って、地固まるって、人間関係でも使うじゃん。だから、その……、なんていうか、俺と父さんもさ……」

完全に、しどろもどろになってしまった。

まったく心の準備をせずにしゃべりだすから、こういうことになるのだ。でも、後悔してもおそい。一度吐き出してしまった言葉は、二度と返ってこない。

父さんが、ぼそっとつぶやいた。

「母さん、おそいなぁ。いったい、どこまで走ってるんだ、ったく」

荒々しく膝の上の新聞をたたみ、ソファーのかたわらに放り出す。

「ところで、俺と大地のあいだに、いつ雨が降ったんだ?」

「えっ……?」

父さんが、いつになく柔らかく笑った。

「そもそも、雨なんて降ってないだろ。いつだ?　そんな派手なケンカなんてしたことあったか?」

「あっ、そうですよね、はい」

あわててうなずいた。やっぱり、敬語になってしまう。

「変なこと聞いて、ごめんなさい」

そう。父さんの言うとおりなのだ。べつに、ケンカをしたわけではない。だから、父さんにとっては、なんのわだかまりもない。

雨はただ、俺の頭上にだけ、激しく降りそそいだのだ。ずぶ濡れになったのは、どうやら俺だけだったらしい。

あっという間にノックアウトされた気分だった。いろいろと聞きたいこと、話したいことがあったのに、いざ父さんを目の前にすると緊張してうまくしゃべれなくなってしまう。

「ネクタイ、ありがとな。さっそく仕事につけてくよ」

「あっ、うん」

やはり、父さんにとって、俺は透明な存在なのだと痛感した。

二日後、午前中のうちに新大阪に向けて出発した。もう少しゆっくりしていくよう、母さんにも傑にも言われたのだが、どうしても一志が心配だった。

東京は晴れていたのだが、新幹線を降りると雨が降っていた。まだ傘をさすか迷うくらいの雨だったのが、電車を乗り継いで甲子園駅に着くと本降りになっていた。

片手でキャリーを引き、もう片方の手で折り畳み傘をさしながら歩く。気分がふさいでいたせいか、一週間ほど帰省しただけなのに、雨でけむる住宅街のなかに寮が見えたときは、なんだかなつかしい気持ちになった。

寮の外階段を、キャリーを持ち上げてのぼっていく。そのとたん、足がとまった。

「おい！」

俺の叫び声は、雨音にかき消された。その場にキャリーを置いて、駆け上がった。つまずいて、つんのめった。両手をついたせいで、コンクリートの細かい粒が手のひらにささった。

「明けましておめでとう」一志は照れくさそうに笑った。「来ちゃったよ」

「どうしたんだよ！　めちゃくちゃ濡れてるじゃん！」

一志の襟足からは、ぽたぽたと水滴がたれていた。ナイロン製の厚手のトレーニングウェアも、じっとりと水分を吸って光っていた。

「傘は？　持ってないの？」

見るからにあきらかなことを聞いてしまった。一志はゆっくり首を横に振っただけだった。

「よかったよ。さすがに一月三日じゃ、いないだろうと思ったんだけど……」

震えている。言葉の合間に、かちかちと歯を鳴らしている。唇が真っ青だ。

「まあ、実際、大地いなかったんだけどさ。しばらく、待ってみたんだ」

「しばらくって、どれくらい？」

「三十分くらいかな。まあ、休憩がてら」

「休憩って……、ここまでどうやって来たの？」

「走ってだよ」

「走ってって！　大学の寮から!?　いったい、何時間……」

あわてて鍵を出した。「悪いよ、びしょ濡れだから」と、尻ごみする一志の背中を強引に押して玄関に通した。一志が歩を進めるたび、スニーカーがぐしょぐしょと音をたてた。

「とりあえず、シャワー浴びたほうがいい」

四十度に設定していたお湯の温度を、四十二度まで上げる。いまだに遠慮する一志にタオルを渡し、脱衣所に押しこんだ。しばらく部屋をあけていたせいで、壁も、床も冷え切り、室内でも白い息が出る。あわててエアコンの暖房をつけた。

そのあいだに、いちばん大きなTシャツと、ジャージのズボンを用意した。誕生日にもらったバスローブを差し出し、「着てみる？」という冗談も思いついたけれど、あの一志の切迫した様子からして、絶対に逆効果だろう。

お湯を沸かし、迷ったすえに、ココアを用意する。きっと体は甘いものを欲しているはずだ。

シャワーの音が聞こえてくる。雨音とシンクロして、響きあう。頭痛を振り払うように、目頭をもんで、深呼吸をした。一志が風呂場の扉を開けたタイミングで、粉末の入ったマグカップにお湯をそそいだ。

「俺、甘かったよ、マジで」

マグカップを両手で包みこむようにして、一志が座卓の前に座った。

「大地は、俺が告白したことを、チームメートに黙っていてくれた。俺はそれを当たり前のことだと思いこんでたんだ」

一口、ココアを飲んで、「おいしい」と、つぶやく。さっきよりは、だいぶ血色がよくなったように見えた。

「キャッチャーの先輩に、何かひどいこと言われた？」おそるおそる、たずねた。

意外にも、一志は首を横に振った。

「直接的には、全然、何も。ああ、そうなんだ、これだけ部員が多ければ、一人や二人は必ずいるだろうなって……」

「じゃあ、なんで……？」

「その直後くらいから、俺がその人に告白したみたいな噂が流れはじめたんだ。でも、俺はただ自分のことを話しただけなんだよ。申し訳ないけど、彼女の紹介はいりませんって。それなのに、噂では俺が先輩に言いよったって流れになってて……」

一志はクッションの上に、律儀に正座をしていた。それに気がついた俺は、あわてて足を崩させた。俺にとっては大きいジャージも、一志が足を通すと太もものところがパツパツだった。

「先輩のことを慕《した》ってる雰囲気を絶対に出さないように、俺はずっと努力してたんだよ。でも、もしかしたら、最初からなんとなくそういう空気を先輩は感じとってたんじゃないかって、今になってみると思うんだ」

「でもさ！」自然と言葉に力がこもった。「噂の出所はそこしかないはずなんだから、ひどいのはその人だよ！　そいつが、きっとおもしろおかしく、尾ひれをつけてまわりの人に話したんだよ」

一志が深いため息をついた。あまりに深すぎて、その空気の塊が、風船みたいな目に見える質量をもってあたりにただよいつづけているような気がした。

「まあ、噂は所詮噂だから、それはどうでもいいんだよ。でも、いちばん耐えられないのは、寮に居づらくなったことで……」

その先を聞くのがこわかった。でも、聞かなければならなかった。

「その噂話を聞いた三年の先輩が言いだしたんだ。寮の風呂は絶対に最後に、一人で入るようにって。ほかの部員といっしょの時間に入ることは禁止された」

絶句した。強い雨が屋根を打つ。窓を打つ。

「食事も一人で離れた席で食べてるし、キャッチボールとか練習相手もなかなか見つからなくて。まあ、年末年始だから、チームの全体練習がなくて今は助かってるけど、本格的にはじまったらどうなるかわからないよ」

息が苦しい。頭が痛くなってきた。嫌な思い出が——父さんの冷たい目が、体育の授業のクラスメートの笑い声が、次々とよみがえってくる。

「強く言い返せないのは、俺、いっしょに風呂に入ったキャッチャーの先輩を、ちらっと見たことがなかったわけじゃないから……。同じ部の仲間なのに、そういうことをしちゃったから。だから、俺が悪いんだ」

何も言葉をさしはさむことができなかった。

「ここ最近は、誰もキャッチボールをしてくれないから、ずっと走って、走って、走りつづけて。お風呂も夜おそくにしか入れないから、時間つぶしに走って。それが、自分への罰としてちょうどいい気がして」

「罰だなんて、そんな……」

「今日も、ずっと外を走ってた。でも途中で雨が降ってきて、めちゃくちゃ寒くて、心細くて、自然と大地の顔が浮かんできて、なつかしくて泣きたくなって、いるとは思わなかったけど足がこっちに向いちゃったんだ」

俺は無力だと思った。傷ついた親友に何もしてやれない。ココアをいれてあげることしかできない。

「なんか、俺ってとことん卑怯だなぁって、つくづく思い知らされたよ」

る。

いったい、どちらがなぐさめられているのかわからない。俺は涙をふいた。完全に、心の何かが決壊した。

二ヵ月前、テレビで目の当たりにした。巨大な台風が来て、関東の各地で堤防が決壊し、濁流があふれ出す映像だ。

家が流され、田畑が流され、人も流される。あっという間にのみこまれる。そんな巨大な絶望のあとに、はたして「雨降って、地固まる」などという前向きな気持ちになれるのだろうか。

すべてが押し流され、泥だらけ、ゴミだらけになり果てた大地は、もう一度強さを取り戻せるのか——自信が消失していく。

「プロになって、堂々とカミングアウトするのが夢だって言ったけどさ」一志がつぶやいた。「むしろ有名人になったうえでカミングアウトすれば、ダメージを最小限にふせげるっていう卑怯な魂胆《こんたん》が俺のなかにあったからなんじゃないかって」

「どういうこと……？」

「そんなことないよ！」

堰《せき》を切ったように、涙がこぼれた。

なんでお前のほうが泣くんだよと、一志が困り顔になる。俺の背中をなでてくれ一志は人差し指で、マグカップの取っ手の曲線をなぞった。

「プロの選手として地位を確立してしまえば、たとえ俺のことをよく思っていない人がチーム内にいたとしても、公然と反発できなくなるからね」

たしかに、今は多様性を認めようという社会になりつつある。少数者を差別する人のほうが、非難される世の中だ。

「会社とか、大学とか、そういう閉じた社会でカミングアウトしている人のほうが、よっぽど勇気があるって思うよ」

一志の苦笑いがあまりにも痛々しくて、俺は目をそらした。

「それなのに、同じ境遇の人を勇気づけたいからって……。俺、どんだけバカだったんだよって思うよ、マジで。思い上がりにもほどがあるよ」

「でも……」その先がつづかなかった。

運動神経抜群の人間に、俺の苦痛がわかるはずがない――ずっとそう思っていた。同じように一志が感じているとしたら、安易なながさめなど言えるはずがなかった。

「大地が気に病む必要はないよ。あと、真夏さんも」

やはり、一志は無理にでも笑おうとする。せめて、「笑わなくていいから」と言ってあげたい。

「そうだ！　今日は、泊まっていきなって。おいしいもの、これから作るからさ。さすがに、まだ三が日だから、寮のご飯もないんだろ？」

「いや、やめとくよ」一志は首を横に振った。

「でも、せっかくなんだし……」

「みんなが帰省してる今のうちに、寮の共用部の掃除をしておきたいんだ」

「もしかして、それも強要されたの？」

「いや、掃除は自発的に」

「自分への罰……みたいな？」

「まあ、もともと綺麗好きっていうのもあるし。一年生だし」

一志がココアを一気に飲み干し、立ち上がった。その瞬間、足元がふらついたらしく、座卓に手をつく。

しかし、座卓は折り畳み式の簡素な軽いもので、一志の体重を支えるには頼りなかった。あわてて手を差し伸べた。

「ごめん、ごめん」やはり一志は照れを隠したように、しきりに笑い声をあげる。

「服が俺のパツパツの部屋着のままだぞ。せめて、着てきたウェアがかわくまで……」

一志の顔が、ここに来て、はじめてゆがんだ。

「このまま、夜までいたら……」

ゆがんだ勢いのまま、涙が両目から落ちた。

「俺、寮に戻れなくなりそうだから」

しっかりした言葉の連なりが、やがて嗚咽にかわっていった。それでも、一志はしゃべりつづけた。

「それは……、俺にとって……、野球をやめるっていうことを意味するから」

思わず一志の体を抱きしめた。身長が違いすぎて、背伸びをした。懸命に背中をなでた。

「俺には野球しかないから」

熱い吐息混じりの一志の声が、耳元に突き刺さる。

一志の体から離れ、窓辺に置いていた甲子園の土を手にとった。

「俺はこの土のおかげで、ここまで来られたんだ」

告白のときのことを思い出したのか、一志が少し頬を赤らめながら、うなずいた。

「一志ももう一度、この土を踏んでほしい。プロになれば、甲子園の土を踏めるよ」

必死になって訴えかけた。「夜になったら、一志の尻をたたいてでも、帰れって言うからさ。だから、ご飯、食べてってほしい」

迷っていた様子の一志が、おずおずとうなずいた。俺は安堵のため息を吐き出した。

真夏さんに連絡をとった。一志が寮にやって来たこと、そして、これから鍋をすることをつたえた。

すぐに返信があった。

《馳せ参じます!》

俺は「馳せ」が読めなくて、一志にスマホの画面を見せた。「はせさんじます、だよ」と、さすがの一志も苦笑いを浮かべていた。

「はせさん……、そういえば、長谷さん、どうしよう? 誘わなきゃダメかな……」

となりは静かだ。さすがに、三が日くらいは実家でゆっくりしているかもしれない。

ひとまず、買い物に出かけることにした。一人で行くつもりだったのだが、一志が手伝うと言い張った。

温かいシャワーを浴び、ココアを飲んだからか、だいぶその表情に生気が戻ってきた。しいてとめる理由もないので、二人で寮の部屋を出た。

スーパーへの道すがら、一志が話しはじめた。

「小学生のときね——たしか、二年生くらいだったと思うんだけど、すごく仲がよかった友達がいたんだ」

まだ雨は激しく、傘の先から絶え間なくしずくが垂れ落ちる。

「男の子だったんだけどね、どこを行くにもいっしょで、俺が野球の練習のとき以外は、毎日のように放課後に遊んでさ」

弱々しい言葉が、ともすれば雨音にかき消されそうになる。俺は耳をすました。

「そのときは恋愛感情なんてなかったと思う。まだ、気がついてなかっただけかもしれないけどね、俺はよくそいつと手をつないでたんだ。学校の廊下とか、下校するときとか。俺のほうからつないで、でも相手はまったく拒否しなくて、むしろけっこう乗り気で。クラスメートにからかわれることはたまにあったんだけど、俺たちはやめなかった。二人でいると楽しくて、なんだか無敵になれるような感覚だったんだ」

気持ちはよくわかる。

高校時代、俺は一志のピッチングに、いつも自分を重ねていた。運動神経のない、思いどおりに動かない自身の体をそのときばかりは捨てて、豪快な一志のフォームと一つになるような気分を味わった。相手を三振にとったときは、まるで無敵になれたような爽快感が体中を駆けめぐった。

「でもね、あるときその子のお父さんが、俺たちが手をつないでるところを目撃して」

そこで、一志が俺のほうを見た。

やはり、直視するのをためらうような、こちらのすべてを見透かしてしまうような、真っ直ぐな瞳だった。しかし、俺は逃げずにその視線を受けとめた。

「たぶん、そいつの家に遊びに行ったときだったと思う。たまたま仕事が休みか何かで、父親がいたんじゃないかな。それで、俺たちが手をつないで帰ってきたのを目撃して……」

一志がふたたび前を向く。雨で寒く、まだ三が日ということもあって、住宅街は閑《かん》散《さん》としていた。

「相手のお父さんが言ったんだ。何やってんだ、気持ち悪い、なんで男同士で手つないでんだって……。まあ、その言葉自体は、どうでもいいんだけどさ、俺がどうしても忘れられないのは、その瞬間の友達の顔だよ」

「顔……？」

「うん。価値観を植えつけられた瞬間というか、新しい認識がぽんと生まれ出た瞬間というか……、とにかくそのときの表情の変化。たぶん、その子は、それまで何の疑いもなく、つなぎたいから、ただ俺と手をつないでただけなんだ。でも、父親に気持ち悪いって指摘された途端、これが恥ずべき行為なんだというレッテルが急に貼られたんだ。かわいいと思ってさわってた生物に、いきなり毒があるって教えられて、あわてて手放すみたいな感じで、その子は俺の手を振り払った」

無邪気が無邪気でなくなる、その大きな谷間を、子どもながらにして一志は目の当たりにしたのかもしれない。

「その子にとっては、言われた相手が父親だからとくに、っていうこともあるよね」

俺はあたりさわりのない感想を口にした。

一志の話に出たその父親の顔は、俺のイメージのなかで、完全に自分の父さんにすり替わっていた。マッチョで、融通がきかなくて、自分の言動に関しては絶対に正しいと信じきっている父親だ。

「まあ、そうだね。その年頃にとっての父親の存在や言葉は大きいからね」

一志は傘を持っていない手で、コートの襟をかきあわせた。俺が貸した、オーバーサイズのコートだった。

「あのときの、父親の言葉と、友達の表情がね、ずっと忘れられなくて。同性の人を好きになるっていうのは、いけないことなのかもしれないっていう感覚は、ずっとそのときから根強くあって……」

スーパーに到着すると、それっきり一志はその話題を口にしなかった。少し大げさなほどはしゃいだ調子で、鍋に入れる具材を、あれがいい、これがいいと、吟味《ぎんみ》しはじめた。もしかしたら、今日にかぎっては真夏さんを呼ばないほうがよかったかもしれないと、俺は少し後悔した。

一志のことだから、真夏さんを心配させまいと、きっと過剰なほどの空元気で応じてしまうはずだ。かといって、お前は気をつかわなくていいからと釘をさすのもおかしな話だ。

寮に戻ると、ちょうど外階段を下りてくる長谷さんが見えた。リュックを背負っているので、これからどこかに出かけるのだろう。

「明けましておめでとうございます」立ち止まって、傘の下で頭を下げた。「今年もよろしくお願いします」

「おう」長谷さんは、相変わらず簡潔で横柄な返事で、新年の挨拶をすませた。ちらっと一志を見て、俺に視線を戻す。

「どこか行かれるんですか？」

「ジムや」

「三日でもやってるんですね」

「最近のジムはすごいで。俺の行ってるところは、休みが元日だけやからな」

よく見ると、なんだか長谷さんの体がさらに締まっているように感じられる。素振りもずっとつづけているようだし、ますます長谷さんは野球に専念するべきだという思いが俺のなかで強くなっていく。

「実家に帰ってなかったんですね」

「俺、実家嫌やねん。うるさいから」長谷さんはリュックを背負い直しながら、少し顔をしかめた。

「うるさいって？　兄弟が多いんですか？」

「野球しろって、うるさいねん。俺の母親、絶対、俺がドラ一で指名されて、契約金一億くらいもらえるって思いこんでたからな。俺よりも、まだ未練たらたらなんやろ」

返事に困っていると、長谷さんはさっさと俺たちの横を通りぬけた。外階段につけられた屋根の軒下から出て、ビニール傘をさす。

「あの……！」

一志が大声で長谷さんを呼びとめた。

「僕も投げられなくなってしまうかもしれません。どうしたらいいか、わからなくって……」

もうすぐ五時だ。日没が早いので、あたりはすっかり暗い。街灯が濡れたアスファルトを照らし出している。

傘の下の長谷さんが、ゆっくり振り返った。

「どっか怪我したんか？」

目の前の道を、自動車が走り抜けていった。タイヤが水を切る音が響く。ヘッドライトに照射された空間に、降りしきる雨の白い筋が見えた。

「いや……、実は部で干されかけてて」

「監督にか？」

「部員たちにです。僕がキャッチャーの先輩に告白したっていう、間違った噂が流れてしまって」

長谷さんが軽く首を振った。

「あきれかえるわ、ホンマに」

長谷さんが、リュックの肩紐にかけていた手を、真っ直ぐ一志に向けた。

「お前に、あきれかえる」

「えっ……？」一志が息をのむ。

「お前はピッチャーやろ？」

長谷さんが、突き放すように言った。

「干されるとか、意味がわからんわ。お前は野手ちゃうねん。ピッチャーなんやぞ。その意味をもっとよく考えてみろ」

そのまま、長谷さんはあっという間に立ち去ってしまった。

短時間の外出ということで、エアコンをつけっぱなしにしていた部屋に戻る。強い雨が窓を打っていた。水滴の筋が、絶え間なく、ガラスの上を流れていく。俺はぴたりとカーテンを閉めた。

俺と一志は無言で、鍋の下ごしらえをはじめた。静かだった。一志は先ほどの長谷さんの言葉の意味をずっと考えつづけているようだった。

しばらくすると、チャイムが鳴った。扉を開けると、神妙な面持ちの真夏さんが立っていた。互いに目配せをしあう。だいたいの事情は、すでにメッセージのやりとりでつたえていた。

濡れたレインブーツが、玄関の床とこすれて、悲しげな動物の鳴き声みたいな音をたてた。真夏さんは、部屋に上がるなり、一志のかたわらにしゃがみこんだ。

「ごめんなさい、一志君」

一志は戸惑ったように、何度か大きくまばたきをした。

「ウチ、めっちゃ軽い気持ちで、打ち明けることはいいことだって言っちゃって。相手のキャッチャーのことなんか、全然知らないのに。一志君の苦しみもまったくわかってないのに」

「でも、あのときは僕が望んだ答えを、ほとんど言わせちゃったようなものだから」

真夏さんは、涙を流していた。

「うーん、やっぱり真夏さんは、笑顔が似合いますよ。だから、笑ってください」一志は真夏さんの頭に手をそっとおいた。「そのほうが、僕は救われるんです。幸せな気分になれるんです」

　真夏さんが、涙をこぼしながら、強引に笑みをつくった。

　鍋ができあがると、一志の祝勝会のときのように、三人で他愛ない話をして、盛り上がった。真夏さんが、最近あった自身の失敗エピソードを披露した。

「台所でインスタントのお味噌汁を作ってたんやけど」

　お湯をわかしながら、お椀を用意し、具材が入っている袋を手で切った。すぐに、その袋を捨てられるように、足元にはゴミ箱を用意していた。

「でもな、もうお湯が盛んに沸きはじめてて、お腹も減ってて、ウチ、めっちゃ焦ってたらしくて」

　具材の封を開け、中身をお椀に出す――そのつもりが、具材をすべてゴミ箱のなかにぶちまけてしまったというのだ。

「手がすべって、あやまって具材が出ちゃったわけじゃなくて？」一志が聞く。

「いや、意識の上では、お椀のほうに出すつもりで、しっかり袋を持って、ひっくり返して、全部ゴミ箱に出してた。袋をそこに捨てるっていう意識が先走ってたんやろな」

　俺と一志は笑った。

「ハッとした瞬間には、もうアウトやで。お椀は空やし、ゴミ箱には乾燥したネギやら油揚げが散らばってるし、さすがにゴミ箱からかき集めて戻すわけにもいかへんし。もう、呆然としたで。自分で自分が信じられなくなったわ」

「ありますよ、僕もそういうの」温かいものをたらふく食べたためか、一志の頬には赤みがさしていた。「コンタクトはずして、メガネかけようと思ったら、いくら探しても見つからなくて。で、ふと洗面台の鏡見たら、もう俺、メガネかけてんじゃん！　っていうとき」

「あー、あるある」と、俺もうなずく。

ひととおり鍋を食べ終わり、雑炊を作ろうという流れになった。ご飯はもう炊けて、保温状態になっている。

ちょっとトイレ、と言って、一志が立ち上がった。一志が居間からいなくなると、まるで示しあわせたように、俺と真夏さんの顔から笑みが消え失せた。

母さんが持たせてくれた、グリル鍋もついたホットプレートをはさみ、俺たちは向かいあっていた。湯気の向こうの真夏さんが、ぼそっとつぶやいた。

「なんで、正直に、一生懸命生きてる人たちが、こんな目に遭わなあかんのやろう？」

俺は浮かんでもいない灰汁を、お玉ですくいはじめた。ただいたずらに、表面をかきまわしただけだった。

「なんで、ひどいことをする人のほうが、我が物顔で生きていられるんやろう？」

ぐっと下唇を噛みしめ、お玉を置いた。売れ残った豆腐が煮えたぎっている。ホットプレートを調節して、温度を下げた。

「僕、ちょっと、自信がなくなってしまいました」俺も低い声でつぶやいた。

真夏さんが立ち上がる。俺のとなりに正座をする。

「どうしたの？　大丈夫？」

「僕の母が話した、名前の由来。雨降って、地固まる」

俺はうつむき、真夏さんの視線から逃れた。

「ものすごい洪水が大地を押し流してしまったあとに、また、僕たちは立ち上がれるんでしょうか？　雨が降る前よりも本当に強くなれるんでしょうか？」

気がつくと、雨の音は聞こえなくなっていた。もしかしたら、すでにやんでいるのかもしれない。もう少しすれば、浴室乾燥にかけている、一志のトレーニングウェアもかわくだろう。

真夏さんは、何事かを考えているようだった。しばらくして、口を開いた。

「大地君には、大むかしの甲子園の話、教えてあげる」

「大むかし？」

「そう、戦時中のひいおじいさんの話なんやけど」

以前にも話してくれたことだが、真夏さんの曾祖父《そうそふ》は、甲子園のグラウンドキーパーをしていたという。戦中から戦後にかけて活躍したグラウンドキーパーで、のちのちたずねてみたところ、島さんもその名前を知っていた。

「広島に原爆が落ちた日、一九四五年、八月六日の未明に、甲子園周辺でも空襲があったらしい。それで、大勢の人が亡くなったんやて」

「えっ、そうなんですか？」

知らなかった。真夏さんも、その曾祖父の話を祖父からつたえ聞いたのだという。終戦間際、西宮《にしのみや》市に大量の焼夷弾《しょういだん》が投下されたのだ。

「幸いなことに、ひいおじいさんは無事やった。でも、米軍機がすっかり飛び去ってから職場に行ってみたら、見る影もなく焼けてしまった甲子園が広がってた。グラウンドには、五千発くらいの焼夷弾が突き刺さってたらしいで。それこそ、ハリネズミの背中みたいに、一面、びっしりと」

想像もつかない光景だった。グラウンドに数千発も爆弾が刺さるということは、地上にいたら、おそらくどこにも逃げ場がなかっただろう。

燃え上がる甲子園球場。

焼夷弾の残骸《ざんがい》が、大量に突き刺さったグラウンド。

地域のシンボルを失った、その当時の人々の絶望は、察するにあまりある。

「そのあと、GHQがやって来て、球場は取り上げられた。焼夷弾は撤去されたけど、グラウンドはトラックで踏み荒らされた。軍の演習がはじまって、兵士たちの軍靴でさらに無残に踏み荒らされた」

真夏さんは、まるでその光景を見てきたように語った。

「それでも、誰もあきらめなかったんや。またここで——この球場で、高校野球ができる日を目指してな、接収が解除されると、ひいおじいさんは一からグラウンドをつくり直した」

そして、今がある。毎年、プロ野球に、高校野球に、延べ数百万人ものお客さんが訪れる。そういえば、甲子園ボウルも一九四七年にはじまったと島さんが話していた。たぶん、接収がとかれた直後のことだろう。

「たしかに、もうあかんって思うときもある。絶望的な気持ちになるときもあるやろ。でも、家を押し流されてしまったとしても、また建てたらええやん。もっと、強い家を。あったかい家を。だって、ウチら生きてるんやもん」

ずっと病室のベッドに寝ていた、小学生の真夏さんを思い浮かべた。

「大地君も、甲子園のグラウンドキーパーやろ。あきらめたら、先人たちに——ウチのひいおじいさんに、失礼やで」

顔を上げた。少しでも弱気になっていた自分が恥ずかしかった。

「ウチな、売り子でスタンドに出るとき、その空襲の話を毎回思い出す。ひいおじいさんの苦労を想像してみる。いつも新鮮な気持ちで、きれいな球場を見渡すねん。いかに、この空間が奇跡なのかって」

トイレから、水を流す音が聞こえてきた。一志が戻ってくる。

「どんなに絶望的な状況でも、土は――大地は、さらに強くなる。大地君のお母さんの言うとおりや。ナイトも一志君も、野球つづけてほしいって思ってる。だから、大地君も、あきらめずに頑張ってほしい」

俺は強くうなずいた。

「はい。僕も頑張ります」

すると、真夏さんの顔が急接近してきた。何事かと身構える暇もなく、真夏さんの唇が俺のおでこにあたる。

「えっ！　えぇっ！」両手で額をおさえた。初キスの余韻にひたる余裕もなかった。

「マジっすか！」

「マジです」と、真夏さんが笑って答える。「えらいから、ご褒美《ほうび》や」

真夏さんが立ち上がった。「ご飯とってくる」と、台所へ向かう。俺はお礼すら忘れて、呆然としていた。

「雑炊やから、卵もいるよな？　勝手にとってええ？」

「ふぁあい」風が吹き抜けるような、気の抜けた返事しかできなかった。

雨は上がってはいなかったが、だいぶ小降りになってきた。

濡れたアスファルトのにおいが、あたりを包んでいる。傘をさす手がすぐにかじかんで、手袋を部屋に置いてきたことを後悔した。

一志と真夏さんを駅まで送った。改札で手を振り、別れる。一志は最後まで笑顔だった。

野球はつづけてほしい。でも、無理はしないでほしい。相反する思いがせめぎあっている。

でも、どんなに強く雨が降っても、土はまたつくり直せる。家は建て直せる。生きているかぎりは、なんだってできるのだ。

もう雨粒は肌に感じるか感じないかくらいに弱まっていた。二人の姿が構内に消えると、両手に息を吐きかけ、踵を返した。

しばらく足を踏み入れていなかった甲子園のグラウンドに出勤した。

新年ということもあり、ぴりっと締まった空気が無人の球場にみなぎっているような気がした。

　息をゆっくりと吸いこみ、吐き出す。白い息が空中に広がる。真夏さんが話した、かつての甲子園を心に思い浮かべた。

ここに数千発の焼夷弾が突き刺さっていた。

米軍がグラウンドを接収し、野球ができないほどぐちゃぐちゃに踏み荒らされた。そんな時代をのりこえたからこそ、野球ができるのだ。

「ええか、これから耕運機で二十五センチまで、土を深く掘り起こす。黒土と砂を攪《かく》拌《はん》して、今まで下にもぐっていた層にも空気をふくませるんや」トラクターに乗りこんだ島さんが説明した。「わかりやすく、天地返しって呼ばれることもある。まあ、要するに上と下の土をひっくり返すわけや」

これからの一年のグラウンドの出来を左右する、重要な作業なのだという。

うまくいけば、深い層まで雨がしみこんでいく、弾力のある土ができあがる。考えたくもないことだが、もし失敗してしまえば、少しの雨でもすぐに水が浮いてしまう、水捌けの悪い、硬いグラウンドになってしまう。

すべては、不透水層をつくらないためだ。

水を吸わない層が奥深くにできないように、こうして土を掘り起こし、ほぐしていく。天と地を返すように耕し、いちばん下で一年間つぶされていた硬い層を柔らかくしていく。吸水能力と、保水能力の両方を最大限発揮できるグラウンドにするために——強いグラウンドをこれからの一年間維持するために欠かせない作業なのだ。

耕運機が、大きな爪で、グラウンドを掘り起こしていく。二十五センチも耕せば、もう見た目は完全に畑のようだ。とても球場のグラウンドには見えない。爪が通ったあとには、畝《うね》のように、土が盛り上がった線ができあがる。

これを、二日間かけて、何度も繰り返していく。すると、深い層に眠っていた土は完全にシャッフルされ、柔らかくほぐれていく。

「甲子園の土は、継ぎ足し、継ぎ足しや」島さんが休憩中に話してくれた。「時代によって、黒土の産地はかわっとるけどな。このなかには、球場ができた大正時代に運ばれてきた初代の土もあるやろな」

ということは、厳しい戦中、戦後をのりこえてきた土も間違いなく存在するということだ。様々な時代の土が、分子レベルで混ざりあい、このグラウンドを形成している。

ようやく日の目を見た土は、なんだか生き生きとして見える。冬の午前中の太陽があたり、生命力のみなぎる、濃いにおいがあたりを包みこむ。

ちょっと大げさだけど、この無人の甲子園が、古代のコロッセオの遺跡のように俺の目に映っている。あらゆる時代を超えて、今、この瞬間、目の前にある。激しい戦争の時代を経て、たくさんの選手や、観客や、グラウンドキーパーがここに集まり、また立ち去り、それでもこの球場は日々、きれいに、強く、保たれていく。

掘り起こしが完了すると、今度はコートローラーを走らせ、グラウンドを繰り返し転圧していった。

そして、不陸整正を同時に行っていく。畑の畝のように盛り上がった凹凸を、トラクターで牽引した鉄材で平らに均していくのだ。芝との境目や、ベース付近など、デリケートな箇所は、トンボを使って、人力で整正する。

中腰の姿勢で、トンボを押し、引く。一年間いちばん下にもぐっていた層にも、満遍なく新鮮な空気を吸ってもらえるように――ずっと押し潰されていた緊張をほぐすように、土を混ぜ、均していった。

冷たい風が吹き抜けた。浜風とは反対の、山から下りてくる風――いわゆる六甲《ろっこう》おろしだ。表面の土や砂がさらわれて、流されていく。手袋をしていても、毛細血管が縮こまり、トンボを持つ指の先までかじかんでくる。

転圧と整正の作業がひととおり終わると、島さんが言った。

「しばらく休みや。雨を待つ」

俺はメモを取り出し、ペンをかまえ、「その心は？」と、たずねた。「謎かけとちゃうんやけどな」とつぶやきながらも、島さんはこの先の予定を教えてくれた。

「もう、これ以上、土の内部に水分がない状態で転圧しても意味があれへん」腕組みをした島さんは、すっかり暮れはじめた空を見上げた。「もうすぐ雨が降る予報やろ」

俺も天気予報を逐一チェックしている。数日後、高確率で関西一円にまとまった雨が降ることは知っていた。

「雨が掘り起こしをした土に、満遍なく水分を与えてくれる。その水分が蒸発して抜けていく、ちょうどいい状態で、さらにローラーをかけて転圧するんや」

やはり、雨が必要だということだ。土は生きている。

「けど、雨がやんでも、すぐにいじったらあかん。じっくりや。土の状態を見極めて、じっくり事にあたるんや」

メモに書きこんだ。「じっくり」。丁寧にアンダーラインを二本引いた。

「じっくり事にあたらんと、強いグラウンドは育たへん。水が残りすぎてる状態で転圧すると、コンクリートみたいになってまう。かといって、水が抜けすぎてもあかん。うまく締め固められへん。かぴかぴでも、べちょべちょでもなく、ちょうどいい頃合いを見計らって固めるんや」

さらに「かぴかぴ」「べちょべちょ」と書き、大きく×印をつけた。

「で……、じっくりって、どのくらいなんでしょうか？」

島さんは、大きくため息をついた。

「そんなの言葉で説明できるわけないやん。そのときの降雨量にもろに左右されんねん。雨が少なかったら、すぐに作業に入るし、多かったらさっき言ったみたいにじっくり蒸発を待たなあかん。もちろん、湿度、日照、気象条件でつねに変動する。それに人間は勝てへん」

新年の、どことなくうわついた雰囲気が、だいぶ世間から薄れてきたころ、とある人物と甲子園駅で待ち合わせをした。

「雨宮君、こんにちは」

速い足どりで改札から出てきたのは、一志のお母さんだった。

非常にややこしい事態になってしまったことは、どうしても否めない。俺は昨年末に一志の実家に電話をかけ、一志の安否を確認しようとしたことを少し後悔していた。

一志と連絡がとれたら、必ずお母さんに報告するとそのとき約束した。一月三日に一志と真夏さんとで鍋を食べたあと、その約束を反故《ほご》にするわけにもいかず、こちらからふたたび連絡をしたのだ。

ただ、一志本人とはうまく口裏をあわせた。年末年始にかけて風邪を引き、体調を崩していたという無難な理由を考えて、お母さんに説明することにした。

電話の向こうのお母さんはいぶかしそうだった。たしかに、風邪を引いたくらいでそこまで長いあいだ音信不通にはならない。

俺は「とにかく、今は元気そうなので、大丈夫です」と強調しておいた。そのあと、一志本人からも母親に連絡を入れたはずだ。事はそれで無事におさまったはずだった。

「お仕事終わりで、疲れているときに、すいません」お母さんは低姿勢でしきりに頭を下げてきた。

「いえ、今日は休みで……」俺も何度もお辞儀を繰り返し、先に歩き出した。

駅前のスターバックスに入る。一志のお母さんは、俺の分の飲み物までいっしょに注文し、お代も出してくれた。

向かいあって、腰をかける。一志のお母さんは、どうにも落ちつかない様子で、真っ白い無地のブラウスのしわを気にし、しきりにいじっていた。話をどこから切り出すか、迷っているのだろう。

「あの……」沈黙に耐えられず、俺は口を開いた。「一志君には、もう会ったんですか?」

「ええ」言葉少なに、うなずく。

やはり、お母さんがどこまで事情を知っているかわからず、俺は「そうですか」

と、うなずいた。迂闊（うかつ）なことが言えないから、どうしてもやりとりが探り探りで、ぎこちなくなってしまう。一志のお母さんから、突然電話がかかってきたのは、昨日のことだった。どうしても、顔をあわせて話したいのだという。俺は耳を疑った。東京からわざわざやって来るのだ。一志にまた何か重大な事態が起こったことは明らかだった。

その後、何度か一志に連絡を試みたのだが、またしても音信不通になってしまった。

コーヒーを一口飲んで、お母さんが話しだした。

「一志をしばらく休部、休学させることにしました」

砂糖もミルクも入れていない、苦いドリップコーヒーを飲みくだした。お母さんの口から聞く一志の近況は、俺にとってものすごく苦しいものだった。

鍋をした一月三日の時点では、帰省している寮生も多く、一志の心にも余裕があったらしい。

しかし、一人、また一人と部員たちが戻ってくると、ふたたび無視がはじまった。一志が話していたように、風呂も全員が上がったあと、一人で入ることを強要された。当の二年生のキャッチャーも、噂を訂正する様子もなく、まるで一志を空気のように扱った。引くに引けなくなってしまったのだろう。

その直後から、一志は寮の部屋からなかなか出られなくなったというのだ。ほかの部員と顔をあわせることをさけるようになった。

「とりあえず、野球部をやめさせるのか、それとも退学するのか……。そこまでは決まっていないですけど、春休みに入る前には結論を出そうかと」

その後、一志は泣きながら母親に電話をかけてきたらしい。そこで、何もかも打ち明けたのだという。

その「何もかも」は、いったいどこまでをふくんでいるのだろうか……?

俺の思考を読んだように、一志のお母さんがつけたした。

「息子に聞きました。今回の件の原因。とても、とても長い電話になりました」お母さんは、深いため息をついた。「雨宮君にも、ご迷惑をかけたみたいで。高校のとき」

「迷惑だなんて、そんな……」高校のとき、ということは、今回の一件ではなく、甲子園の宿舎での告白をさしているのだろう。

「正直、私も、主人も、まだ心の整理がついていなくて……」

スタバの大きなウィンドウの外を見た。冬の甲子園界隈は、閑散としている。周囲にあるホテルも宿泊客は減る。アジア圏の団体のバスが泊まっているのを見かけるくらいだ。大阪や京都、神戸にもアクセスがよく、今の時期は安く泊まれるのだろう。

一志のお母さんの言葉で、俺は我に返った。

「私は許せません」

きっぱりと、はねつけるような口調に、俺の背筋が自然と伸びた。

「ひどい部です。断固として、戦うつもりです」

親としたら当然だと思う。たぶん俺の母さんも、俺が同じ境遇におちいったら、こうして厳しい言葉を吐くだろうと思う。

「どういうかたちになるかわかりませんが、もし必要になった場合、雨宮君にも証言や協力をしていただきたくて」

「証言って……、訴えるつもりですか？」

「まだ、わかりません。大学や野球部に誠意が見えないときは、もしかしたら……」

「一志君の意思は、どうですか？　本人にたしかめてみましたか？」

一志はそこまで望むだろうか？　きっと、また何不自由なく野球ができれば、あいつはそれでいいはずだと思う。

「一志君は、必要以上に事を荒立てたいと思ってるんでしょうか？　ただただ一志君は野球がやりたいだけなんですよ」

「野球どころではないでしょう！」

お母さんが、怒鳴り声をあげた。しかし、出してしまった大声を自分で恥じるように、ぐっと低くトーンをおさえてつづけた。

「とにかく、あの子はいったん実家に引き取ります。雨宮君には、いろいろとご迷惑をおかけしてしまったし、きちんとお話ししなければと思って」

用事は済んだとばかりに、一志のお母さんは飲みかけのコーヒーを持って立ち上がった。これから、野球部の寮に行くのだという。

俺はスターバックスに残った。駅は目の前なので、案内も必要ないだろう。いちおう立ち上がって、「ごちそうさまです」と、お母さんにお辞儀をする。

一人になった。夕方で、店内はそこそこ混みあっていた。

俺は天地返しのときの、島さんの言葉の意味を考えた。カバンから仕事用のメモを取り出し、見返した。そこに、何か重大なヒントが隠されているような気がしてならなかった。

「じっくり」——俺の汚い文字に、アンダーラインが二本引かれていた。

何事も焦ったら失敗する。それはわかっているつもりだ。土は生きている。人の心も生きている。だからこそ、マニュアル化できない。

いくら深く掘り起こしても、タイミングをあやまれば逆効果になってしまう。かぴかぴでも、べちょべちょでもダメだ。不透水層ができてしまう。でも、早くしなければ一志が東京に戻ったまま、野球の道をあきらめてしまうかもしれないという焦りが募っていた。

もちろん、男社会のなかで苦しい思いをするのなら、べつの選択肢もありなのではないかと思う。きっと一志のお母さんだって、一志のことをいちばんに考えているからこそ、実家に戻そうとしているのだ。野球部と戦おうとしているのだ。

答えがわからない。

未来の道筋がまったく見えてこない。

天気予報通り、しばらくするとまとまった雨が降った。

寮の窓から、外を眺めていた。強い雨粒がアスファルトをしきりに打ち鳴らす。風が強いのか、傘を斜めにさしている人が通り過ぎていく。

この雨がグラウンドを強くする慈雨《じう》になるのか、はたまた、正反対にかたくなな不透水層をつくる根源となってしまうのか――すべては、このあと作業に入るグラウンドキーパーの技量と経験にかかっている。

俺にはまだ太刀打ちできない領域だ。グラウンドの状態を見極めるには、十年のキャリアが必要だと言われている。土のなかの適切な水分量を察知して、ここぞというタイミングを見計らい、転圧していかなければならない。

一志の心に降りしきった雨が抜けていくのは、いったい、いつになるだろうか？

俺は窓枠に頬杖をついて考えた。ジャムの瓶のなかの土を見つめた。

ずっと連絡がとれなかった一志から、先ほどメッセージが届いた。

《プロでカミングアウトなんて、とんでもない。一家の恥だって、父親に言われたよ》

俺は返信を書いては消し、書いては消しつづけた。結局、空白の入力欄が表示されたままだった。

《本当に、ごめんね、大地。そもそも、僕みたいな精神的に弱い人間が、プロで通用するわけないんだよ》

準備ができしだい、荷物をまとめて寮を引きあげるという。俺はその前に一度、どうしても会いたいと訴えた。

今、焦って説得するのは、やはり時期尚早だと思う。でも、絶対にあきらめたくない。

東京に帰ったあとでもかまわない。仮に野球部を退部してしまったあとでもかまわない。また一志の投球を待ち望んでいると、どうしてもつたえたいのだ。

甲子園で待っている。いつぞや傑に言った言葉を、今度は一志自身につたえるつもりだった。グラウンドキーパーとしては半人前以下だけど――まだまだ人間としても未熟だけど、一志のことは誰にもまかせられないと思った。

思い上がりかもしれない。余計なお世話かもしれない。でも、真夏さんと約束を交わしたのだ。大事な友人の、大事な未来は、何がなんでも守りぬきたい。

その後は、しばらく晴れがつづいた。土のなかの水分が、徐々に蒸発して、抜けていく。その適切なタイミングを逃すわけにはいかなかった。いよいよ、グラウンドを締め固める作業に入ることになった。

「ええか。土をさわった、この感じ、しっかり覚えとくんやぞ」

一塁側ベンチの前で、島さんがレクチャーしてくれた。

「土を持って、握ってみ」

島さんが、手袋をはずしてしゃがみこみ、土をすくう。握りしめると、黒い土は程よいかたちに丸まった。

うながされ、俺もやってみる。じんわりと湿った土は、とても冷たかった。痛いほどだった。それでも、ぐっと力をこめて、手のひらを閉じる。

「泥団子や。子どものころ、やったやろ」

たしかに、なつかしい感触だった。小さいときは、泥をさわることをためらわなかった。そのころに味わった、肌にしっとりと吸いつくような、気持ちのいい手触りだ。手を開けると、土は丸く固まり、崩れることはなかった。

「この団子が、一つの目安やな。水分量がこれ以上でも、以下でも、土は固まらへん。べちょべちょやったら、ぐずぐずになってしまうし、かわいてても、当然、こんな感じにまとまらへんのはわかるやろ」

となりにいた長谷さんも、同じように土を握っている。手が大きいせいで、俺の倍くらいのボリュームの泥団子ができあがった。

「このくらいに水が抜けはじめた瞬間が勝負やな。ローラーでじっくり圧力をかけて、固めていく。これから一年間の激戦に耐えられるような、底のほうから強いグラウンドをつくっていくんや」

グラウンドの上を、コートローラーが走る。ゆっくりと圧力をくわえて、適度に水分をふくんだ状態のグラウンドを、締め、踏み固めていく。

それと同時に、土の異物除去も行った。

巨大な金網のような形状のチェーンマットを、トラクターで牽引し、グラウンドの上を走らせる。そうしてかき集めた土を、少しずつふるいにかけていくのだ。

気の遠くなるような作業だった。ふるいは、球場用の大きい代物があるわけではない。木枠で囲まれた目の細かい網は、二人でじゅうぶん持てるサイズだ。

だから、一回にふるいにかけられる土の量もかぎられている。かじかむ手でひたすら、ふるいを揺すって、そこに引っかかった小石やゴミを取り除いていく。それを、何度も、何度も繰り返していくのだ。

けれど、気は抜けない。少しでも、選手の怪我のリスクを減らすためだ。絶対におろそかにはできなかった。

それなのに、ふるいのもう一端を持っていた長谷さんが、豪快に舌打ちをした。

「ため息がうるさいねん、お前」

「えっ、僕、ため息ついてました？」

「気づいてへんのか？　お前が、はぁはぁ、はぁはぁ言うてると、こっちの精気まで吸いとられんねん」

「すいません」

「そんなにこの作業が嫌なら、島さんに言うたらええやん」

「嫌なわけないじゃないですか！」

小麦粉や砂糖をふるいにかけたように、網を通過した混じりけのない土が落ち、小山ができあがる。それをトンボで均し、徐々に緩い傾斜のついたグラウンドを形成していく。

「いや……、違うんですよ」俺はつぶやいた。

「何が違うねん」

ふたたび、シャベルで新しい土をふるいに入れ、長谷さんと協力して左右に揺する。ふるいの内部には、網に引っかかった細かい石つぶが残る。

「こうして目に見えるかたちで、人の心も、深く掘り起こしたり、固めたり、異物を取り除くことができたらどんなに楽だろうなと思いまして」

ふるいにかかった小石をバケツにあけた。こうして見てみると、かなりの不純物が土に混ざっていたことがわかる。俺は腰に手をあて、冬の空を見上げた。

「だから、やめろ、ため息」

「えっ、またついてました?」

「お前、わざとやっとるやろ、絶対」

「いや、わざとじゃないです。ちょっと、一志のことで……」

今度は長谷さんがため息をついた。

「あいつ、まだ、ぐずぐずやっとんのか?」

「一志が親にすべての事情を話したんです。それで、心配した両親が、一志を東京に戻すことになって……」

長谷さんも、母親がうるさいから実家には帰りたくないと話していた。

だからと言って、必ずしも憎いとか、ウザいというわけではないのだろう。ここまで育ててもらった恩もある。距離が近いからこそ、複雑な思いをぬぐいきれないのだ。

「そういえば、長谷さんは、忘れ物、見つかりました?」

不用意な言葉が口をついて出てきた。

「なんやて……？」案の定、長谷さんの顔が曇る。太い眉毛のあいだに、しわがよった。

「いや……、なんでもないです」

「ええから、言えって」

さっき土を丸めていた長谷さんの大きな背中が、色濃く俺の脳裏に焼きついていた。まるで、グラウンドに落ちていた何かを拾っているような仕草だった。甲子園の忘れ物は、もうどこにもなかった——そう語った長谷さんの不透水層は、少しは柔らかくほぐれたのだろうか？

「長谷さんの忘れ物、見つかったのかなぁって思いまして。その……、悔しさ、みたいなこと言ってましたよね、去年の夏の甲子園が終わって。何を忘れたのかには気がついたけど、どこにも落ちてなかったたって」

長谷さんの顔が真っ赤になった。

「お前、よくもまあ、人の恥ずかしい発言をさらっと蒸し返せるな。どういう神経してんねん」

「えっ、恥ずかしい発言なんですか？」

耳まで赤くなっている。

「ちょっと酔っ払って、雰囲気にのまれただけや。だいたい、俺が何を落とそうが、なくそうが、お前に関係ないやろ！」

「でも、あれからけっこう部屋で素振りしてますよね？　かなり張りきって、気合いが入った感じで」

「おい！」赤かった顔が、今度は蒼白になっていく。「お前、なんで知ってんねん」

「だって、バットの音が、びゅんびゅん聞こえてきますから。長谷さんの、よっしゃ、とか、クソ！　とかいう独り言もいっしょに」

「雨宮のエッチ！」長谷さんがツバを飛ばして怒鳴った。「完全に盗み聞きやん」

「盗み聞きじゃないです。聞こえてきちゃうんです」

素振りをすることが、そんなにも恥ずかしいことなのだろうか？

「おい！」コートローラーを走らせていた甲斐さんが手招きした。「長谷！　ローラーかわれ」

まだ、長谷さんは「アホか、ふざけんな」と、ぶつぶつつぶやいている。運転席についてエンジンをかけると、その呪詛《じゅそ》の言葉もようやく聞こえなくなった。

「長谷も必死なんや」

甲斐さんがふるいを持ち、ふたたび異物除去の作業がはじまった。さらさらと、土が落ちていく音が静かに響く。

長谷さんの乗ったコートローラーが遠ざかっていった。

「でも、あいつもだいぶ明るくなったんやで。入社一年目は、覇気が全然なくて幽霊みたいやったのに」

太陽がじわじわと空の低い位置を移動し、ジャンパーを着た背中が日だまりに包まれる。ほんのりと暖かくなっていく。

「お前のおかげかもしれへんな」

「僕のおかげ⁉」ふるいを揺する手に力が入った。「いや、ないですって、絶対！ないない！」

甲斐さんが、息をもらすように笑った。

傑から電話がかかってきたのは、一志が野球部の寮を去る前日のことだった。

「兄ちゃん、センバツ決まったよ！」

一志の訪問にそなえて、寮の自室でミートソースを作っていた。玉ねぎのみじん切りや、挽き肉を炒めたフライパンに、トマト缶を入れ、つぶしていた。

「おぉ！」火をとめて、木のヘラを置く。「おめでとう！」

センバツは予選大会がない。その名のとおり、出場校は選考委員会によって選ばれる。徳志館高校は、東京都の秋季大会で準優勝し、その成績が認められたかたちになった。

手を伸ばし、換気扇をとめた。あたりが静寂に包まれた。電話の向こうの傑が、少し声のボリュームを落として言った。

「実は、三浦先輩が最後の大会になっちゃうんだ」

「えっ……？　なんで？」スマホを、耳に強く押しあてた。夏の大会で挨拶をしてくれたマネージャーの三浦君は、まだ二年生だ。そもそも、春のセンバツで引退なんて聞いたことがない。彼には、まだ三年の夏が残されているのだ。

嫌な予感がした。三浦君も、何か悲しい事情で野球部を去ってしまうのではないかと思ったのだ。

「留学するんだって。アメリカに」

「留学！」

「部員みんなの前で話してくれたんだけど、三浦先輩、将来の夢が通訳なんだって。しかも、プロ野球のチーム専属の通訳」

「へぇ、すごいじゃん！」話が前向きな方向に進んでいったので、俺は胸をなで下ろした。

「早いうちに英語をマスターして、スペイン語も勉強したいらしいよ。もちろん、球団通訳は狭き門だから、サッカーとかラグビーとかバスケとか、何かスポーツにかかわる通訳になりたいって言ってるけど」

「まあ、でも野球の知識を生かして、どこかの球団でやってほしいよな」

「だよね」電話の向こうで、傑がうなずく気配がつたわってくる。「高校の途中から向こうに行くこと、そうとう迷ったみたいだけど――責任感が強い人だから、野球部をやめることにも引け目を感じてたみたいなんだけど、去年、兄ちゃんと話して決心がついたんだって」

「はい……？」耳を疑った。「俺、何かしたっけ？」

「いや……、俺に聞かれてもわからないけどさ。三浦先輩の伝言だよ」そこで、傑はわざとらしく、一度咳払いをはさんだ。「『僕も、思いきって、勢いで、向こう側に飛びこんでみることにしました。ありがとうございます』だってさ」

すぐに去年の夏を思い出した。あのとき、かたい握手を交わした。三浦君の決意のにじんだ、力強い手の感触がよみがえってきた。

こうして社会人になると、知らず知らずのうちに、他人に影響を与えている。こわい、と思う。けれど、自信もわいてくる。自分の進んできた道は、間違いではなかったと確信する。

傑が、つぶやいた。

「俺、今度こそ……」

傑は最後まで言わなかったけれど、その短い言葉でじゅうぶんだった。強く踏み固められた土のように、決意と気合いがぎゅっと凝縮され、みなぎっていた。三浦君のために、今度こそ勝たなければならない。俺も短く応答した。

「今度こそ、な」

グラウンドは、上々の仕上がりだった。

転圧を繰り返し、土のなかの異物を取り除き、トンボで整地を行い、マウンドを中心に放射状に傾斜を設ける。選手たちの激しい戦いの場に耐えられる舞台が整った。タイガースのオープン戦が数試合行われたあと、いよいよ三月の下旬に春の甲子園──選抜高等学校野球大会がはじまる。

部屋のチャイムが鳴った。一志が少し気後れした様子で、扉から顔をのぞかせた。その気まずさを吹き飛ばすように、俺はつとめて明るい声を出した。

「ニュース、見たか？」

「ニュース？」靴を脱いだ一志が、鼻から大きく息を吸いこんだ。

キッチンには、一志の大好物のミートソースのにおいが充満している。しかし、一志の曇った顔に変化は見られなかった。

それでも、東京に帰る前日にわざわざここまで足を運んでくれたということは、まだ自分でも踏ん切りがつかず、何かに迷っているからに違いない——そんな都合のいい解釈をして、俺は言葉をつないだ。

「徳志館高校、センバツ出場！　決まったよ！」

「そう……」一志は顔を伏せたまま、靴を脱いだ。「お邪魔します」とはつぶやいたけれど、母校の甲子園出場に大きな反応を示すことはなかった。

「三月は東京にいるかもしれないけど、甲子園、観に来てみたらどうかな？」

一志は本当に実家に帰るべきなのだろうか？

長谷さんに話したように、土の状態と違って、心は目に見えない。感触をたしかめることもできない。だから、わからなくなる。たぶん、一志だって自分自身がどうしたいのかわからなくなっている状態なのかもしれない。

「ごめん、大地」居間に上がっても、一志は恥ずかしそうに顔を伏せたままだった。

「今は、まだ野球のことは考えたくないんだ」

「そっか……」あわてて一志にクッションをすすめた。「そうだよな」

どんなかたちでもいいから、野球だけはつづけてほしい——それだけをつたえるつもりだった。甲子園で待ってるという言葉を、なんとかぶつけたかった。

それなのに、最初に野球の話題を封じこめられて、俺は黙りこんだ。必死に言葉を探した。

「いったんお別れだな」何がなんでも帰って来いよとは、やはり言えなかった。

「うん」

「これから、ミートソース食べたら、俺のこと、少しは思い出してくれよ」少し冗談めかして言ってみる。

が、一志は真顔でうなずいた。

「大地の料理食べるの、これが最後になっちゃうかもな」

もしかしたら、一志も冗談で返したのかもしれない。しかし、本音なのか冗談なのか、俺にはその判別がつかなかった。ミートソースを温め直すために、鍋に歩みよると、突然背後の扉が開いた。

チャイムもノックもない。

長谷さんが、ぬっと顔をのぞかせた。真っ黒の無地のキャップをかぶっているせいで、顔に濃い影が落ちている。

「めっちゃええにおいやん」

換気扇から外廊下に流れ出るミートソースのにおいにつられたのか、鼻をしきりにひくつかせている。

いやいや、ありえないでしょ！　心のなかで叫んだ。いくら会社の同僚で隣室とはいえ、ご飯のいいにおいがしたから断りもなしに扉を開けるなんて、デリカシーがないにもほどがある。

と思ったら、長谷さんの背後には、心配そうな面持ちの真夏さんも立っていた。真夏さんには、今日の送別会のことはあらかじめつたえてあった。

「今日はええ天気やなぁ、寒いけど」と、まったく関係のないことをつぶやいた長谷さんは、大きい体でドアをおさえ、一志を見た。

「おい!」

一志をしきりに手招きする。

「ちょっと、顔貸せや」

俺は思わず真夏さんを見た。真夏さんは、苦い表情で俺に目配せをして、軽く首を横に振った。ウチも制御不能やねんと、困惑げに揺れる瞳が語っていた。

一志も心底困惑している様子だった。長谷さんの迫力におされるように立ち上がり、玄関に近づいてはきたものの、迷っている様子で俺や真夏さんを見くらべている。

「早く来いって。日が暮れてまうやろ」

長谷さんがちらっと外を見た。時刻は四時半だ。もうすぐ日が沈む。

「お前、この前の雨のとき——たしか、一月三日やったな。俺がなんて言うたか覚えてるか?」

長谷さんの問いかけに、一志がうつむいた。

「お前は野手ちゃうねん。ピッチャーやろ。俺はそう言うた。お前はその意味がわかったか?」

一志は無言で首を横に振る。

「話にならんわ。答え、教えたる。来い」

野球のことは考えたくないと言った一志だが、きっと長谷さんの言葉は心にずっと引っかかりつづけていたのだろう。意を決したように、一歩を踏み出す。スニーカーをはき、外廊下に出た。

俺もあわててサンダルをつっかけた。

長谷さんを先頭に、階段を下りていく。訳もわからないまま、いちばん後方からあとを追いかけた。すぐ前を行く真夏さんは、ギターのケースを背負っていた。

寮の裏手の駐車場で、長谷さんが立ち止まった。リュックからグローブを二つ取り出す。

それを見た一志が、踵を返そうとした。長谷さんが、その進路にすかさず立ちはだかる。「つけろ」と、グローブを一つ、一志の胸に押しつけた。

長谷さんは、さらにボールを取り出してから、リュックをぞんざいに地面に放った。

「ちょっと、硬球はまずいんじゃないですか！」

思わず口をはさんだ。長谷さんが持っているのは、まぎれもなく硬式球だった。周囲には車がずらっとならんでいる。

「あのな、俺を誰やと思ってんねん」

「長谷さんです」

「そういうことを聞いてるんやない。俺がコントロールミスなんかするわけないやろ」

ボールを軽く投げ上げ、みずからつかむ。その動作を繰り返しながら、長谷さんがゆっくり遠ざかっていく。

「もう一度言う。つけろ」十数メートル離れたところで、長谷さんはくるりと振り返った。左腕を伸ばし、グローブの先を、一志のほうへ突きつけた。「はよ、つけろ」

一志が、下唇を噛んで、うつむいた。

「ホンマに、お前ら、じれったいねん。ウジウジ、ウジウジ、胸くそ悪いねん。東京の人間は、みんなこんなに意気地《いくじ》がないんか？」

ゆっくりと振りかぶった。

「じゃあ、このまま投げるから、素手で捕れ」

あわてて、一志がグローブを左手に通した。まったく脅しではない空気が、長谷さんのゆったりしたフォームから鋭く放たれた。

本気で投げる！　そう思った瞬間、長谷さんが右腕を振り下ろした。

伸びのある球が、一直線に真冬の乾燥した空気を切り裂く。叫ぶ暇もなかった。俺はとっさに目をそむけた。

激しい捕球音が周囲のフェンスに反響する。

おそるおそる一志を見た。

胸の前に構えたグローブのなかに、白球がおさまっていた。一志の、ど真ん中だ。

一志は痛そうに顔をしかめていた。一月の外気で手がかじかんでいるところに、あの球威だ。しかも、厚いミットではなく、ふつうのグローブだから、ものすごい衝撃が走ったのだろう。

あわてて一志に駆けよった。

「マジで……、大丈夫？」一志の様子しだいでは、すぐにやめさせるつもりだった。

母校のセンバツ出場のニュースですら、拒否反応を示したのだ。

けれど、一志は笑った。わざとらしいつくり笑いではない。ひさしぶりに、歯を見せて、大きく笑ったのだ。

「いや、いい。こんな痺《しび》れる感触、ずっと味わってなかったよ。目が覚めた」

長谷さんに球を投げ返した一志が叫んだ。

「長谷さん！　投げても大丈夫なんですか？」

俺はハッとした。

すっかり忘れていたけれど、長谷さんの肘は故障したままだと思っていた。ところが、長谷さんも一志と同様に、小学生のような笑みを浮かべて答えた。

「肘の再建手術したんや。一ヵ月半くらい前」

俺は「えぇ！」と、大声をあげてしまった。まったく気がつかなかったのは、季節が冬で長谷さんがずっと長袖を着ていたからかもしれない。着替えのときも、わざわざ長谷さんの裸なんか見たいと思わないし……。

けれど、手術をしたということは、その肘に痛々しい痕があるはずだ。

「遊離した軟骨を除去した。俺を苦しめてたもんは、もうない。俺は自由や」長谷さんは、キャップのつばに手をかけ、少し恥ずかしそうに目深にかぶり直した。

その言葉に、何を感じたのか、一志が天をあおぐ。

「まだ万全やないけどな。ちょっとずつ、こうして投げられるようになってきたわ」

もしかして、甲子園ボウルのときに休みがちだったのは、手術やリハビリをしていたからだろうか。時期的には、ちょうど合致する。俺は真夏さんを見た。

真夏さんは、手術の件を知っていたらしく、にやりと微笑んでうなずいた。

長谷さんが、ふたたび振りかぶる。ゆっくりと左腿を上げ、大きく両腕を開いた。

全身が弓のように緊張して張りつめたその刹那、ためこんだ力を一気に解放した。

来る！

一志がグローブに右手をそえて、身構えた。

糸を引くように、ボールが俺の目の前を横切る。

ズドンと、サンドバッグを殴ったような鈍い音がした。一志がやはり、痛みをこらえるように、唇を引き結んでいる。

しかし、長谷さんは首を軽くひねった。

「まあ、まだ四割ってところやな」

「これで……、四割？」唖然とした。化け物だ。

一志の絶好調時のピッチングだって、威力がないわけじゃない。けれど、長谷さんの球はまるでバズーカだ。

一志が、「ははっ」と、笑う。ただただ、圧倒的な力を見せつけられて、自然と心の奥底から感嘆がもれたようだった。

俺の横に、真夏さんが立った。

「いちおう、一志君と最後になるかもしれへんし、ナイトにも今日の送別会のことつたえたんやけど……」

コートのポケットに両手をつっこんだ真夏さんは、軽く背伸びをしたり、踵《かかと》を下ろしたり、寒そうに体を上下させていた。背負っているギターのケースも、その動きにあわせて揺れる。

「ここから先は、まるっきりナイトの言葉やで。ウチが言うたんやないで」と、前置きをして、真夏さんが語りはじめた。

雨宮のため息がうるさくてしかたがない。一志の心も、グラウンドの土と同じように、目に見えて掘り返せたらいいのに……。そう言って、仕事にも集中せぇへん。ウザくて、ホンマにかなわん。

「アホか。俺ら、カウンセラーでも精神科医でもないんや。心が見えないのは当たり前やろって、ナイトがもう朝っぱらからうるさいねん」

長谷さんの口調を真似ているらしく、低い声で真夏さんがつづけた。

「俺たちは、カウンセラーやない。グラウンドキーパーなんや。土やろうが、心やろうが、思いっきり掘り起こしてしまえばええんや。それが、グラウンドキーパーの流儀や。心に傷がついたんなら、天と地を丸ごとひっくり返して、転圧して、固めてしまえばええんやって。なんで、親友の雨宮がそれをできんねん、何をためらってるんやって。真夏、今日、乗りこむぞって、まるでケンカしに行くみたいに言うて」

俺も、一志のように「ははっ」と、なかばあきれて笑った。そんなパワープレーが許されるのは、長谷さんだけだ。

俺と真夏さんの前で、二人のキャッチボールがつづいている。長谷さんは、もうだいぶ力を落としているようだが、それでもその球には伸びがあり、放たれてから一志のもとに届くまでスピードが衰えない。

「これ、内緒なんやけど、一球目でしっかり全力で投げられるように、ここ来る前にきっちりアップして、肩あったためて来てるんやで」

真夏さんが笑った。空中に白い息が広がる。

「マジでアホやろ。カッコつけすぎやろ」

一志もしだいに体が温まってきたのか、ビシッとキレのあるボールを投げ返す。駐車場のアスファルトに伸びた二人の影が躍動していた。ただただ無心でボールをやりとりしているように見えた。

「でも、ナイトはぶっきらぼうで乱暴に見えて、やさしいねん。むかしっからそうやった」

「ですね」

「このまま、野球をあきらめかねない一志君を放っておけなかったんやろ。それに心を痛めてる大地君を見かねたんやろな」

長谷さん自身が、翼をもがれるような挫折を味わった。自由に飛べなくなった。だからこそ、同じく墜落寸前だった一志の苦境に黙っていられなかったのだろう。

「ところで、長谷さんの心のほうは大丈夫なんでしょうか？　この前、甲子園の忘れ物は見つかりましたかって聞いたんですけど、はぐらかされて、怒られて」

「それは、ウチにまかせといて」真夏さんは胸を張って、答えた。「もう、手術をしたあの感じからして、掘り起こしは完了してるようやしな。あとは適切な時期に、締めて、固めるだけや。ウチも整備の仕方、ナイトから教わったんやで。あいつの心の上に、コートローラーをブンブン走らせて、しっかり強く踏み固めていけばええんやろ？」

真夏さんは、まるでレーシングゲームのように、ハンドルを握る仕草で、右に左に両手をひねった。

コートローラーは、そんなに激しい乗り物じゃないんです……、とは思ったけれど、俺は「はい」と、返事した。

「ばっちり仕上がれば、奥深くまでたっぷり雨を吸いこめて、弾力のある強い心ができあがります！」

もう、真夏さんと長谷さんの深い絆に、嫉妬心はわかなかった。ここまでしてくれた長谷さんも、どうか幸せになってほしい。でっかい空に、でっかい体で、ふたたび飛び立ってほしい。

「嫉妬か……」部屋着のままあわてて出てきたせいで、しだいに体の芯から冷えてきた。腕を組むような格好で、両手を両脇の下にはさみこんで震えていた。

どちらかというと、俺は一志と長谷さんの二人のほうに、強い嫉妬を感じているようだった。

たいして仲良くもなかったのに、こうしてボールをやりとりするだけで、男同士、もうわかりあえてしまう。あれだけ覇気の失われていた一志の目に——表情に生気が戻っていた。

俺が何年もかかって築き上げた一志との関係を、野球をする者同士なら、一瞬で飛び越えることができてしまう。互いの力量を認めあい、尊重しあうことができる。

「ピッチャーの気持ちは、ピッチャーにしかわからへん」長谷さんが、ボールを投げながら言った。

一志が受ける。無言で投げ返す。

「ピッチャーが投げなかったら、試合ははじまらへん。すべては、お前が投げるところから、はじまる。お前が起点や」

しだいに、あたりが薄暗くなってきた。でも、二人はやめない。

「キャッチャーが、なんぼのもんじゃ。俺らピッチャーが主役や。花形や。お前らは、黙って俺らの球を受けとけ——そういう気概でいかな、簡単に打たれるで」

グローブと硬球がぶつかる音が、絶え間なく、リズミカルに響く。

「一度折れたら、簡単には戻ってこれへんぞ。だから、踏みとどまれ。最初は、ネットにでも、壁にでも、投げこんだらええ。ひたすら投げこめ。クソみたいなバカは相手にするな」

球の重み以上に、長谷さんの投げかける言葉には、鋼鉄みたいな強度があった。それでも、一志は真正面から、その言葉を受けとめる。

「あいつの球を、受けてみたい。とてつもないボールや。そうキャッチャーに思わせたら、勝ちや。あいつの球を打ってみたいって、バッターに思わせたら勝ちや。絶対にお前の味方になってくれるキャッチャー、チームメートが出てくる。お前の努力を認めるヤツは必ずおる」

長谷さんがつづけた。

「それでも、あかんかったら、そんな腐った部はやめろ。独立リーグでも、なんでも行ったらええ」

俺は唇を嚙みしめた。

ピッチャーの気持ちはピッチャーにしかわからない。

プレーヤーの気持ちはプレーヤーにしかわからない。

たしかに、かつて島さんが言ってくれたとおり、選手の気持ちを想像してみることはできる。けれど、その想像にだって、限界はあるんだ。

どう頑張ったって、野球を介した傑と父さんの仲に割って入ることはできない。一志と長谷さんのように、ボールを交わしただけで、一足飛びに体の底から魂の部分でぶつかりあえる――そんな男同士の友情をはぐくむことは、到底俺にはできない。

俺は傑が生まれたときから、ずっと嫉妬していたんだと、否応なく気づかされる。父さんと傑のキャッチボールを、うらやましく眺めていた。雨の日、バッティングセンターで傑を褒める父さんを、俺のほうにも振り向かせたくてしかたがなかった。傑に――父さんに大事にされる傑に――どうしようもなく嫉妬していた。お年兄として、弟をかわいがっているふりをして、その感情に目をつむっていた。玉をあげるような、頼りがいのある兄を演じていた。けれど、違った。俺も目が覚めた。

傑がねたましい。

どうしようもなく、くるおしいほど、うらやましい。なんであいつには、生まれた瞬間からすべてが与えられているんだ？　なんで、俺にはなんにもないんだ？

その嫉妬の炎は小さいころから俺の内側でずっと燃え上がっていた。それに見て見ぬふりをしてきた。

俺の心のなかの水分は、その炎ですっかり蒸発し、土壌は干からび、ひびわれ、まるで水分をとおさなくなっていた。雨はしみこまず、あふれだし、オーバーフローした。

今さら、気がついた。俺の心のなかにこそ、不透水層は広がっていたのだ。そのことに、ずっと目をそむけつづけてきた。

一志と長谷さんのキャッチボールを目の当たりにして、その深い傷がむき出しにされ、あばかれた。

本当は野球なんか憎くてしかたがないのに、その憎しみや嫉妬のどろどろした感情を認めたくなくて——父さんにどうしても俺の姿を見てほしくて、俺は徳志館高校のマネージャーになった。

そして、甲子園のグラウンドキーパーになった。

本当は、感謝なんか、求めていなかった。ただただ、振り向いてほしかっただけだ。家族の一員になりたかっただけだ。心の土を耕し、掘り起こし、締め固めなければならなかったのは、本当は俺のほうだったのだ……。

「あっ！」と、一志の声が響いて、我に返った。

球を捕りそこねたらしい。一志の前に、ボールが転がっていく。

「もう、見えへんな。やめよう」長谷さんも一志に歩みよっていった。

ボールを拾った一志が、長谷さんを見上げる。

その瞬間だった。一志が顔をしかめる。夕陽を背にした長谷さんを、まぶしそうに見上げている。

しかし、どうも様子が変だった。

「もしかして……、いや……、間違ってたら、ごめんなさい」

一志が何度も前置きをして言葉をつづけた。

「一昨年の夏の甲子園でした。僕が――徳志館が一回戦で負けたあと、土を拾おうとして、でも、なかなか集められなくて……」

その先を聞きたいような、聞きたくないような、そんな複雑な感情が、俺のなかでせめぎあっていた。

「そのとき、トンボでわざわざ土を運んできてくれたグラウンドキーパーがいました。この前、大地が話したとおり」

俺はぎゅっと目をつむった。

「それって、長谷さんですよね？」

長谷さんは、拾い上げたリュックにグローブをしまいながら、無表情で答えた。

「アホか。俺、ちゃうわ」

「僕は、あのときも、土を持ってきてくれたグラウンドキーパーをこうして見上げていたんです。グラウンドにしゃがみこんだ格好で、逆光で、まぶしくて、顔は全然見えなくて、相手は帽子をかぶってて……」

一志はすがりつくような視線を長谷さんに向けた。夕陽を背負った長谷さんを見上げて
「そして、今も、僕はあなたを見上げています。ぴたりと重なるんです、イメージが。あのときの、シルエットが」

長谷さんは、依然として無表情で一志を見下ろしている。

「長谷さんなんですよね？　そうなんですよね？」

「だったら、なんや？」

乱暴な口調とは裏腹に、その声は湿り気を帯びて、震えていた。

「俺やったら、なんやっていうんや？」

「ありがとうございます」立ち上がった一志が、ゆっくりと頭を下げた。「二度も助けてくれました。あのときは、絶対にプロになって、甲子園に帰ってきたいと思いました。もちろん、今も……」

「邪魔やっただけや。整備の邪魔やったんや」

「ナイト……」と、両手を口にあてた真夏さんがつぶやいた。

「ただ、それだけや」

「それでも……、いろいろなことをあきらめなくてよかったと、心の底から思います。東京に帰るのは、やめます。両親は関係ない。ほかの部員も関係ない。俺はピッチャーだ。ピッチャーが投げなきゃはじまらない。俺は……、俺は、もっとわがまま

に振る舞ってもいいんだ」

一志の目が光っていた。

「なんとしてもここに踏みとどまります。ありがとうございました」

俺は寒さに震えていた。自分の心のなかをのぞきみる余裕もなかった。

嫉妬なんか、いらない。感謝を求めるのでもない。

そんな足手まといの、負の感情はいい加減、脱ぎ捨てたい。俺も自由になりたい。

独力で高く飛び立ちたい。

純粋に、土と、芝と向きあいたかった。一人前のグラウンドキーパーになりたかった。プロのグラウンドキーパーになりたかった。

長谷さんが、無言で寮へと引きあげていく。その背中に、あわてて呼びかけた。

「長谷さん!」

「何や……?」

長谷さんが振り返った。

「僕もプロになりたいんです!」

必死で訴えた。

「プロ野球選手みたいに、お医者さんや看護師さんみたいに、ビルや家を建てる人みたいに、電車やバスやトラックを運転する人みたいに、僕もグラウンドキーパーのプロになりたいです」

長谷さんは、あきれかえったと言わんばかりに、宙を見上げた。

「ピッチャーの気持ちは、ピッチャーにしかわからへん」

空気が乾燥しているのか、上下の唇を一度湿らせて長谷さんがつづけた。

「同じように、グラウンドキーパーの気持ちも、仕事の醍醐味も、グラウンドキーパーにしかわからへん」

長谷さんは言った。

「選手の笑顔によりそうんや」

長谷さんは、俺にもボールを投げかけようとしている。

「選手の涙によりそうんや」

俺はそのボールをそらすまいと、長谷さんの目を真っ直ぐ見すえた。

「冷静に周囲を見渡せ。風や雨や太陽を日々、感じるんや。土や芝によりそうんや。それが、グラウンドキーパーの醍醐味や。ほかの仕事にはない、やりがいや。もうすぐ一年なんやから、雨宮にはわかると思ってたんやけどな」

荒々しく突き放すような口調のわりに、長谷さんはどこかさみしげでもあった。何か大事なものを手渡され、託されたように感じた俺は、相手の目を見つめたまま大きくうなずいた。

ベッドに腰をかけ、ギターをかまえた真夏さんが歌いはじめる。

俺の部屋だった。一志の送別会あらため、ミートソース会の前に、即席のライブがはじまった。

マイクがなくても、真夏さんの声はとてもよく通った。隣室の大沼さんには、三十分だけ騒がしくなりますとあらかじめつたえ、長谷さんといっしょに頭をさげておいたので、真夏さんも心置きなく百パーセントの声量が出せるだろう。

なかでも俺の印象に残ったのは、雨の動物園をテーマにした曲だった。はじめて聞いたのだが、もともとの持ち曲らしい。

傘をさしながら、閑散とした午前中の園内を一人、そぞろ歩く。季節は真冬。寒い。お客さんは、自分以外に見当たらない。

動物たちも、ほとんどが屋外の檻《おり》から、屋内の獣舎に入れられている。小型の動物は、ケージのなかの巣穴や小屋にもぐりこんでいるらしく、なかなか姿が見えない。

巨大な鳥舎に足を踏み入れる。内部は公園のようになっている。ドーム型のケージだが、天井は金網なので雨は落ちてくる。傘をさしたまま、池にかけられた木製のアーチ状の橋にたたずむ。

雨の音。叫ぶような鳥の鳴き声。池に浮かんでいる鳥たち。池の水面に絶えず小さく広がる雨滴の波紋。鳥は寒くないのだろうか？

やはり、心細く、さみしい曲だった。それでも、俺はもう息苦しさを感じなかった。

グラウンドキーパーとして、独り立ちしたい。父さんも、傑も、関係ない。嫉妬や、家族のしがらみから自由になりたい。今まで重ねてきたやせ我慢を捨てて、俺だってわがままに振る舞いたい。

真夏さんが歌い終えると、男三人が拍手をした。俺と一志、長谷さんが、真夏さんと相対するように座っている。座卓を取り払って居間を広くしたのだが、一志と長谷さんがいると、やはり部屋はぎゅうぎゅうだ。

キャッチボールのあと、長谷さんは自室に戻りかけた。どうやら、一志に土を届けたことがバレてしまったのが、本当に恥ずかしかったらしい。しかし、「あんたにも、聴かせたいんやけど」と、真夏さんが強引に俺の部屋まで引っ張りこんだのだ。

「あー、どうもありがとうございます！」

まるで、ライブハウスでのMCのように、あらたまった口調で真夏さんが話しはじめた。

「実は、みなさんに、ご報告があります」

となりに座る一志と、思わず顔を見あわせた。

「実はひそかにレコード会社のオーディションを受けていたのですが……」

ドラムロールのつもりなのか、真夏さんはアコースティックギターをジャカジャカとかき鳴らしてから、ぴたりと右手をとめ、笑顔を見せた。

「見事、受かりました！」

「おぉ！」俺と一志は顔の前で小さく手を打ちあわせた。

「といっても、もちろん即デビューではなくって、これからボイトレなどのレッスンに入ります。あっ……」と、真夏さんはアコースティックギターのネックをつかんでいた手を、口にもっていった。「いちおう、詐欺《さぎ》ではないんで、高額のレッスン料をとられることはないです。みんなも知ってるはずのレコード会社なので、そこんところは安心してください」

ここ、笑うところやで、と真夏さんがつけたし、俺はあわてて笑い声をあげた。

「で、ウチは思いきって大学を中退します。四月、東京に旅立ちます！」

「えぇっ！」と、思わず叫んでしまった。「マジですか！」

さっきから、ジェットコースターのように感情が上下左右に激しく揺さぶられている。それは長谷さんもまったく同じだったようで「おい！　聞いてへんぞ！」と、つばを飛ばした。

「ごめんな。せっかくナイトと再会できたし、大地君と一志君とは仲良くなれたんやけど。でも、ウチもみんなのことを見て、はっきり悟った。ウチもプロになりたいと思った」

どうやら、春は出発の季節らしい。三浦君も、センバツが終わればアメリカへ旅立ってしまう。

ベッドに座った真夏さんは、床に座る俺たちを順番に見まわした。

「親からは、ふざけんなって怒鳴られて。せめて卒業しろって、ホンマにはじめてちゃうかっていうくらい怒られて」

そう言うわりに、真夏さんはうれしそうだった。アコースティックギターのボディーを抱きしめ、言葉に力をこめる。

「でも、ウチは何がなんでも、今すぐ挑戦したいって思った。余計なものを全部捨てて、身軽になって、この体とギターだけで勝負したいって思った。その決断に、こわくて震えることもあるんやけど……」

しばし目をつむる。そして、ふたたびゆっくりと話しはじめる。

「ウチは子どものころ、ずっと雨を待ってた。入院して外に出られなかった一時期は、雨が降ってくるとうれしかった。外で楽しそうにしてる子を見ると、うらやましくてしかたがなかった。いっそのこと、運動会が中止になってくれたらええのにって、そう思ったこともあった。ホンマに嫌なヤツやと思う」

真夏さんが、すっと背筋を伸ばした。

「でも、今は晴れが好き。あのときの雨があったから、晴れも愛せる。太陽が愛おしい」

真夏さんも、嫉妬から解放されたのだと思う。身軽になり、飛び立てたのだ。

「ウチはみんなのおかげで気がつけた。だから、みんなも臆《おく》することはないと思う。それぞれの進むべき道が待ってるはず」

俺は座ったまま、胸の前で両手をきつく握りあわせた。

「ということで、次は最後の曲です。終わったら、大地君のミートソース食べよう！」

真夏さんが、ギターをかまえる。

はじめて聞いた。真夏さんの晴れの歌だった。

夏。摂氏三十五度。うだるような暑さのなか、バス停でバスを待つ。

バス停は木陰になっている。が、風に葉が揺れて、ときどき木漏れ日が落ちてくる。ノースリーブのワンピース。肌をじりじりと焼く太陽光線。

濃い緑のにおいがする。土のにおいもする。

今日は友達の野球の試合。高校野球の予選だ。これから応援に行く。友達の練習する姿をずっと見ていた。今日は、勝てるといいな。

バスがやってくる。「私」は乗りこむ。ほてった額を窓にぴたりとくっつける。そわそわとした気持ちで、終点の球場に向かう。

そんな歌だった。

真夏さんが、ギターをかきならし、一気に部屋の温度が高まった気がした。

俺はたしかに感じていた。真夏の太陽の力強さと、わくわくと気が急くような、おさえきれない高揚感を。

雨だけでは当然ダメなのだ。雨のあとに太陽が出ないと、土も心も強くならない。

歌は追い焚き機能なのだと話していた真夏さんの言葉を思い出す。野球の応援に行く「私」の歌で、いったい長谷さんは何を感じるのだろうか？

長谷さんの心はふたたび、熱を取り戻すことができるのだろうか？

九回、裏。ツーアウト、ランナーなし。

最後のバッターが、ゴロを打つ。ワンバウンドした球は、そのままピッチャーのグラブにきれいにおさまった。

ピッチャーは、少し一塁側に走りよってから、ファーストにスローイングした。バッターランナーが、頭からベースにすべりこむ。

塁審がアウトを宣告し、試合が終了した。両校の礼が終わると、けたたましくサイレンが鳴り響いた。校歌斉唱、校旗掲揚と、おなじみの流れがつづき、俺たちは整備に入った。

選抜高等学校野球大会の一日目だった。

二十一世紀枠で出場した高校が、ベンチの前で土を集めはじめた。それを横目に、俺は一塁ベースに寄った土を、凹んだ箇所へとトンボで戻していった。移動した土をしかるべき場所まで戻してあげる。

土を引き、そして少し押し戻す。その繰り返しで、グラウンドを整地していく。それが終わると、スパイクで荒らされた表面を丁寧に均していった。同時にマウンド周辺から整備カーも走り、土煙が舞い上がった。

グラウンドを踏んだだけでわかる。土の奥底に弾力があって、こちらの足を跳ね返してくるようなしたたかさが感じられる。天地返しが成功した、何よりの証だ。

三月の下旬とはいえ、まだまだ肌寒かった。観客たちも、ほとんどがコートやジャンパーを着こんでいる。

しかし、高校野球人気が高まっているせいか、応援の熱気は夏の大会とそこまでかわらなかった。とくに今の試合は、一塁側が二十一世紀枠の出場校だったので、ブラスバンドやチアリーダー、控え選手の声援もひときわ大きかった。二十一世紀枠は、ふだんなかなか甲子園に出場することのかなわない高校の特別枠なので、甲子園での全校をあげての応援も力が入っている。

球児たちがしゃがみこみ、スパイクやグローブの袋に、土を入れている。

「土、運んでやらんでええのか？」すぐ近くでトンボがけをしていた長谷さんが、いやらしい笑みを浮かべて言った。「あこがれたんやろ？　俺の男気あふれる行動に。お前も、真似して、やったらええやん」

長谷さんのおかげで、俺は甲子園球場に導かれた。それは間違いない。しかし、この無神経な発言を聞くと、お願いだから俺のあこがれを返してくれと思う。

もちろん、長谷さんがこうして嫌味を言うのは、口先だけなのだとしっかりわかってもいる。たぶん、この人は照れ隠しで、わざと憎まれ口をたたくのだ。

真夏さんが言っていたとおり、本当は思いやりがあって、やさしい人なのだと、今ならわかる。だからこそ、泣いている一志に土を届けることができたのだ。

とはいえ、言われっぱなしはやっぱり癪《しゃく》なので、俺も応酬する。

「本当は、気恥ずかしいから、そういうこと言うんですよね？」

「ちゃうわ、ボケ！」

「違うんなら、甲斐さんに言っちゃおうかな～。恩人の正体は、実は長谷さんだったんですよって」

「おい！　それだけは、やめっ……」

「コラ！」怒号が響いた。

甲斐さんが、肩をいからせて立っていた。

「お前ら、また一年、くだらないケンカつづけるつもりか！　仕事をしろ！」

「すみません！」と、あやまった俺は、「また一年」という甲斐さんの言葉が妙に頭に引っかかった。

べつにやめてほしいわけではない。けれど、長谷さんは野球の道に戻らなくてもいいのだろうか？

肘の手術をしたのだ。リハビリも欠かさず行っているようだし、きっと本人だってそのつもりはあるのだろう。

真夏さんが、長谷さんの心の状態について語っていた。もう掘り起こしは完了している。あとは、時期がきたら、踏み固めるだけだ、と。真夏さんの晴れの歌で、長谷さんだって何かを感じとったはずなのだ。

そして、傑が去年の悔しさや無念を払拭《ふっしょく》する活躍ができれば……。それを目の当たりにした長谷さんの気持ちを沸騰させることができれば――復活の道のりはきっと近いと確信している。

翌日、大会二日目の第二試合、傑の所属する徳志館高校が登場した。

その日の朝のミーティング後、島さんに突然呼びとめられた。また、何かやらかしたのかと思い、みずからの行動をかえりみてはみたものの、とくに怒られるようなことはしていないはずだ。おそるおそる、返事をした。

「徳志館の試合の内野散水、お前が一番手やれ」

耳を疑った。一番手……、ということは、この大観衆のなか、ホースの先頭で内野のグラウンドに水をまくということだ。

「僕、まだ草野球で一度しかやったことないんですけど」

「そんなもん、わかっとるわ」

島さんは手に持っていたメモ帳で、軽く俺の頭をぽんとたたいた。

「弟さん、たぶん去年のこともあって、緊張してるかもしれへん。兄貴の勇姿を見せて、勇気づけたれ」

島さんが、傑の怪我の一件を覚えていてくれたことが何よりうれしかった。

「これは、贔屓《ひいき》ちゃうで。べつに、片一方に手心をくわえるわけやない。水をまくだけや。お前も、そろそろ大舞台を経験しておいたほうがええやろ」

「はい」声が震えかけたが、なんとかこらえる。

「やれるか?」

「やります!」

草野球のとき客席はもちろんゼロだったが、今日はたくさんの観衆がつめかけている。

朝から、ぎゅっと下腹が締めつけられるような緊張がつづいていた。やたらと喉がかわいて、水やお茶をがぶ飲みし、頻繁《ひんぱん》にトイレに立ってしまう。

徳志館高校のシートノックが終わり、トンボとバンカーによるグラウンド整備が済むと、二十メートルもある散水用の巨大なホースをかついで、マウンドに向かった。

数万人の観衆の、ど真ん中に、今立っている。いざ自分が大舞台で散水するとなると、緊張がピークに達し、自分がひどく場違いなところにいるような感覚がぬぐいきれなかった。足ががくがくと震えた。

顔をそっと上げて、帽子のつばの下から、おそるおそる左右に視線をめぐらせた。期待のこもった無数の視線がこちらを向いている。アルプススタンドは、それぞれの学校のカラー——一塁側は赤、三塁側は徳志館高校の白に染め上げられている。

アルプスの名前の由来は、学生たちの白いシャツで、スタンドが雪山のように見えたことからつけられたという。そう言われてみると、三塁側はとくにゲレンデのように真っ白だった。

やはり、こちらにスマホのレンズを向け、写真やムービーを撮影している人が多く見えた。ユーチューブにも阪神園芸の動画が多数アップされていることは知っていた。

客席のほうを見なければよかったと、さっそく後悔した。みずからの作業がネットにアップされるかもしれないと思うと、緊張と気後れで背中が丸まりかける。

真夏さんのひいおじいさんの話を意識して思い出した。空襲と接収でぼろぼろになった甲子園球場を想像した。現在のきれいな土と芝を見渡した。

ぐっと姿勢を正し、ホースを腰のあたりに構えた。バルブが開き、ホースから水柱が噴出する。

左右にホースを振りながら、水しぶきを散らした。しばらく晴天がつづいている。第二試合で日光があたる箇所、逆に日陰になるところを計算して、水分を落とす量を調節した。

「風強いぞ」二番手についた島さんの声が背後から飛んだ。「だいぶ流されてんで」

ライトからレフトへの突風が吹き抜ける。センターポールに立った国旗の日の丸がはっきり見えるほど、はためいている。

「はい！」俺はホースの角度をぐっと上げた。腕の力だけではなく、下半身で踏ん張りをきかせる。

ホースを振りつづける。細かいしぶきが絶えず風に流され、落下していく。水分を欲しているかわいた土が、しだいに黒く湿り気を帯びて輝いていく。

散水は「土を落ちつける」作業だと言われている。たしかに、先ほどの第一試合で荒れ、かわいた表面が、潤いを与えることで、しっとりと落ちつきを取り戻していくのがわかる。土が落ちついてくると、なぜか俺の心も徐々に落ちつき、余裕が生まれていった。

一塁のファウルゾーンが遠く感じられる。ベンチ前では監督を中心にして、選手たちが試合直前の円陣を組んでいた。

背番号の入った選手たちの背中が見える。その足元ぎりぎりのところまで水を落とさなければならない。少しでも手元がくるえば、彼らを水浸しにしかねない。

しかし、風で押し戻される分も考えなければならない。躊躇していては、落下してくる水にかたよりが生じてしまう。今度はホースを水平に近く下げ、思いきりよく、手際よく、水しぶきを落としていく。

まき終わった一塁側から、石灰で白いラインを引く作業がはじまった。散水はホームベース付近を終えて、三塁方面へ差しかかる。前傾姿勢を保ちながら、そろそろと後ろ歩きで立ち位置をかえていく。

三塁のベンチ前に、傑が立っていた。正月以来の再会だ。

「兄ちゃん！」野球少年のように、バットを肩に担ぎ、歯を見せて笑う。試合前のまっさらな純白のユニフォームが、太陽の光を反射してまぶしい。

少しだけ微笑み返して、すぐに視線をそらした。自分のまく水の量と粒の大きさ、グラウンドのコンディションに集中する。

ふと、風がやんだ。たえず強風にかき消されていた土のにおいが、鼻をくすぐる。

雨上がりのようなにおいに包まれて、子どものころの情景がよみがえった。庭先に、空気でふくらませる子ども用プールを出してよく遊んだ。無邪気に水をかけあって、はしゃいでいた。

六歳くらいまでは、傑への嫉妬の感情などこれっぽっちも感じていなかったはずだ。両親にちやほやされる弟を見ても、とくにうらやましいとは思わなかった。

それは、傑がまだ小さかったからだ。

傑が五歳くらいになると、歴然と運動神経の差があらわれはじめた。そのころからだ。なんで、三歳上の俺よりも遠くにボールが投げられるんだと、おのれの体の貧弱さを呪い、傑の恵まれた才能をねたんだ。

そんな負の感情を振り払うように、ホースの角度を一気に上げた。白い水柱も、天に突き上がった。

「あっ！」傑がバットの先で、宙をさした。かたわらのチームメートに話しかける。

「虹だ！」

俺も一瞬、頭上を見上げた。水のアーチの先に、光のアーチがかかっていた。

「すげぇ！　きれい！」制服姿の三浦君も、手でひさしをつくり、頭上を振り仰ぐ。

ぼんやりしている。それでも、赤、オレンジ、黄色、緑、青、藍、紫と、色の階調がはっきりと見てとれる。観客たちがいっせいにスマホのレンズをこちらに向けた。

この先、ずっと高校野球という文化がつづいていくのだろうかと、鮮やかな虹を視界の端にとらえながら、あらぬことを考えた。たぶん、真夏さんの曾祖父の話を思い出したからかもしれない。

百年先も、かわらず土と天然芝のグラウンドを守れているのだろうか。

二百年先、多くのAIが働く世界でも、人間のグラウンドキーパーが土を均し、水をまいているのだろうか。

三百年先、人々がビール片手にナイターを観る、平和な世の中がつづいているのだろうか。

たぶん大丈夫だと、何の根拠もなく考えた。

土が水を吸って黒々と輝き、芝が青く力強く育ち、空に虹がかかる。どんなに世界が進化しても、球児たちはユニフォームを泥だらけにして白球を追いかける。

内野全体が、しっとりと湿り気を帯びて落ちついた。

バルブが閉まる。ちょろちょろと勢いをなくした水を左右に散らしながら、ホースをたたんでいく。

急いで裏手へと引きあげた。傑のことは振り返らなかった。

この場所は、選手たちが輝く場所だ。傑たちが主役になる舞台だ。グラウンドキーパーは、その戦いの場を整える。

少しはプロの仕事に近づけただろうか？

父さんが応援に駆けつけるのは、九日後の日曜日に行われる準決勝だ。それまでは、必ず勝ち残ると傑は気合いじゅうぶんらしい。


控え室でモニターを見ていた。

鋭い金属音が鳴り、ゴロが地を這う。小刻みにバウンドを繰り返しながら、ショートの傑に迫りくる。

俺は机の上に置いた両手を握りしめた。肩に力が入った。

去年の夏の大会のイレギュラーが頭をよぎりかけた。しかし、ゴロはそのまま規則的に弾み、傑のグラブにおさまった。

傑がボールを握りながら、ステップを踏みこむ。正確なスローイングがファーストのミットに突き刺さった。試合終了だ。

つめていた息を吐き、胸をなで下ろした。やはり、ゴロが飛ぶとどうしても注目し、身構えてしまう。

勝利の感慨にひたる間もなく、控え室を出て、整備の準備に入る。トンボをたずさえて、裏の通路に待機していると、聞き慣れた徳志館高校の校歌が聞こえてきた。思わず口ずさむ。

じわじわと、よろこびがわいてくる。おめでとう、傑と、心のなかでつぶやいた。

三対一。接戦だったが、徳志館高校は夏の雪辱《せつじょく》をはらし、無事勝利をおさめた。次は、五日後の二回戦に登場する予定だ。

「浮かれてる場合ちゃうぞ」となりに立つ長谷さんが、低い声で言った。「選手の笑顔によりそえとは言うたけど、お前が笑えとは一言も言うてへんぞ」

「わかってます」顔を引き締めた。

「雨、風、太陽を感じるんや。周囲の状況をよく観察するんや。もうすぐ、雨雲が来るぞ」

「それも、確認しています」

「なら、ええわ」

それっきり、長谷さんは黙りこんだ。

週間天気予報がたしかに気がかりだった。今までは、気持ちのいいほどの晴れがつづいていたのだが、三日後あたりを境に、曇りや傘のマークが目立ちはじめた。太陽のマークはほとんど見当たらなかった。

天気ばかりは、歴戦のグラウンドキーパーでも、どうすることもできない。祈っても意味はない。

祈る暇があったら、準備をし、行動するしかない。自分たちの力でつくりかえていくのは、あくまでグラウンドの最善の状況なのだ。

徳志館高校の二回戦。

試合中に、しとしとと雨が降りはじめた。が、降雨量はまだ一ミリといったところだ。内野の散水を見送ったので、この程度ならむしろ全体に水分が行きわたって、選手としては守りやすく、走りやすいかもしれない。

傑は躍動していた。今大会、注目度ナンバーワンのスラッガーは、初回にいきなりツーランホームランを放りこんだ。

ゆっくりと、ダイヤモンドを一周する傑を、モニターで見ていた。体が大きいのに、走る姿は軽やかで、まったく重力を感じさせない。ユニフォームの下の、バネのようにしなやかな筋肉が、一歩一歩傑を勝利へと向かわせる。

ベンチに戻ると、雨で濡れて光るヘルメットを脱ぎ、三浦君やチームメートとハイタッチを交わす。その初回の勢いのまま、徳志館が打ち勝った。

その夜から、本降りになるという予報だったので、全試合終了後、手早く整備をし、シートを出した。

天気予報を見るかぎり、明日は一日中止になる公算が高かった。小雨《こさめ》のなか、モーターのついた心棒を回転させながら、グラウンド表面を傷つけないように巨大なシートを広げていく。風で飛ばされないように、木材などの重しをのせていった。

本来なら、明日で二回戦がすべて終了し、ベスト8が出そろう予定だった。休養日は、準々決勝翌日、そして準決勝翌日にそれぞれ設定されているのだが、もし中止が増えれば休みはつぶれ、おのずと連戦になってしまう。

翌日の三月二十六日、大会八日目の木曜日。中止の判断は、朝の段階で早々に下った。

シートも敷いてあるし、もうこうなるとやることはない。整備車両をひととおり点検し、仕事は終わりになった。

傑への嫉妬は捨て去り、自由になりたい——頭ではそう考えても、体は正直だった。天気が下り坂になるにつれて、体調がすぐれなくなっていく。

寮の窓を、強い雨がたたく。頭がしめつけられるように、痛くなってくる。雨が本降りになってくると、どうしても子どものころの屈辱がフラッシュバックしてしまう。

すべてを振り払うため、仕事に没頭したいのに、雨が降ると休みが増える。悪循環だ。さいわい、深夜のうちに雨雲は去っていった。

三月二十七日、大会九日目の金曜日。昨日中止になった二回戦の三試合が曇天《どんてん》のなか無事に行われ、ベスト8がすべて出そろった。しかし、小康状態が保たれたのは、たった一日だけだった。

ふたたび試合後にシートを張り渡す。雨とのいたちごっこだ。

日の暮れた甲子園に、しとしとと雨が降りはじめる。巨大なビニールシートに雨粒が打ちつけ、球場中がざわめきに満ちていく。照明に照らされた深緑色のフェンスや客席が、水をはじいて鈍く反射する。

最近、高校野球をドーム開催にしたらどうかという議論が持ち上がっているらしい。とくに、夏は熱中症の危険がある。ドームなら涼しいし、雨の心配もないから、試合日程も緩やかに組める。選手――とくにピッチャーの負担が格段に減る。

俺は意見できる立場にはない。ただただ、日々の仕事をこなすだけだ。けれど、やっぱり野球は「野」で行われるスポーツなのだということを、関西に来て実感した。甲子園球場、ほっともっとフィールド神戸を見て、こんなきれいな場所で試合ができる選手をうらやましく思ったのだ。

翌三月二十八日、大会十日目の土曜日。準々決勝が雨天順延になった。これで、二日ある休養日がすべてつぶれてしまった。

明日の二十九日は、本来のスケジュールなら、準決勝が行われる日だった。日曜ということもあり、仕事が休みの父さんと母さんも応援に駆けつける予定になっている。

一方、俺は寮の部屋で、そわそわしながらテレビを見つめていた。

「かわらないなぁ……」

週間天気予報をつねに気にしていた。しあさっての決勝戦、三月三十一日に傘のマークがついている。曇りときどき雨らしい。お昼前のNHKの天気予報でも、夕方の民放の天気予報でも、傘がとれる気配はなかった。しまいには、ネットのウェザーニュースや、気象庁のホームページまで確認したのだが、決勝戦の微妙な予報はまったくかわらなかった。

二日間が順延になった今のスケジュールだと、二十九日に準々決勝、三十日に準決勝、三十一日に決勝と三連戦になってしまう。

雨が降る可能性があるなら、決勝を四月一日にずらして、中一日あけるのか、それとも日程優先で強行か……。主催者は悩ましいところだろう。

選手ファーストはもちろんだが、お客さんのことも考えなくてはならない。三月三十一日にしか来られない、遠方の観客もたくさんいるのだ。試合開催の可能性があるから来てみたけれど、結局中止でとんぼ返りというのは、あまりにさみしい。

とにかく、グラウンドキーパーは、どんな判断が下されたとしても対応できるように準備するしかない。

夕方の五時くらいに空腹を覚えて、スーパーに行った。

めちゃくちゃ仕事が早く、めちゃくちゃ愛想のいいおばちゃんが、いつもの一番レジに陣取っている。

「なかなか暖かくならへんねぇ」

「そうやなぁ。まだまだ、暖房が必要やな」

俺の前にならんでいた常連らしいおじいさんと他愛ない会話を交わしながら、それでもとてつもないスピードの手さばきでバーコードを通していく。通した商品を入れるカゴのなかは、見事にきれいにバランスよく積み上げられていた。

レジのおばちゃんは、「自炊するの。えらいねぇ」と、俺の買い物の中身を見て、笑顔で言った。「はは、どうも」と、俺は答えた。たぶん、独り暮らしの学生だと思われているのだろう。商品を見られても、嫌な気はしない。むしろ、心のなかがほのかに暖かくなっていく。

雨のなか傘をさしながら、反対の手でレジ袋をさげて歩く。

保育園の入り口で、お母さんが迎えに来ないと泣いている男の子を、まだ若い男性の保育士さんが抱いていた。「まだかなぁ」と、軒下であやしている。

少し歩くと、今度はデイケアの送迎なのか、おばあさんを乗せた車椅子をワゴンから降ろしながら、介護士のお姉さんがやさしく声をかけている。傘をおばあさんのほうにさしながら、自分はずぶ濡れになって車椅子を押している。

そのエプロンに、キリンのアップリケがついていて、俺はハッとする。どこかで同じ光景を見たような気がした。

その先の交番では、小学生の男の子とおまわりさんが、ほほえましい会話をかわしていた。

「この人……」掲示板の顔写真を指さしながら、男の子が言った。「何したん？」

「殺人やわ。ホンマに気をつけなあかんで。こわい人が増えてるから」

「おまわりさんもな、気ぃつけてな。ヤバいヤツ多いしな」

「ありがとな。死なんようにするわ」

みんな、それぞれの道のプロなのだと思う。それぞれに守るものがあるのだと思う。

ふと、こみ上げてくるものがある。傘の下で、俺は唇を噛みしめた。

翌日、準々決勝。

センバツの大会期間中、唯一、準々決勝だけが一日四試合行われる。

早朝に集合した俺たちは、内野のシートを巻き取り、整備に入った。

外野の芝には、大量の雨水が浮いていた。このままでは、外野に転がったボールがすぐに水の抵抗でとまってしまう。八時半のプレーボールなので、自然の蒸発を待っている時間はない。

そこで、吸水ローラーの出番だ。横幅が九十センチくらいはある大きなローラーを人力で押していく。ローラーには吸水性にすぐれた、特殊なスポンジがついている。接地した箇所で水を吸い、回転するごとにスポンジが絞られ、ローラー内部へと雨水がたまっていく仕組みだ。

しかし、ローラー本体が巨大で数十キロあるうえ、さらに水がどんどん吸いこまれていくので、一メートル進むごとにものすごい重量になっていく。最終的には、五、六十キロくらいにはなっているはずだ。

ローラーの持ち手を握りしめ、足腰を踏ん張る。全体重をかけるが、なかなか進まない。じっとりと雨を吸ったスポンジが憎いほど重い。それでも、俺の体重を超えたローラーを相手に、ただただ無心で押していく。

もちろん、限界はある。こんなにも広大な外野を、数台のローラーで――しかも人力で、すべての雨水を吸い取りきれるはずもない。

それでも、外野の浅い箇所を優先的にこなしていけば、外野手も守りやすいだろうし、何よりお客さんの、残念そうなため息を聞かずにすむ。

外野に転がったヒットが、途中で停止してしまい、さらなる進塁を許す。そのときに、球場内にいっせいに響く「あぁあ」という声は、なんとなくグラウンドキーパーの力量不足をせめられているようで、ふがいない気持ちになってくる。

もちろん、お客さんにはそんなつもりはないだろうし、自然の営為にかなうわけもないのだけれど、内野のイレギュラーを極力なくすのと同じように、ごく当たり前のプレーが、当たり前にできる環境をなるべく整えてあげたいのだ。

やがて開門を迎え、座席が一気にお客さんでうまった。

観衆の目につくときには、すでにグラウンドはすっかりきれいに仕上がっている。地味な力仕事で、俺の足は試合前からパンパンなのだが、そんな苦労がすぐに吹き飛ぶほど、お客さんの顔は輝いていた。

一試合目は、近畿勢同士の対決で、延長戦になった。その影響で、第二試合の徳志館高校のプレーボールがおくれた。

きっと、待つほうはじりじりとつらいはずだ。気持ちや集中力を切らさないように、体を動かし、温めつづけなければならない。しかし、試合前に疲労困憊《こんぱい》してしまっては、元も子もない。

ところが、そんな杞憂《きゆう》を、傑はあっさりと、豪快に、その打棒で吹き飛ばした。

低い灰色の雲にそのまま突き刺さるんじゃないかと思うほどの、高い、高い放物線が描かれる。

雲と同化して、一瞬見えなくなるが、ボールは重力に引かれて、落下する。

そのまま、スタンドイン。今大会、二本目のホームランだった。

きっと、母さん、狂喜乱舞しているだろうなと思ったら、案の定試合後にメッセージが届いた。

《お父さん、月、火と有給をとって残ることにしました！》

ふたを開けてみれば、七点差をつけての大勝だった。日程がつまっているなか、エースを温存できたことは大きかったかもしれない。

《大地が整備で出てくると、双眼鏡でいつもあなたの仕事ぶりを眺めています。お父さんも、「俺にも貸せ」と言って、双眼鏡をずーっとのぞいていますよ。ふふっ》

父さんが果たせなかった夢を、傑が果たそうとしている。なんだか、俺も緊張してきた。心と体の動きが一致せずに、ふわふわと数センチくらい浮かんでいるような気分だ。

翌日の準決勝も快進撃はつづいた。

徳志館高校は、鮮やかな逆転勝利で決勝戦への切符を手に入れた。野球部創立以来、初の快挙だ。きっと、今大会で野球部を去る三浦君のために、チーム一丸となって勝利を目指しているのだろう。

相手は夏からの連覇がかかった、大阪代表、大阪創誠舎高校だ。今大会も、投手の負担を最大限軽減する、三人エース制は健在だった。

日程が過酷な大会では、このアドバンテージは大きい。何より、今大会では高校野球ではじめて、投手の球数制限のルールが設けられたのだ。

もちろん、賛否はあるだろう。このルールで有利なのは、創誠舎高校のように多くの優秀な投手を集められる強豪校だ。逆に、総合力はそこまで高くはないが、絶対的エース一人の力で勝ち進むという、日本人好みの下克上は成し遂げにくくなる。

もちろん、その投手の輝かしい未来を守るためなら、高校時代の下克上や全国制覇など問題ではないかもしれない。でも、その投手にとっては、今が大事なのだ。所属する野球部の看板を背負っている。仲間との青春もある。

長谷さんも、その狭間《はざま》で戦っていた。

ピッチャーが投げなかったら、試合ははじまらへん。

俺らピッチャーが主役や。花形や。

長谷さんが一志に語りかけた言葉が、俺の頭を離れない。

投手の肘と肩にチームの命運が託される——野球というのは、良くも悪くも、そういうスポーツなのだ。

決勝戦当日の朝を迎えた。

不思議と、静かな気持ちでこの日を迎えることができた。自分のやらなければならないことを、ただ淡々とこなすだけだ。

「えー、現在、まだ少し雨が降ってますが、十時過ぎくらいにはやむ予定です」

朝礼で島さんが話しはじめた。

午前中に雨がひとしきり降り、午後にはやむというのが、今朝の最新の予報だった。すでに昨日のうちに、内野全体にシートを張ってある。いつものように、このシートを巻き取ってから、整備に入る。

「主催者サイドとの協議で、雨上がりを待って、試合を行うこととなりました。プレーボールは十二時半やけど、もちろん雨の上がる時間によっては、ずれこむこともあるから、その心づもりで」

メモをとりながら、返事をした。

「それと、大気が不安定やから、雨がやんで試合がはじまっても、気を抜かんように。つねに雨雲と降雨の状況を見て、いかなるときでもシートを出せるように、準備を願います」

試合中の突発的な降雨となると、さすがに巨大なシートは出せない。マウンドとバッターボックスをそれぞれ覆う小型のものを出すことになっている。

「あと、もう一つ、重要なお知らせがあるんやけど……」

そう言って、島さんは予想もしないことをしゃべりだした。

「本日、三月三十一日をもって、長谷が退職することになった。まあ、本人から当日までは黙っていてほしいって言われてたから、みんな知らんかったと思うけど、そういうことやから、一言、長谷に挨拶してもらうわ」

長谷さんをのぞいた全員が、「えぇっ！」と、絶叫した。当の長谷さんは、素知らぬ顔で事務所の前方、島さんのとなりに進み出る。

「二年間、お世話になりました」長谷さんが帽子をとり、深々と頭を下げた。その丁寧な仕草とは裏腹に、長谷さんの挨拶はものすごく淡泊に終わった。「ホンマにいい経験がつめたと思います。ありがとうございました。以上です」

「以上って……！」甲斐さんが、食ってかかる。「お前、聞きたいことが山ほどあって、何から聞いてええのかわからんわ！」

「すぐに、ここを去ります。ですので、送別会とか、そういうの、気をつかわんでいいですので」

「そういうことを聞いてるんやないわ！」

なんで俺が説明するんや、という苦い顔で、島さんが話しだした。

「四月から、北海道の独立リーグでプレーするんやて」

「独立リーグ！」またしても、島さんと長谷さん以外の声が、見事にそろった。

　田辺さんや、長尾さんといったベテラン勢も唖然としている。それにしても、北海道に独立リーグなんてあっただろうかと、俺は考えた。

　独立リーグとは、巨人や阪神などが所属する日本野球機構、ＮＰＢとは別に組織され、独立しているプロ野球の総称だ。俺が知っているのは、四国の四国アイランドリーグｐｌｕｓと、関東、北信越、東北や近畿の一部にもチームが増えているベースボール・チャレンジ・リーグくらいだ。

「今年の春から、新たに北海道にもリーグが発足して……」ようやく長谷さんが重い口を開いた。「二チームからのスタートやけど、今後も順次、チーム数が増えていく予定で」

　長谷さんは頭からとった帽子のつばを曲げたり、伸ばしたり、しきりに落ちつきなくいじっていた。

「ホンマは去年の十一月に入団テストがあったんやけど、それには間に合わなくて、でも、野球の知り合いをとおして問いあわせて、面談を重ねたんやけど、発足した当初やから、特別練習生っていう位置づけで参加できることになって。まあ、育成枠みたいなもんですわ」

　甲子園優勝投手、長谷騎士の名前は、まだまだ健在ということだ。おそらく、野球界復帰に多くの注目が集まるだろう。

「話題集めって言われてもかまわない、客寄せパンダでも、最初はかまわない。やってやろうって、ようやく思えたんです」

甲子園の三塁側にある、阪神園芸の事務所のなかが静まりかえった。長谷さんはそこでふたたび大きく頭を下げた。

「ここで覚えたことを、今度はプレーに生かします！」

顔を上げて、長谷さんは大きく笑った。太い眉毛が、いつになく八の字に下がっていた。

「もう、ウジウジせぇへんって決めたんです。死ぬ気で、北海道、行ってきます！」

最初に反応したのは、甲斐さんだった。

「よっしゃ！」と、手をたたく。「長谷の最後や！　張り切っていこう！」

口々に「よし！」「決勝や！」「行くで！」と、威勢のいい声が飛んだ。

みんなうれしいのだ。長谷さんが、いよいよ本来の道に戻る。寄り道はしたかもしれないけれど、それも長谷さんにとってはいい経験になったのだと、心の底から思えてくる。

俺は長谷さんのとなりに立ち、肘で小突いた。

「ついに、長谷騎士、始動ですね！」

「うっさいわ。なんやねん、始動って。わしはロボットか」

「でも、一言僕に言ってくれてもよかったのに」

「あのな、お前には、いちばん言いたなかったわ。ぎゃーぎゃー、うるさいから」

長谷さんは、わざと俺の体に激しくぶつかりながら事務所を出ようとした。俺はよろめいて、近くの机に手をつき、苦笑いをした。最後の最後まで、長谷さんは、長谷さんだ。

その背中に呼びかけた。

「だって、大事な門出ですよ！　真夏さんは知ってるんですか？」

「知らんって！　ええから、仕事にかかれ！」

それっきりだった。長谷さんは長靴に履き替え、足早に事務所を出て行った。真夏さんの「追い焚き」は、無事成功したということだ。俺も負けていられないと思った。

予報よりも早く、九時半には雨が上がった。電動でシートを巻き取り、水の浮いた箇所を中心に整備を進めていく。そういえば、長谷さんに押されてこのシートに倒れこみ、危うく巻きこまれそうになったこともあったなと、懐かしく思い出した。

予定通り、十時に開門し、客席がうまっていく。

いよいよだ。

俺も覚悟を決めた。どんな結果になっても、後悔しないグラウンドづくりをしたい。力不足でも、ほんの微力でも貢献したい。トンボを持つ手に力が入った。

十二時半。今にも泣き出しそうな空のもと、定刻通りのプレーボールで試合がはじまった。

徳志館高校と、創誠舎高校。両校が向かいあい、礼をする。球場いっぱいに、サイレンが鳴り響く。

その余韻が残るなか、徳志館高校の一番バッターが初球をたたいた。ヒットで出塁すると、二番がすかさず送りバントを決める。

三番の傑が、ゆっくりと打席に入った。

四月から二年生になる。まだ十六歳になったばかりだが、その年齢を感じさせないほどの、堂々とした仕草で胸を張り、ゆっくりとバットを顔の前にかまえる。

一閃。

金色のバットが、曇天にきらめいた。

あっ、と叫ぶ暇もなかった。モニターを見ていた俺も、長谷さんも、思わず立ち上がってしまった。

弾丸ライナーが、一直線に弾け飛ぶ。カメラも追いつけないほどの速さだった。

「俺、まだ、ピッチャーに復帰するか、バッターに転向するか決めてへんのやけど……」

スタンドインを確認してから、長谷さんがつぶやいた。

「こいつに、投げてみたい。今、明確にさとった。こんな感覚、はじめてやわ」

長谷さんの、節くれだった大きな右手が震えていた。

「早く。早く、投げたい！」

俺は一瞬、驚いた。

しかし、その驚きは、徐々にとけて、大きなよろこびにかわっていった。長谷さんの肩に手をおき、励ますようにぽんぽんとたたく。

ふだんなら、うっとうしげに振り払われるところだ。しかし、長谷さんは黙ったまま、傑が走る姿を眺めていた。

五回くらいから、雨が降りはじめた。

最初は、ぽつぽつと、素肌に感じるか感じないかくらいの弱さだった。しかし、しだいに力を得て雨粒が大きくなっていく。

七回の表と裏を終了し、二対〇。傑のツーランで、徳志館高校がリードしている。

高校野球の場合、この回を過ぎた時点で、ゲームはルール上、成立している。このまま、雨で試合ができなくなったとしても、そのときリードしているチーム——今なら徳志館のコールド勝ちだ。今さら、なかったことにはできない。

しかし、プロ野球の長いペナントレースならいざ知らず、今年のセンバツの決勝戦は、この一試合しかないのだ。降雨コールドでは終わらせたくない。それは、勝っている徳志館高校のベンチも同じだろう。九回をフルで戦って、日本一を決めたい。

灰色の重たい雲から、絶え間なく、冷たい雨が落ちてくる。選手たちの体力を奪っていく。守備につく徳志館高校のナインのユニフォームは雨を吸って、モニターでもはっきりわかるほど、じっとりと重く濡れそぼっていった。

八回裏。徳志館高校のピッチャーが、足元を気にしはじめた。審判がタイムをとり、マウンドに駆けつける。島さんも、状態を確認して主審と協議している。

そのときだった。

雨脚が一気に強まった。一面、雨の勢いで視界が白く煙った。

主審が試合中断を判断し、守備についていた徳志館ナインを引きあげさせた。傑もショートの守備位置を何度も足元で均してから、おくれてベンチに戻った。

俺はたたんだシートを準備し、待機しながら、傑の後ろ姿を見ていた。

おそらく雨がやんだあとの、俺たちの作業にまで気を配ってくれたのだ。自分のスパイクで削れた箇所に水たまりができにくいように、凹んだところをなくそうと配慮してくれたのだろう。豪雨でベンチに早く戻りたいはずなのに、そこまでしてくれた。

　些細なことかもしれない。あまり、意味はないかもしれない。それでも、傑のたしかな気づかいがその背中からつたわってきた。

　ありがとう。実際に声に出して言った。雨の音にかき消された。

　俺たちは、篠突《しのつ》く雨の甲子園に足を踏み入れた。シートを運び、数人がかりで大きく広げ、マウンドとバッターボックスにそれぞれ固定した。その間にも、土砂降りがシートを打ちつけ、雨粒が跳ねる。

　世界が激しい雨音に包まれる。

　大きな粒が、俺の頭に、肩に、絶え間なく落ちてくる。かぶっている帽子がじっとりと重くなっていくにつれ、頭も締めつけられるように痛くなってきた。この球場のどこかで、父さんが見ている。双眼鏡でのぞいている。気のせいかもしれないけれど、その視線をたしかに感じる。

　頭が重い。動悸が激しくなり、胸が苦しくなってくる。

　ほら、早く投げろ！　たった十メートルだろ！　なんで届かないんだ！　土砂降りの公園に響く、父親の怒号が雨音を切り裂いて、今も耳に突き刺さるようだった。

　ゆっくりと空を見上げた。目も開けていられないほど、大きな粒が間断なく顔に打ちつける。これは慈雨なんだ——そう自らに言い聞かせる。俺を強くしてくれる雨。土に満遍なくしみこんでいく雨。心の隅々まで行き届く恵みの雨だ。

深く、深く、息をした。しだいに、心臓のスピードが落ちついてくる。

父さんがつけてくれた、大地という名前。

天から絶え間なく落ちてくる雨。

大地を浸し、また大気に吸い上げられていく、絶え間のない営《いとな》み。

過去が流されていくような、不思議な気分だった。それでいて、投げやりではない。すべてがリセットされ、ここからはじまっていく。

シートを敷き終えると、いつ天候が好転してもいいように、裏手へ戻ったあとも準備を重ねていく。必要なのは、大量の砂だ。水が捌けきらなかった箇所にまいていく、速乾性の高いもので、手押しの一輪車で運べるようシャベルですくっていく。

あとは、待機。雨雲が去っていくのを、ひたすら待つ。

頭上にひさしの張り出していない、大部分の客席からは、お客さんが消えた。球場の屋内に避難している。楽器を濡らすことのできないブラスバンドも、両スタンドから引きあげた。

ベンチでは、気持ちを切らさないようにバットを握ったり、チームメートと歓談したり、選手たちは思い思いに雨上がりを待っていた。三浦君は部員にタオルを渡していた。使い終わったものを整理し、たたむなど、せわしなく動きまわっている。

傑はじっと空を見上げていた。ベンチの屋根のひさしから、滝のように雨水が流れ落ちる。

どれくらい時間がたっただろう。客席に少しずつ人が戻りはじめた。いつの間にか、雨の音のボリュームが、小さくなっている。

空がしだいに明るんできた。雲間から、光がさしこんでくる。あまねく球場を照らし出す、まばゆい光だ。

グラウンドの上に浮いた水に、ぽつぽつと、雨の波紋が円になって広がる。その間隔が、徐々に間遠になっていく。

そして、すっかり雨はやんだ。

「よっしゃ。行こう」島さんが大きく手をたたいた。

阪神園芸がグラウンドに出ただけだ。それなのに、甲子園が大きな拍手に包まれた。再開を今か今かと待ち望んでいたお客さんたちが、いっせいに手を打ち鳴らし、口笛を吹く。

それでも、グラウンドに出る間際、内野席に座るお客さんの会話を、俺ははっきりと耳にした。

「これ……、ホンマにできるんか？」

「かわいそうやな。決勝戦やのに」

俺はグラウンドをあらためて見渡した。一面、池のようになっている。あるいは、泥田のようだ。しだいに広がっていく晴れ間からの陽光を受けて、白く光っている。たしかに、ふつうに考えたら試合どころじゃない状況だ。田んぼで野球をやるようなものだ。まともにゴロが転がるようには見えない。

しかし、ここからが俺たちの真骨頂だ。やってやるぞと、気合いが入る。

「長谷の最後の仕事やな」甲斐さんが言った。

「いや……、俺のことは、そっとしといてください」長谷さんがはにかみながら、マウンドに向かった。

最初にマウンドと、バッターボックスのシートを取り除く。数人でしっかりと持ち、シートの上にたまった水をこぼさないように、グラウンドの端の人工芝のところまで運んでいく。

それぞれのベンチから、選手たちが出てきた。体を温め直すため、守備の途中だった徳志館高校は、ベンチ前でキャッチボールをはじめた。傑の姿もあった。

もうちょっと待っててな。すぐに、思いっきりプレーできるようにするからと、心のなかで呼びかけ、砂が準備されている裏手へ走っていった。

しかし、すぐに呼びとめられた。

「おい、雨宮！　砂を運ぶのは、お前がやらんでええやろ。バイトの子らにまかせればええ」

島さんだった。

「早く、トンボを持て。お前も立派な戦力なんやぞ」

「はい！」

胸の内側が、どくどくと、心臓の音で暴れる。でも、不思議と緊張はしていなかった。やらねばならないという使命感だけが俺を突き動かしていた。誰かに——父さんに見られているかもしれないという意識は、もう跡形もなく消し飛んでいた。

水たまりに、吸水パッドがいくつも置かれる。水をぐんぐん吸収してくれる必須アイテムだ。そのあいだにも、センバツ期間中に来てくれている学生のバイトの人たちが、一輪車で砂を次々運んでくれる。

デリケートなマウンドや、バッターボックス付近は、島さんたちのベテランに任せ、俺は主にショートやセカンドの守備位置に向かった。

「ここ！　お願いします！」

バイトさんを呼び、砂を運んでもらう。一輪車をひっくり返し、浮いた雨水の上に一気に砂を投入した。

水たまりをうめるように、トンボで砂を広げていく。

凹んだ箇所は、どうしても雨が残りやすい。まだ水を吸う余裕のある周囲の土にも助けてもらうつもりで、トンボを駆使し、うまく雨水を引き延ばし、砂とシャッフルしていく。

風が吹いた。厚い雲が振り払われる。本格的に晴れてきた。陽だまりが暖かく感じられる。白っぽい砂がグラウンドに広がり、表面はまだらに見えるが、水たまりは徐々に消えていった。

いつの間に戻ってきたのか、徳志館高校のスタンドで、ブラスバンドの演奏がはじまった。試奏をしているのかもしれないが、俺たちを励ます音色にも聞こえてくる。黙々と砂をなじませながら、耳をすませる余裕も生まれてきた。

一番バッターのバッティングテーマからはじまり、二番、三番打者へとつづいていく。

三番は傑だ。

「かっ飛ばせ、雨宮!」応援席の声がそろう。

俺は姿勢を正し、一心不乱にトンボを動かした。

もしかしたら、魔法のように映るかもしれない。雨がやみ、阪神園芸が入ったとたん、池や泥田のようだったグラウンドから、みるみるうちに水が消えていくのだ。吸水パッドと、砂の投入だけで、ここまで……と、思われるかもしれない。

たるものだ。

でも、実はそれは勘違いだ。吸水パッドを置き、砂をまいて対処できるのは、微々

マウンドを中心に傾斜がついたグラウンドのおかげで、水は外へ外へと捌けていく。残った雨水も、ほとんどはグラウンドそれ自体が、ぐんぐん奥の層へと吸収している。刻々と、今この瞬間にも、水を飲み干すように、土そのものが余計な雨を吸い取ってくれる。

グラウンドはグラウンド自身の力によって、回復をしているのだ。俺たちは、その手伝いをしているに過ぎない。

一月にしっかり天地返しを行ったかいもあり、いちばん下層までたっぷり含みしろのある、強いグラウンドができあがった。試合の前には、毎日、数センチ掘り起こしを行い、不透水層ができないように、維持をしてきた。だから、ここまでの豪雨が降りしきっても、一時的なものなら飽和状態には決してならない。

そうした、日々の積み重ねがあるからこそ、突発的な雨でもへこたれない、したたかな土になったのだ。もしも干からびた弱い土に大雨が降ったとしたら、いくら吸水パッドを置こうが、砂をまこうが、たぶん泥田は泥田のままだ。

そう考えれば、阪神園芸のおかげ、と言えなくもない。丹精こめてつくった土こそが、高校野球最高の舞台であり、かつ、甲子園最大の武器なのだ。

砂をなじませるあいだにも、重くなった吸水パッドを裏返したり、場所を移したりして、浮いた水を極力なくしていく。さらに砂をまいて、余計な水気を分散させる。グラウンド内部の深層からは土自身が水を吸う。俺たちは、表面から砂を使って水を散らし、吸水パッドで吸い取っていく。

やがて、水たまりがきれいに一掃された。

驚いて、顔を上げた。

万雷《ばんらい》の拍手が、ぐるりと周囲から鳴り響いた。立ち上がっている人すらいる。俺たちに向けて、大きく手をたたき、ねぎらいの声をかけるお客さんもいた。

帽子のつばを目深に下げた。体が打ち震えていた。

感謝を求めるのではない。しかし、結果的に感謝される仕事。

東京から遠く離れて、ここまで来てよかった。本当によかった。高揚する気持ちをなんとか胸のうちでしずめ、深呼吸をした。

徳志館のナインがグラウンドにいっせいに飛び出してくる。ピッチャーが投球練習をはじめ、内野陣はファーストが投げるゴロを捕球し、ふたたび一塁へと投げ返す。

何か不備がないか、俺たちはトンボを手にしたまま、グラウンドの隅でその様子を見守った。

ゆるやかなゴロを、傑がバウンドをたしかめるようにしてがっちり捕る。ゆっくりと大きくステップして、一塁へ送球する。

投げ終えると、傑は俺に目を向けた。微笑みながら、親指をたててくる。

胸のなかに、ふいに熱いものがきざしてくる。試合が最後までできるよろこびを、選手が嚙みしめる。その笑顔を見るために、俺ははるばるこんな遠くまで来たのだと、ようやく実感できたのだ。

試合が再開された。

今までの膠着《こうちゃく》した試合展開が嘘のように、点数が動きはじめた。創誠舎高校が逆転する。徳志館高校が再逆転する。息づまる熱戦に、観客たちの歓声が強まっていく。握りしめた拳に力が入る。この幸せな瞬間が、どうか長くつづいてほしいと願った。

しかし、九回裏。

創誠舎高校の四番が、ゴロを放った。

傑が頭からダイブしてグラブを伸ばすが、無情にも鋭い打球がその横を抜けていった。二塁ランナーが三塁を一気にまわる。

胸を泥だらけにした傑が、ホームを指差し、叫ぶ。レフトが、ダイレクトでキャッチャーに返球する。

水をふくんだ土が、跳ね飛んだ。ランナーがすべりこむ。この場にいる全員の注目が、主審に集まった。

「セーフ！」

主審は大きく水平に両手を広げた。試合が決まった瞬間だった。

両校が整列する。今大会、最後のサイレンが鳴り響いた。

春の大会ということもあるかもしれないが、負けた傑の顔は、まったく悲愴感がなかった。むしろ、試合が最後までできたよろこびに満ち、輝いていた。

それでこそ、傑だ。俺の弟だ。

でも、やっぱり勝たせてあげたかった。阪神園芸という中立的な立場と、傑の兄という立場で、ずっとずっと引き裂かれるような思いを味わっていた。

モニターを見ていた長谷さんが、ゆっくりと立ち上がった。

「まあ……、これも野球やな」

呆然と座っていた俺の肩に手をおいた。

「雨宮の弟は、また一つ、大きく、強くなれるやろ。夏が楽しみやな」

閉会式前に、グラウンド整備に入った。とくに砂をまいたあとなので、黒い土とのコントラストでまだらになり、見栄えが悪い。

短時間ではあるが、表面の砂をなるべく取り除き、閉会式にふさわしい場を整えていく。約二週間の激戦をねぎらうように、俺はトンボをふるった。

徳志館高校のベンチ前では、選手たちがダウンのキャッチボールをしていた。

一人、マネージャーの三浦君が、目に涙をためて立っていた。スコアブックを体の前に抱きしめ、雨のしずくで濡れる甲子園をじっと見つめている。

いつかプロ野球チームの通訳になり、この場所に戻ってくることをその胸に誓っているのかもしれない。

「傑！」とっさに近くにいた弟を呼んだ。

トンボを押しながら、傑に歩みよる。キャッチボールを終えた傑が振り向いた。

「これ、三浦君に」

雨を吸い、かなり湿った土だ。だが、甲子園の土だ。トンボで集めて、傑の足元でとめた。

傑がすぐにうなずき、スパイクの袋を持ってきた。俺は、その場を立ち去った。まだ荒れている箇所が残っている。閉会式の時間が迫っている。

「ありがとう、兄ちゃん」

背後から傑の声が聞こえた。俺は軽くうなずきながら、一心不乱に土を均した。

自分でも驚きだった。手が震えている。まさか、俺がこんなことをするなんて、一分一秒前までは、思ってもみなかった。

カッコつけているだとか、キザだとか、そんな気恥ずかしさはみじんも感じなかった。ましてや、長谷さんの真似をしたわけでもない。

ただただ、自然と体が動いた。三浦君の涙を目の当たりにした瞬間、グラウンドキーパーとして、そうするのが当然だと思えた。

技術はまだまだないに等しい。先輩の足を引っ張ってばかりだ。

しかし、長谷さんから受け取ったものを、俺はしっかりこの胸に抱いていた。

選手の笑顔と、涙によりそう。

冷静に周囲を観察し、風や雨や太陽を感じる。土と芝にしっかりよりそう。

たしかに、雨は降った。土砂降りだった。けれど、もうすっかり晴れわたった。体は軽い。俺の進む先は、真っ直ぐ見通せる。

太陽の光が束になって雲間から降りそそぐ。俺は自分の心の内側をおそるおそるのぞきこんでみた。

傑への嫉妬は、もうみじんもない。

互いの進む道がもう、遠く別々にわかれているのを実感しているからだ。同じ甲子園の舞台に立っている。けれど、互いに異なる立場で、精いっぱい戦った。

俺は阪神園芸のグラウンドキーパーだ。

閉会式がはじまった。

徳志館高校のキャプテンに準優勝旗が授与された。そして、選手一人一人に、準優勝メダルがかけられていく。

メダルを首にかけられた傑は、しっかりと胸を張り、前を向いていた。

選手や、報道陣、式の音楽の演奏のために集まっていた吹奏楽団が引きあげると、感慨にひたる間もなく撤収作業に入る。

誰も観客のいなくなった、閑散とした球場を見まわした。ところどころ、まだ雨に濡れて光っていた。すべてをやりとげた達成感と、終わってしまったというさびしさが、同時に襲いかかってくる。

年度があらたまるという気がしなかった。社会人二年目に入るという実感もわいてこない。すでにプロ野球ははじまっているが、阪神タイガースは京セラドームで本拠地の戦いを行っている。

数日後には、タイガースが甲子園に戻ってくる。

また、一年。さらに、一年。こうして、地道に積み重ねをしていくしかない。技術と経験を積んでいくしかないのだ。

控え室に戻り、着替えをはじめる。じっとりと濡れているキャップをかわかすため、家に持って帰ろうと思った。ぼんやりと、となりの長谷さんのロッカーを見つめた。

「そういえば、長谷さんは……？」閉会式あたりから、姿が見えなかったのだ。どうしても、一言お礼が言いたかった。

島さんが苦笑いで答えた。

「長谷なら、試合終わりで一足先に上がったで。これから寮の片付けと、引っ越しの準備があるんやて」

「あいつ……」甲斐さんが、雨で濡れてしまったらしい靴下を、床にたたきつけた。「挨拶もなしか！　ふつう、なんか言うやろ。世話になりましたとか」

「まあ、あいつらしいっちゃ、あいつらしいな。挨拶なら朝しましたよね、ってしれっと言うやろな」

「言いますね、絶対」そこまで怒ってないらしく、甲斐さんも新しい靴下をはきながら笑っていた。「あの図太い神経なら、絶対いつかドラフト指名受けて、帰ってきますよ、この甲子園に」

「今は交流戦もあるからなぁ、パ・リーグでも、ここに来るな」

「そうですよ。で、絶対、あいつグラウンドとかマウンドの出来に文句つけるんですよ、偉そうに」

島さんと甲斐さんが、しきりに冗談を交わしていた。生意気な長谷さんは、なんだかんだ言って愛されていた。それだけは、よくわかる。

着替えを終えて、通用門を出た。

ベンチに座っていた人影が二人、ふらりと立ち上がってこちらに向かってきた。最初のうちは、いったい誰なのかわからなかった。

心ここにあらずだったのかもしれない。その男女が父さんと母さんであることに気がつくまで、かなりの時間を要した。

「どうしても、言いたいことがあるんだって、お父さん」母さんが俺の背中に手をかけた。

父さんの顔を見すえた。いつものように、厳しい顔つきで、眉間にしわをよせている。

「いつになるかわからないから、また今度でもいいじゃないって言ったんだけど……」

去年の夏のように、また物別れになってしまうかもしれない。それでも、かまわないと思った。俺も言いたいことを言う。聞きたいことを聞く。

父さんは仕事でもないのに、ネクタイをしていた。俺がプレゼントしたネクタイだ。

「正月に、お前が聞いたこと――今日、ふと思い出したんだ。雨が降ってきて、な」

母さんが、緊張した様子で父さんを見つめる。

「俺とお前のあいだに、雨は降ったか。地は固まったかって、お前はあのとき聞いたよな。あまりにとっさのことで、俺はうまく答えられなかったんだ」

なんともぎこちなかった、あの元日のやりとりを俺も思い出した。落胆はしたけれど、納得もした。俺たちは血がつながっていながら――一つ屋根の下で暮らしていながら、親子のようで親子ではなかったのだ、と。

「俺は凛子《りんこ》と結婚したとき、大きな傘をさそうと思ったんだ。子どもが何人生まれても入れるような、どんな土砂降りからも守れる、大きな傘を」

父親らしい、頼もしい言葉だったのだが、俺には皮肉を言っているようにしか聞こえなかった。

「だから、お前がもしつらい雨に打たれたと少しでも感じたのなら、それは俺の力が至らなかったせいだ。守れなかったせいだ。すまん」

父さんがあやまるのは、本当にめずらしかった。

それなのに、俺はなぜか怒りをおぼえた。

守れなかった？　そんなバカなと思う。俺はそもそも、傘のなかに入れてもらえなかったんだ。母さんと、傑だけを入れて、運動のできない俺だけは蚊帳《かや》の外だった。

せっかく、家族のしがらみを振り切れたと思ったのに。せっかく、自由になれたと思ったのに。

こんなことなら、目の前に現れてほしくなかった。ずっと顔をあわせないまま、べつべつの場所で暮らしていけばよかった。

もう、日没間近だった。蔦《つた》のからまった甲子園球場の外壁に、一日の最後の、オレンジ色の陽があたる。

「でも、今日の大地は頼もしかった。お前の仕事ぶりを――雨上がりの泥だらけのグラウンドで活躍するお前を、本当に誇りに思った」

ネクタイの結び目をいじりながら、父さんがつづけた。

「拍手を受けるグラウンドキーパーを見て、あのなかに俺の息子がいるんだと自慢したくてしかたがなかった。立派な大人になった。それだけをつたえたかったんだ」

「だから……？」思わずつぶやいてしまった。

怒りがますます大きくなっていく。懸命にふたをして、上からおさえつけても、あふれ出てしまう。

「だから、何？　立派な社会人になったからって、父さんに何も関係ないでしょ」

今まで放っておいたくせに。

傑しか見ていなかったくせに。

夏のときは、俺たちの整備に文句をつけたくせに。

ちょっとばかり賛辞を浴びるような仕事をしたからって、手のひらを返すなんて。

母さんが、俺の態度に息をのむ。「大地!」と、叫ぶ。俺は息を吸いこんだ。ずっと準備していた言葉を吐き出した。

「じゃあ、俺も言わせてもらってもいいかな?」

「あぁ」戸惑った様子で、父さんがうなずいた。

「はっきり言って、父さんの傘はもういらないよ。父さんと傑とは、違うところへ進んでいきたい。自立したいんだ。小さくてもいいから、自分の傘をさしたい」

嫉妬とはべつの感情に突き動かされて、仕事がしたいと思った。今日、ようやくその境地に達することができた気がしたのだ。

「俺は父さんと傑にずっと嫉妬してたんだ。こっちを見てほしかったんだ。でも、無理だった。野球部のマネージャーになっても、阪神園芸に入っても、父さんはこっちを見てくれなかった」

母さんが涙を流す。内心、ごめんねと、思う。それでも、俺は言葉をとめられない。

「いい加減、もう自由になりたいんだ。父さんと、傑から」

母さんの嗚咽が響くなか、父さんはじっとうつむいていた。

「ただただ、純粋な、真っ直ぐな気持ちで、グラウンドキーパーのプロになりたいんだ。だから、俺は父さんの傘から、解放される」

母さんが俺を抱きしめた。されるがまま、俺は体を硬直させていた。

「ごめんな」

父さんが、ぽつりと言った。

「接し方がわからなかったんだ」

「えっ……？　接し方？」

母さんから強引に離れた。

「俺自身、ずっと体育会系で育ってきた。ずっと野球をやってきた。そこで友情をはぐくんできた。だから、それ以外でどう男同士で関係を結んでいいのかわからないんだ」

嘘だろと、耳を疑う。実の親と子だ。友情といっしょにされたら、子どもはたまったものじゃないと思う。

「自分にはじめてできた子どもを見て、よろこびで体が震えた。同時にものすごく不安になった。でも、きっとキャッチボールをしたり、相撲をとったり、サッカーボールを蹴りあったりすれば、自然と親子関係もうまくいくと思ってた。まったく、安易だよな」

自然と心に浮かんできたのは、長谷さんと一志のキャッチボールをする姿だった。ただただ無心でボールをやりとりする、アスファルトに伸びた二人の影だった。

「スポーツを抜きにして、男の子とどう接していいのかわからなかったんだ」

当たり前のことだが、俺にとって、父さんは最初から父さんだった。

でも、これも当たり前のことだが、俺が生まれた瞬間に、父さんは、父さんになったのだ。小さいころから、野球をつづけて、社会人チームにまで所属した一人の男が、赤ん坊をその手にはじめて抱いたとき、父親になった。

「スポーツなら、これだけ遠くにボールを飛ばすことができた、強いシュートを蹴れるようになった、ヒットを打った、相手チームに勝った——そうして一つ一つ成長が目に見える。褒められる。でも、それ抜きで、どうやってコミュニケーションをとっていいのか、どう励ましていいのか……」

母さんが、今度は父さんの背中に手をかける。

「そして、傑が産まれた。俺は楽なほうに逃げたんだ。傑はスポーツに関することなら、めきめきとうまくなった。すぐに上達した。それを俺は褒めそやした。なんというか……、言葉で会話をしなくても、会話が成立したんだ」

この人も長谷さんと同じなのだとはっきり気がついた。

ただただ、不器用だっただけだ。ボールを投げあうことで、傑と会話を交わしていた。

「決して、お前に落胆したんじゃないんだ。これだけは、わかってくれ。スポーツを抜きにして、どんな話題で話しかけていいかわからなかった。お前が成長していくにつれて、どんどん会話をするのが難しくなっていった。だから、徳志館のマネージャーになったときも、本当はうれしかったんだ。俺はうれしかったんだ。でも……」

たった、これだけのことだったのか……？　俺は下唇を噛みしめた。

「でも、去年の夏の大会で、傑にはじめて反抗的な態度をとられた。最低だって言われた。それで、目が覚めたよ。本当に俺は最低だった」

「最低だよ！」

叫んだ瞬間、俺は気がついた。

怒っていいのだ。怒りをぶつけていいのだ。実の親子なんだから当たり前だ。けれど、俺は今まで懸命に父さんへの感情をおさえつけていた。我慢に我慢を重ねていた。

「ひどすぎるよ！」

ふたなんかして、おさえつける必要はない。怒りたかったら、怒っていい。相手は、肉親だ。父親だ。父さんにはじめて、ありったけの怒気を、まるで子どものようにぶつけた。これまで耐え忍んできた十九年間を一気に取り戻すようにぶつけた。

「本当に、最低だよ！」

長谷さんの言葉を思い出す。俺はグラウンドキーパーなのだ。土だろうが、心だろうが、思いきり天と地をひっくり返して、掘り起こしてしまえばいい。

「俺がどれだけ、みじめだったか……」

感情をはじめて解放できた気がした。上にのっていた重しを取り去って、心のいちばん下の層で干からび、凝り固まっていた率直な気持ちを口から吐き出した。吐き出しきった。

「最悪だよ……」

「すまなかった」うなだれた父さんが、つぶやいた。

一度思いきり吐き出してしまうと――心の天地をひっくり返してしまうと、荒立っていた大きな波はしだいにしずまっていった。

一つ大きく息を吐き出して、目の前に立つ父を見すえた。ずっとたずねたかった質問を、ようやくぶつけることができる。

「聞いてもいいかな？　そもそも、なんで大地って名づけたの？　なんで、名前をつけるときに、雨降って地固まるっていう言葉が浮かんできたの？」

正月に、その理由をたしかめようと思っていたのだ。けれど、はぐらかされたという思いが強かった。今度こそ本当のことを聞いてみたい。俺は父さんの言葉を待った。

「俺が高校三年生の夏――」

少し躊躇した様子を見せたものの、父さんがゆっくりと話しはじめた。

「甲子園の予選の決勝だった。神宮球場だ。途中から雨が降りはじめた。ちょうど、今日みたいに」

父さんが天をあおぐ。俺もつられて頭上を見上げた。鈍い夕焼けが広がっていた。

「俺はショートを守ってた。人工芝に雨水が浮いていた。リードした試合終盤で、俺の真正面にゴロが転がってきたんだ」

父さんは、今度は地面のアスファルトを見つめた。ボールが迫ってくるように、少し腰を落とす。

「すぐ手前で、バウンドがかわった。それでも、体でしっかりとめていれば間にあったかもしれない。俺は焦ったんだ。大きくはじいて、出塁を許してしまった。そのエラーがもとで、流れは一気に相手チームに傾いた。逆転を許してしまった」

父さんの高校時代の話を聞くのは、はじめてだった。俺は黙って耳を傾けた。

「雨さえ降っていなかったら、もしかしたら……。そういうふうにぐずぐず考える自分が嫌だった。もう過ぎたことだから、悔やんでもしかたないって思っても、何度も何度も、あの瞬間がリピートしてしまう」

だからこそ、去年の傑の怪我であそこまで感情的になったのかもしれない。

「お前が生まれたときには、もう野球は引退していた。それでも、たまにあのときのことを、夢に見てしまう。一瞬の判断の甘さを悔やんでしまう。きちんと落ちついてゴロをとめていれば、間にあってた。優勝していたら、甲子園に出ていた。もしかしたら、プロになれていたかもしれない。自分の実力からして、そんなはずはないってわかっているのに、それをどうしても認めることができないでいた」

父さんだって、一人の人間だ。そのことに、目をそむけてきた。しくじりや、失敗から、いちばん遠いところにいるのが、父さんだと思っていた。

「息子にはそんな思いを味わってほしくなかった。失敗を糧にして、何度でも強くなれる――そんな子に育ってほしかった」

「でも、息子は、キャッチボールすらできない運動神経ゼロ人間だった」自嘲気味に答えた。「そうでしょ?」

父さんは、大きく首を横に振った。

「いや、違う。それは、違う」

「違うって……?」

「今日、見事に大地が払拭してくれたんだ。たしかに、大雨が降った。でも、大地が――グラウンドキーパーのみなさんが、グラウンドに残った雨水をきれいに一掃してくれた。信じられない気持ちだった。まるで、魔法のようだった。実際、あの最悪のコンディションでも、イレギュラーなんて一つも出なかった」

母さんが、泣きながら、笑顔でうなずく。

「ぐずぐずと、高校時代のことを引きずる俺の弱い心も、すっかり一掃してくれたような気分だった。だからこそ、俺は誇らしい気持ちになったんだ。あそこで働いているのが、俺の息子の大地なんだって、胸を張って、誰彼かまわずつたえたいような気持ちになったんだ」

俺は目をつむった。土砂降りがやみ、強い風が吹き、晴れ間がのぞく。

「……話してくれて、ありがとう」

自然と感謝の言葉が、口をついて出てきた。まだまだ、消化しきれないどろどろした感情はもちろん奥底に残っている。けれど、今の率直な気持ちを一言で表すなら、これ以外にはない気がした。

これからだ。心の天地をひっくり返し、感情を解放できたのだから、焦る必要はない。俺と父さんの仲も、俺のおさまりきれない感情も、これからじっくりと締め固めていけばいい。

「また、夏が終わったら帰るから。そしたら、またゆっくり話を聞かせてくれないかな。父さんの、むかしの話。子どものころの話」

桜の花びらって、散ったあと、いったいどこへ消えるのだろうと、阪神電車の窓から外を眺めながら考えた。

毎年、公園や学校や、桜並木がある場所では、春の嵐に吹かれ大量のピンク色の花びらが地面に落ちる。じゅうたんのように敷きつめられ、最後のほうは茶色く濁り、隅のほうに吹きだまっている。

しかし、春が深まると、いつの間にか消えている。あんなに盛大に咲いていた時期が、まるで幻だったみたいに、すっかり路上から一掃される。

もちろん、掃除をしている人は公園にも街中にもいるのだろうけれど、それにしても、あの四月のどこかふわふわとうわついた空気が、地に足のついた日常に回収されていくにつれて、花びら自体が人知れずひっそりと姿を消しているのかもしれないと、そんなありえない想像をしてしまった。

もしかしたら、一年のサイクルが、年々早く過ぎているように感じているからかもしれない。とくに阪神園芸に入社したこの一年は、右も左もわからないまま、ただただ真っ直ぐ突っ走ったせいで、四季の移ろいを感じる余裕すらなかった。

梅田で乗り換えて、新大阪に到着する。

今日は、東京へ旅立つ真夏さんの見送りだった。途中で一志と合流し、新幹線の改札口に向かう。約束の五分前だったが、すでにそこには真夏さんと長谷さんがいた。

「じゃあ、ちょっと不安やけど、行ってくるわ」

真夏さんとともに、新幹線のホームまで上がった。

「しばらく、お別れやな」

もう独り暮らしのアパートも決まり、あとは引っ越しの荷物を向こうで待ち受けるだけらしい。

「何か困ったことあったら、すぐ俺に言うんやぞ」なぜか、長谷さんのほうが緊張した面持ちで、そわそわと落ちつきがなかった。「いつでも駆けつけるからな」

「まさに、騎士みたいな言いぐさやな」真夏さんがキャリーに手をかけて笑った。

もうすぐ新幹線が到着する。俺はあわてて横から口をはさんだ。

「東京に知り合いっているんですか？」

「それが、全然おらへんの」

「だったら、僕の母親を頼ってみてください。連絡しておきますので。多少お節介なのは、もう真夏さんもわかってると思いますけど、買い物とか食べ歩きが趣味だから、やたらといろんな街にくわしいし」

長谷さんが俺をにらみつけた。

「おい、母親をダシに使うのは、卑怯やろ」

「ダシって、なんですか！」

「母親使って、真夏との接点なんとか保とうとしやがって」

「いや……！　違いますから！　僕は純粋に真夏さんの助けになると思って！」

俺と長谷さんの口論を、一志が微笑みながら見守っている。

部の問題は解決したとはまだ言えないらしいが、一志は今も寮で生活をしている。もちろん、きちんと練習にも参加しているそうだ。

一志は、監督にみずからのセクシャリティのこともふくめて、今までのすべてを話したらしい。監督は理解がある人で、それ以来何度も部内全体でミーティングを重ねた。一志をつまはじきにした部員を頭ごなしに弾劾《だんがい》することなく、しかし、きっぱりと間違ったことだと認識させ、どうすれば違う価値観を持った部員同士で一つのチームとしてまとまることができるか話しあいを定期的に持ちつづけた。

例のキャッチャーの先輩は、間違った噂を流したことを全員の前で認め、謝罪をしたらしい。その結果、今では徐々にチームメートの理解が得られ、まだまだぎこちない雰囲気はあるものの、一志も部内に溶けこみつつあるという。

長谷さんが、一志を助けてくれた。その点は感謝している。

「お前、マザコンやろ、絶対。マザコンは、女にモテへんぞ」

しかし、ここまで言われたら、黙っていることなど到底できない。余計なことをしやべらないでいてくれたら、感謝が感謝のままで終わるのに。

「違いますから！　マザコンじゃないですから！」

「だいたい離れて暮らしてる息子の誕生日に、わざわざオカンが来るのがおかしいやろ」

「だから！　それは、俺が慣れない仕事で痩せて元気がないからって、うまいものを食わせようと……」

「うまいもんは、お前、自分で作れるやろ。ミートソース、めっちゃうまかったぞ」

褒められているのか、けなされているのか、もはやわからない。いつぞやは、雨宮の手料理食うくらいやったら死んだほうがマシと言っていたくせに、唇のまわりを真っ赤にしてミートソースを頬張っていた。

「だから、夏場は食欲がなくて、料理を作る気力がなかったんですよ！　だいたい、話がそれてますよ。真夏さんが、東京で安心して暮らせるようにっていう提案をしただけじゃないですか！」

「ちょっと！」真夏さんが、手をたたいて、俺たちの口論をとめた。「二人の気づかいは、じゅうぶん受け取ったから！」

真夏さんはあきれ果てたと言わんばかりに、大きなため息をついた。

「そもそも、二人とも、何かウチに最後言わなあかんこと、あるんちゃうの？」

俺と長谷さんは、一瞬顔を見あわせた。

「えっ……、最後に？」

「言うことってなんや？」

「大地君と、ナイトの、それぞれの気持ちや」真夏さんは、自分の発言に照れたように、頬を赤くした。

まさか……。

ここで？

長谷さんの前で⁉

長谷さんと同時に⁉

俺の頭のなかに、角で互いを激しく突きあうオス鹿の映像がよぎった。殴りあいの乱闘と、長谷さんによる一方的なリンチを覚悟したとき、真夏さんが両手を腰にあてて言った。

「何も言わんのやったら、ウチのほうから、はっきり釘をさしとくで」

俺はつばをのみこんで真夏さんの言葉を待ち受けた。

「ウチはやることがある。君たちも、それぞれやることがある。それに、集中する必要がある。それぞれの道でプロを目指す」

断固とした口調で、真夏さんはつづけた。

「たとえ、離ればなれになっても、その気持ちがあれば、つながっているとウチは思う。まず、一人前の大人になる。話はそれからや」

真夏さんは、「ま、何の話かは、今は聞かんで。ウチの勘違いやったら、マジで恥ずかしいしな」と、キャリーの上に置いていたリュックを背負いながらつけたした。

反対のホームに下りの新幹線がすべりこみ、あたりが喧騒《けんそう》に包まれた。たくさんの乗客たちが降り立ち、話し声や、キャリーを引く音が響く。春休みのせいか、若い人が多い印象だった。

「いや……、俺が思うに、勘違いやないんちゃう……かな？　うーん、どうなんやろな」

「ぼ……僕は、最初から一人前のグラウンドキーパーになってからって……、そう思ってましたよ」

なぜか真夏さんと一志が、にやにやと笑いながら目配せをしあう。

上りの新幹線到着のアナウンスがはじまった。いよいよ、お別れだ。たしかに、真夏さんの言うとおり、まず自分の進む道を自分自身で整備できるようにならないと話にならない。

真夏さんは、もう一度大きく手をたたいた。

「じゃあ、ウチはもう大丈夫やから。ここで、解散！」

下りのホームに停車していた新幹線が、ゆっくりと走り出した。すれ違いで、真夏さんの乗る上りの列車の長い鼻先が目の前にすべりこんでくる。

「いや、もう新幹線来たで」

「そうですよ、せめて出発するまで」

真夏さんが首を横に振った。

「やめて。いつ出発するかわからんのに、窓際でずっと手を振ってなきゃいけないの、気まずいねん。しんどいねん」

顔を伏せる。キャリーの持ち手を強く握りしめている。

「せっかく入場券買って、ここまで上がってきてくれたのに悪いんやけど……、みんなの顔見てたら……あかんわ、ホンマに」

一志が俺の肩に手をかけた。

「行きましょうよ。大地、長谷さん。男の去り際、重要ですよ」

「お……、おぉ」

「真夏さん、お元気で！」

真夏さんが、すっと右手を差し出した。

握る。温かい。真夏さんは涙目をごまかすように、その手をわざと上下に激しく振った。

「ナイトも」長谷さんにも、手を伸ばす。

「俺は……ええわ」

「ええから、ほら」真夏さんが強引に手をとる。

新幹線の扉が開いた。「じゃあ」と、軽く手を振り、真夏さんが踵を返した。キャリーを引いて、歩いて行く。

俺たち三人も、「じゃあ」と返事をして、ホームの階段を下りた。後ろは振り返らなかった。一人前になったら、また会える。たぶん、自分の仕事に集中していたら、あっという間だろう。

改札を出た。

俺は長谷さんと向かいあった。この人ともお別れだ。けれど、長谷さんもきっと数年後には甲子園の地に戻ってくるだろう。そう信じたい。

「そういえば、甲斐さんが怒ってましたよ。長谷は、挨拶もなしでいなくなりやがってって」

「挨拶は、決勝戦の朝したやろ」

島さんの予想とまったく同じことを言ったので、思わず笑ってしまった。

お土産やお弁当を扱うお店に、たくさんの人が吸いこまれていく。キャリーを引いたアジア系外国人が、怒鳴るように会話を交わしながら、狭い通路を行き交っている。三歳くらいの小さい男の子を抱いたお父さんが、お母さんの長い買い物を待っている姿も見えた。

俺はついぽろっとつぶやいてしまった。

「長谷さんって、どういうお父さんになるんでしょうね」

「お前、何言うてんねん。気持ち悪いぞ」長谷さんが、顔をしかめた。

俺が長谷さんの息子だったらと考えてみる。たしかに、気持ち悪い。が、たぶん長谷さんもスポーツのできない息子がいたら、どう接していいのかわからず、終始ぶすっと黙りこんでいそうだ。

やさしいけれど、無口で、不器用で、ぶっきらぼうな男が、抱いていた赤ちゃんに泣かれ、あたふたと戸惑っている――そんな姿が浮かんできた。

「長谷さん、こわくないですか？　北海道、行くのこわくないですか？」

「あぁっ？」

愚問だった。思いきり、にらみつけられる。しかし、長谷さんは答えたのだった。

「こわいで、そりゃ」

そうつぶやいて、一志を見る。

「マウンドに上がるたび、めちゃくちゃこわいねん、ホンマは。それを感じさせると、後ろで守ってるヤツらが不安になるやろ。だから、堂々としてるふりをしてんねん、いつも」

「えっ、長谷さんもですか？」一志が驚いて目を見開く。「僕はてっきりなんにも感じてないのかと思ってましたけど」

「おい、俺だって、人間なんやぞ。まわりをだませれば、自分もだませる。そしたら、絶対おさえられるって、自信もわいてくる」

長谷さんが、苦笑いを浮かべた。

「でも、もしかしたら独立リーグですら、まったく通用せぇへんかもしれへんし。そしたら、とんだ恥かくことになるしな」

真夏さんの乗った新幹線の情報が、改札のすぐ上の電光掲示板から消えた。また、新たな東京行きの電車が表示され、上のほうに押し出されるように次々と更新されていく。ただ立ち止まっていても、人間の営みも、自然の営みも、あっという間に移ろってしまう。

「それでも、俺はやるで。たとえ、失敗したとしても、また阪神園芸にでも入れてもらうわ」

長谷さんの苦笑いが、しだいに決意のにじんだ、真剣な表情にかわっていった。

「お前と、お前のオカンが教えてくれたんや。真夏と一志が教えてくれたんや。甲子園のグラウンドが教えてくれたんや」

長谷さんの言葉が、胸に染みこんでいく。

「雨が降るからこそ、地面は固まる」

いちばん深い層へと、ゆっくり浸潤していく。

「何度でも、何度でもな」

俺と一志は目を見あわせた。そして、かたくうなずきあった。

ふたたびの春

「お疲れさまで……」

更衣室の扉を開けたとたん、いなくなったはずの長谷さんのロッカーの前に誰かが立っていたので、挨拶の言葉が一瞬途切れた。

よく見ると、長谷さんよりも、だいぶ線が細い。あわてた様子で振り返り、俺に頭を下げてくる。

「あっ、お疲れ様です！　今日から入りました大渕です。よろしくお願いします！」

がちがちにこわばった表情で、何度も何度もお辞儀を繰り返すので、その緊張がこちらにも伝染してしまった。うまくまわらない口で、俺もぎこちない自己紹介をした。

「あっ、はい、あのですね、僕は雨宮といいます、はい！」

「雨宮先輩ですね」

「いや……！　先輩って言っても、僕、二年目になったばっかりなんで、仕事のことは僕には聞かないほうが、いいかなぁ、なんて」

「何を頼りないこと言うてんねん！」

怒鳴り声がして、俺も大渕君も、びくっと肩を震わせた。更衣室の扉から、甲斐さんが顔をのぞかせていた。

「たのむで、ホンマ。とりあえず、着替えが終わったら、朝礼する事務所まで大渕を案内してやって」

「はい！」

長谷さんがいなくなり、かわりの新しい人が入ってくる。長谷さんのロッカーを使う。やっぱり少しさみしいけれど、これは自然で、正しいことなのだと思う。それぞれの進む道にそれぞれの居場所がある。

私服のポケットからスマホを取り出し、機内モード——電波が届かないように設定した。ロッカーにしまう前に、写真のフォルダーを開いた。

傑と、三浦君が、肩を組んで写っていた。二人とも満面の笑みだ。三浦君は、手に瓶を持っていた。瓶のなかには、黒い土が入っていた。

長谷さんから、一志の手を経て、俺に渡った土。

俺から、傑の手を経て、三浦君に渡った土。

二年目に入ったという実感が、わいてくる。俺にも後輩ができたのだ。思いを新たにし、襟を正した。少なくとも、こんなにおどおどしていてはだめだ。先輩があたふたしていたら、大渕君だって不安に感じてしまうだろう。

着替えを終えて、廊下に出る。大渕君の緊張をとくために、いろいろと質問してみる。

「今は、実家から四十五分かけて、ここまで通ってるんですけど、やっぱり寮のほうがええかなぁって。今、検討中なんです」

「おいで、おいで！　俺のとなりの部屋あいてるから！」

生意気な人じゃなくて本当によかったと、またしても長谷さんとくらべてしまって、俺は一人苦笑いした。大渕君もいくらかリラックスできたらしく、朝礼での挨拶でも気後れしていない様子で自己紹介をしていた。

今日は、プロ野球、甲子園での開幕戦だ。ホームゲームを京セラドームで戦っていたタイガースが、いよいよ本拠地で今年の戦いをスタートする。

午後四時に開門すると、今季初の試合だけあって、一気に客席がうまっていった。しだいに、西の空が暮れてくる。水色から、ピンク色、濃い茜《あかね》色へと、鮮やかなグラデーションが、お椀でふたをしたような半円の球場の空を彩っている。

すでに照明は灯っていた。薄暮から、宵闇《よいやみ》へと移ろっていくにつれて、カクテル光線の束がよりくっきりと明確な輪郭を浮き上がらせて、グラウンドに落ちてくる。

ファンたちのグッズの黄色が照明を反射して、まぶしく映った。空席が目立たなくなってくると、ざわめきや興奮が一つの大きなうねりになって渦巻いた。

ビールの売り子さんの声が、ざわめきの合間に高々と響きわたる。

相手チームの守備練習のノックが終わると、俺はトンボをたずさえて、グラウンドに飛び出した。

気持ちのいい風が吹き抜けた。四月はじめの夜は、まだ少し肌寒いくらいだ。

二塁ベース付近を均していく。

土が動いた箇所から、トンボを引いてくる。小刻みに押し、また引きながら、グラウンドの荒れをしずめていく。腰をしっかりと落とし、膝を柔軟に曲げて、全身でトンボをふるう。

グラウンドは、手応えのある弾力と、足元をやさしく受けとめる柔らかさを兼ね備えている。強い土だ。プロ野球、夏の甲子園、甲子園ボウル、春のセンバツへと、また一年間のサイクルを支えていく舞台は整った。

外野の芝のゾーンで、球団に所属するチアリーダーのダンスがはじまった。タイガースのマスコットも踊っている。ダンスミュージックが、球場いっぱいに鳴り響く。

両軍の選手たちが、思い思いに最後のアップをはじめた。

スマホを構える人、音楽にあわせて手拍子をする人、メガホンを打ち鳴らす人——

たくさんの観客たちが、期待に満ちた視線を送ってくる。

カクテル光線に照らされた黒土が、生き生きと、浮き上がるように輝く。芝はみずから光を放つように、生命力のある緑色をみなぎらせている。

やっぱり、この場所が好きだと思う。

一年。また、一年。

その積み重ねが、この場所を守っていく礎《いしずえ》になる。

地味でいい。地道でいい。それが、俺の仕事——グラウンドキーパーという仕事なのだから。

謝辞

阪神甲子園球場へ取材に伺ったのは、二〇一九年、プロ野球シーズン中の五月、そして夏の高校野球大会期間中の八月でした。緊張感のただよう現場で、お忙しいなか、阪神園芸株式会社の皆様には丁寧に質問やインタビューに答えていただきました。

また、実際のグラウンド整備の様子も間近で見学させていただきました。

本作のように、実在する会社名が登場する〈お仕事小説〉はそうそうないのではないかと思います。しかし、全国の高校球児にとって憧れである阪神甲子園球場を舞台とする以上――そして、その甲子園球場を日々、選手たちのために整備しつづけているグラウンドキーパーの方々の努力や苦労をダイレクトに伝えるためにも、「阪神園芸」という会社名をそのまま使わせていただくのがいちばんだと判断致しました。よって、何か事実と異なる点があった場合、すべての責は作者にあります。

あらためて本書を執筆するにあたってお世話になった、甲子園施設部長である金沢健児さんをはじめ、阪神園芸株式会社の皆様に、この場をかりて厚くお礼を申し上げます。ありがとうございました。

本書は二〇二〇年六月に、単行本として小社より刊行されました。

|著者|朝倉宏景　1984年東京都生まれ。東京学芸大学教育学部卒業。2012年『白球アフロ』（受賞時タイトル「白球と爆弾」より改題）で第7回小説現代長編新人賞奨励賞を受賞。選考委員の伊集院静氏、角田光代氏から激賞された同作は'13年に刊行され話題を呼んだ。'18年『風が吹いたり、花が散ったり』で第24回島清恋愛文学賞を受賞。他の著作に『野球部ひとり』『つよく結べ、ポニーテール』『僕の母がルーズソックスを』『空洞電車』『日向を掬う』などがある。

あめつちのうた

朝倉宏景《あさくらひろかげ》

2021年7月15日第1刷発行
2022年6月24日第2刷発行

発行者──鈴木章一
発行所──株式会社　講談社
東京都文京区音羽2-12-21　〒112-8001
電話　出版（03）5395-3510
　　　販売（03）5395-5817
　　　業務（03）5395-3615
Printed in Japan

講談社文庫
定価はカバーに
表示してあります

KODANSHA

デザイン─菊地信義
本文データ制作─講談社デジタル製作
印刷───株式会社KPSプロダクツ
製本───株式会社国宝社

ISBN978-4-06-524129-5

講談社文庫刊行の辞

二十一世紀の到来を目睫に望みながら、われわれはいま、人類史上かつて例を見ない巨大な転換期をむかえようとしている。

世界も、日本も、激動の予兆に対する期待とおののきを内に蔵して、未知の時代に歩み入ろうとしている。このときにあたり、創業の人野間清治の「ナショナル・エデュケイター」への志を現代に甦らせようと意図して、われわれはここに古今の文芸作品はいうまでもなく、ひろく人文・社会・自然の諸科学から東西の名著を網羅する、新しい綜合文庫の発刊を決意した。

激動の転換期はまた断絶の時代である。われわれは戦後二十五年間の出版文化のありかたへの深い反省をこめて、この断絶の時代にあえて人間的な持続を求めようとする。いたずらに浮薄な商業主義のあだ花を追い求めることなく、長期にわたって良書に生命をあたえようとつとめるところにしか、今後の出版文化の真の繁栄はあり得ないと信じるからである。

同時にわれわれはこの綜合文庫の刊行を通じて、人文・社会・自然の諸科学が、結局人間の学にほかならないことを立証しようと願っている。かつて知識とは、「汝自身を知る」ことにつきていた。現代社会の瑣末な情報の氾濫のなかから、力強い知識の源泉を掘り起し、技術文明のただなかに、生きた人間の姿を復活させること。それこそわれわれの切なる希求である。

われわれは権威に盲従せず、俗流に媚びることなく、渾然一体となって日本の「草の根」をかたちづくる若く新しい世代の人々に、心をこめてこの新しい綜合文庫をおくり届けたい。それは知識の泉であるとともに感受性のふるさとであり、もっとも有機的に組織され、社会に開かれた万人のための大学をめざしている。大方の支援と協力を衷心より切望してやまない。

一九七一年七月

野間省一

五木寛之　百寺巡礼　第二巻　北陸
五木寛之　百寺巡礼　第三巻　京都Ⅰ
五木寛之　百寺巡礼　第四巻　滋賀・東海
五木寛之　百寺巡礼　第五巻　関東・信州
五木寛之　百寺巡礼　第六巻　関西
五木寛之　百寺巡礼　第七巻　東北
五木寛之　百寺巡礼　第八巻　山陰・山陽
五木寛之　百寺巡礼　第九巻　京都Ⅱ
五木寛之　百寺巡礼　第十巻　四国・九州
五木寛之　海外版　百寺巡礼　インド1
五木寛之　海外版　百寺巡礼　インド2
五木寛之　海外版　百寺巡礼　朝鮮半島
五木寛之　海外版　百寺巡礼　中　国
五木寛之　海外版　百寺巡礼　ブータン
五木寛之　海外版　百寺巡礼　日本・アメリカ
五木寛之　青春の門　第七部　挑戦篇
五木寛之　青春の門　第八部　風雲篇
五木寛之　青春の門　第九部　漂流篇
五木寛之　親鸞　青春篇(上)(下)

五木寛之　親鸞　激動篇(上)(下)
五木寛之　親鸞　完結篇(上)(下)
五木寛之　五木寛之の金沢さんぽ
井上ひさし　モッキンポット師の後始末　新装版
井上ひさし　ナ　イ　ン
井上ひさし　四千万歩の男　全五冊
井上ひさし　四千万歩の男　忠敬の生き方
井上ひさし　司馬遼太郎　新装版　国家・宗教・日本人
池波正太郎　私　の　歳　月
池波正太郎　よい匂いのする一夜
池波正太郎　梅安料理ごよみ
池波正太郎　わが家の夕めし
池波正太郎　新装版　緑のオリンピア
池波正太郎　新装版　殺しの四人〈仕掛人・藤枝梅安(一)〉
池波正太郎　新装版　梅安蟻地獄〈仕掛人・藤枝梅安(二)〉
池波正太郎　新装版　梅安最合傘〈仕掛人・藤枝梅安(三)〉
池波正太郎　新装版　梅安針供養〈仕掛人・藤枝梅安(四)〉
池波正太郎　新装版　梅安乱れ雲〈仕掛人・藤枝梅安(五)〉

池波正太郎　新装版　梅安影法師〈仕掛人・藤枝梅安(六)〉
池波正太郎　新装版　梅安冬時雨〈仕掛人・藤枝梅安(七)〉
池波正太郎　新装版　忍びの女(上)(下)
池波正太郎　新装版　殺　し　の　掟
池波正太郎　新装版　抜討ち半九郎
池波正太郎　新装版　娼　婦　の　眼
池波正太郎　近藤勇白書(上)(下)〈レジェンド歴史時代小説〉
井　上　靖　楊　貴　妃　伝
石牟礼道子　新装版　苦《く》海《がい》浄《じょう》土《ど》〈わが水俣病〉
いわさきちひろ　ちひろのことば
いわさきちひろ　松　本　猛　いわさきちひろの絵と心
いわさきちひろ　絵本美術館編　ちひろ・子どもの情景〈文庫ギャラリー〉
いわさきちひろ　絵本美術館編　ちひろ・紫のメッセージ〈文庫ギャラリー〉
いわさきちひろ　絵本美術館編　ちひろの花ことば〈文庫ギャラリー〉
いわさきちひろ　絵本美術館編　ちひろのアンデルセン〈文庫ギャラリー〉
いわさきちひろ　絵本美術館編　ちひろ・平和への願い〈文庫ギャラリー〉
石野径一郎　新装版　ひめゆりの塔
今西錦司　生　物　の　世　界
井沢元彦　義　経　幻　殺　録